HISTÓRIAS DO MAR

HISTÓRIAS DO MAR

Coletânea de novas histórias do National Maritime Museum

Sam Llewellyn
Desmond Barry
John Williams
James Scudamore
Margaret Elphinstone
Robert Minhinnick
Chris Cleave
Niall Griffiths

Erica Wagner
Charles Lambert
Roger Hubank
Evie Wyld
Tessa Hadley
Martin Stephen
Jim Perrin
Nick Parker

São Paulo
2011

EDITORA
Gaia

© First published in English in the United Kingdom by the National Maritime Museum in 2007 *The Shoals*
© Sam Llewellyn; *Denovia* © Desmond Barry; *The Doldrums* © John Williams; *Getting There is Half the Fun*
© James Scudamore; *The King's Daughter of Norroway* © Margaret Elphinstone; *Omah's Island* © Robert
Minhinnick; *Fresh Water* © Chris Cleave; *Bathyspheres* © Niall Griffiths; *In Time: A Correspondence* © Erica
Wagner; *Something Rich and Strange* © Charles Lambert; *The Island* © Roger Hubank; *The Convalescent's
Handbook* © Evie Wyld; *The Boy* © Tessa Hadley; *The Anniversary* © Martin Stephen; *A Snow Goose* © Jim
Perrin; *The Museum of the Sea* © Nick Parker

1ª Edição, Editora Gaia, São Paulo 2011

Diretor-Editorial
JEFFERSON L. ALVES

Diretor de Marketing
RICHARD A. ALVES

Gerente de Produção
FLÁVIO SAMUEL

Coordenadora-Editorial
DIDA BESSANA

Assistente-Editorial
IARA ARAKAKI

Tradução
MARIA SILVIA MOURÃO NETTO

Preparação de Texto
LUCIANA CHAGAS

Revisão
ANA CAROLINA F. RIBEIRO
TATIANA F. SOUZA

Foto de Capa
FIKMIK/SHUTTERSTOCK

Capa e Projeto Gráfico
REVERSON R. DINIZ

Dados Internacionais de Catalogação na Publicação (CIP)
(Câmara Brasileira do Livro, SP, Brasil)

Histórias do mar / tradução de Maria Silvia Mourão Netto. – São Paulo : Gaia, 2011.

Título original: Sea stories
Vários autores.
ISBN 978-85-7555-243-8

1. Contos – Coletâneas.

10-10991   CDD-808.83

Índices para catálogo sistemático:

1. Contos : Coletâneas : Literatura   808.83

Direitos Reservados
EDITORA GAIA LTDA.
(pertence ao grupo Global Editora
e Distribuidora Ltda.)

Rua Pirapitingui, 111-A — Liberdade
CEP 01508-020 — São Paulo — SP
Tel: (11) 3277-7999 / Fax: (11) 3277-8141
e-mail: gaia@editoragaia.com.br
www.editoragaia.com.br

Obra atualizada
conforme o
**Novo Acordo
Ortográfico da
Língua
Portuguesa**

Colabore com a produção científica e cultural.
Proibida a reprodução total ou parcial desta obra sem a autorização do editor.

Nº de Catálogo: **1906**

Histórias do Mar

Sumário

ÁGUAS RASAS   9
Sam Llewellyn

DEVONIA   21
Desmond Barry

CALMARIA   31
John Williams

CHEGAR JÁ É
METADE DA DIVERSÃO   45
James Scudamore

A FILHA DO REI DE NORROWAY   59
Margaret Elphinstone

A ILHA DE OMAR   75
Robert Minhinnick

ÁGUA DE BEBER   89
Chris Cleave

BATISFERAS   109
Niall Griffiths

No tempo: correspondência   119
Erica Wagner

Algo rico e estranho   129
Charles Lambert

A ilha   143
Roger Hubank

Manual do convalescente   157
Evie Wyld

O menino   173
Tessa Hadley

O aniversário   185
Martin Stephen

Ganso-da-neve   199
Jim Perrin

O museu do mar   215
Nick Parker

ÁGUAS RASAS

Sam Llewellyn

Alexander Rourke nasceu num lugar sem nome, perto de Stiffkey, no condado de Norfolk. O bebê tinha todos os dentes de cima e de baixo. Os que o conheceram depois atribuíram sua peculiar natureza ao fato de suas primeiras refeições terem sido sangue e leite misturados.

Lembravam que, aos seis anos, Alexander Rourke ficava sentado no pontão de madeira sobre o riacho, pescando. David Jordan, do chalé ao lado, também ia até lá e ficava correndo de um lado para outro, caçando caranguejos enfiados na lama e usando pedacinhos de mexilhão como isca. Jordan enfiava os animais num balde para vê-los brigar. Alexander (imune a apelidos – ninguém o chamava de "querido Xandinho" ou "querido Alex", nem mesmo naquela idade) era diferente. Ele dera um jeito de arrumar um anzol e uma linha, mais umas tripas de coelho, e ficava pescando as enguias gordas que viviam em buracos sob as vigas do píer. Depois, enfiava-as no seu próprio balde e as vendia para o sujeito do carrinho de peixe. Com o tempo, David fez sua própria vara e foi atrás das rajadas de trutas do mar que subiam o rio no escuro da noite. Para Alexander, a pesca com vara era lenta e idiota demais. Ele conseguiu uma velha rede de pescar arenques, estudou como era feita, consertou-a com cuidado e recortou-a até que ela ficasse com 1,80 metro de altura e quase 50 metros de comprimento. Com essa rede, ele arrastava as trutas – trinta, quarenta peixes por noite. David reclamava que Alexander tinha pescado tudo, que não tinha deixado nada para ele. Alexander acabou logo com aquela choradeira. Ele sabia que aquilo não passava de uma explicação besta, nascida da imaginação, e não da lógica. Sabia que no mar existia uma quantidade infinita de peixes. A verdade era esta: na hora em que o preguiçoso do David enfim chegava ao rio, as águas rasas já tinham mudado de lugar.

O pai de Alexander Rourke era guarda-florestal e, por isso, todos na comunidade o detestavam. O velho tinha feito os muros de seu chalé mais altos que a altura da cabeça das pessoas e cimentado grossas barras de ferro nas janelas. O piso era recoberto por lajotas de pedra fixadas em concreto. Assim, no interior daquele recinto, não haveria arbusto ou qualquer outra planta atrás da qual um inimigo pudesse se esconder.

Um dia, quando tinha treze anos, Alexander estava arrastando um tonel de mexilhões pelo charco. Perto do riacho, topou com um grupo que vinha com uma maca. Nela, sob um casaco, estava um homem numa farda verde de tecido aveludado. Seu pai. Tinham-no encontrado emborcado, num remanso. A explicação geral era que caíra enquanto puxava uma rede que tinha achado fincada no rio; então acabara se enroscando, e os pesos terminaram por afundá-lo.

Não houve grandes demonstrações de pena, nem mesmo quando correu o boato de que a rede que tinha afogado William Rourke tinha sido a do próprio filho. Sua Excelência fez um donativo, assim como outros notáveis da região. Nada disso consolou a viúva, que permaneceu sentada em seu quintal de pedra até que um dia se pôs em pé mais cedo, destrancou os cinco cadeados entre ela e o mundo, e atravessou os campos verdes da primavera até chegar ao mar cinzento.

Ali seu filho navegava, depois de ter comprado um barco – podre, pequeno, caindo aos pedaços, mas o melhor que podia conseguir com os donativos dos notáveis, soma que tinha afanado imediatamente após o funeral.

Alexander revelou-se um bom pescador, pois não tinha na cabeça outra ideia mais clara do que arranjar dinheiro, o que, depois de matar peixes, é o propósito e a meta de qualquer pescador bem-sucedido.

Realmente. Sem dúvida, a cabeça de Alexander era bem ocupada. E ela o acabou levando para Lowestoft, onde ele estudou os novos equipamentos, em particular as novas peças para pesca de arrasto, grandes meias de malha larga cujas bocas ficavam abertas pela força de travas de madeira com contrapesos, aparatos que vinham arrancando e arrastando, desde o leito do mar, cada alga, peixe e criatura invertebrada que vivesse por ali.

Certa manhã, enquanto desatracava seu pequeno bote de pescar caranguejos, já pronto para ir à pesca de bacalhau com vara, David Jordan, então com dezoito anos, olhou para além do lodaçal cinza-esverdeado até a linha azul do horizonte e percebeu, contra aquele anil, velas da cor de sangue seco: uma traineira se aproximava lentamente, como se viesse da beirada do mundo. Todo dia, há três meses, ela arrastava suas redes. E quando David puxava as dele, elas traziam peixes em quantidade e tamanho cada vez menores. Um dia, David saiu com seu barco para contornar a interminável lateral da traineira, preta como piche. Por um momento, ficou vendo a vela mestra, a mezena, a bujarrona, a vela do traquete à frente do mastro principal, com seu mastaréu inclinado para diante, e a vela de joanete cortando o ar acima da outra; um despenhadeiro de lona pesada rasgava caminho a duras penas. Ele ouvia o ranger das espias da traineira, a bombordo, os gritos da nuvem de gaivotas mergulhando na esteira daquele barco. Percebeu que estava tremendo de indignação.

Um sujeito de terno escuro e chapéu-coco, apoiado na amurada, olhava para ele fixamente. David reconheceu Alexander.

— O que você quer? — Alexander perguntou, como se fosse o dono do mar e de tudo que ali existisse.

— Você está acabando com o fundo do mar — David respondeu. — Você e essa sua maldita máquina infernal. — Outros rostos se ajuntaram na amurada, frios. David não os conhecia.

— Cristo pescava na Galileia — disse Alexander, travando os dentes.

— Cristo disse, lança tuas redes do lado direito do barco. Mas o seu equipamento está a bombordo, o que é uma afronta a Deus e aos desgraçados dos homens, por isso vá embora, moço, e não volte.

— E antes que você me pergunte, eu pesco aos domingos — Alexander acrescentou. — Por isso, certamente vou para o inferno. Mas você pode ir pros quintos dos infernos antes. Agora se afaste você, rapaz, porque temos aqui alguns camaradas com trabalho a fazer antes que as águas rasas mudem de lugar.

David se casou e teve um filho. Esse menino, quando tinha um ano de idade, era um entusiasmado promotor de brigas de caranguejos. Aos dois anos, já tinha pescado sua primeira enguia na enseada. David tinha certeza de que ele seria pescador. O que lhe causava grande aflição, evidentemente, já que as novas traineiras tinham tornado quase impossível ganhar a vida com a pesca de vara, perto da costa. David era um bom homem, mas não um grande empreendedor. Seu barco de pesca de caranguejos foi hipotecado e depois vendido. Viram-no capinando nabos; o filho, agora com oito anos, ia a tiracolo, contra o horizonte enevoado por uma garoa gelada. E depois disso não o viram mais. Não que Alexander estivesse procurando por ele. Alexander estava bem longe, cuidando da própria vida, construindo sua reputação em Silver Pits e em Dogger Bank. Ele era um sujeito com pressa. O homem tem de andar depressa.

— Depressa para quê? — perguntou o repórter do *Eastern Daily Press*, enviado para entrevistar a nova estrela em ascensão.

— Depressa para desenvolver a indústria da pesca na Grã-Bretanha — respondeu Alexander.

— Depressa para comer o mundo e produzir merda — disseram os homens na costeira, lançando olhares desassossegados para o asilo de silhueta sombria que espreitava Walsingham.

Naturalmente, Alexander não tinha tempo para ficar ouvindo essa espécie de bobagem. Não com as águas rasas em movimento. Era capitão do *Perseverance*, dono do resto da frota e diretor-geral da Rourke e Rourke (o segundo Rourke era imaginário, inventado para dar a impressão de um estabelecimento de longa história e solidez para os investidores). Alexander tinha se tornado um pioneiro naquele tipo de negócio. Evidentemente, era uma rematada loucura que seus barcos estivessem ao largo enquanto desembarcavam os peixes. Assim, com essa invenção mais recente, ele determinou a fabricação de alguns barcos de um mastro só, velozes, com grandes velas e contêineres para o pescado; eram embarcações que desovavam o produto no terminal ferroviário e voltavam com provisões e equipamentos, enquanto as traineiras podiam ficar longe, no grisalho Mar do Norte, avançando e retrocedendo, indo e vindo, neve, geada, chuva e sol aberto, três meses direto, até que enfim as gaivotas estivessem fartas de vísceras e algas.

As dificuldades existiam para serem resolvidas. Lowestoft ficava longe demais da zona de pesca, então Alexander deslocou sua frota para Grimsby. Como era difícil obter gelo, ele comprou um lago, na Noruega, no qual o gelo se formava facilmente. A maior dificuldade de todas eram os tripulantes. Eles tinham de ser pagos. Naturalmente, Alexander detestava jogar dinheiro fora. Também era natural que ninguém quisesse passar a vida toda numa frota, embarcados por períodos de três meses, sem ver terra, para ganhar 7 xelins por semana. Até os mineiros tinham vida e esposas. O mais estranho é que foi justamente isso que reaproximou Alexander de David Jordan.

Aquele era um período em que a pesca perto da costa estava ruim, e a lavoura, pior ainda. Por isso, os asilos encontravam-se assustadoramente abarrotados, e Walsingham não era exceção. Quando Alexander chegou diante dos supervisores, limpo e empertigado em seu terno azul e chapéu-coco, com uma corrente de relógio da grossura de uma enguia média, os supervisores lhe ofereceram uma xícara de chá e teceram comentários elogiosos, sob os olhares dos miseráveis. Então, seguiram-no pelo saguão que cheirava a fenol e o ajudaram a subir na plataforma. Dali em diante, a coisa era com ele.

— Ouçam bem, seus miseráveis! — gritou Rourke, com uma voz que retumbava contra os tijolos pintados. — Sou Alexander Rourke, de quem já ouviram falar. Estou aqui para lhes dar uma chance de aprender a negociar. Os aprendizes esforçados poderão progredir. Os preguiçosos afundarão. Estou falando do comércio do mar, em especial do nobre ramo chamado pesca. Seis xelins por semana, todas as despesas pagas. Ninguém com mais de catorze anos precisa se candidatar. Um passo à frente, meus camaradas.

E para frente eles vieram aos montões, pálidos de medo e sujos. Apertaram os dedões no livro-caixa, sob as vistas de dois funcionários do cartório (ambos bêbados), e dali se arrastaram para fora, a fim de esperar no pátio gelado. Alexander percebeu um empurra-empurra. Um homem entre vinte e cinquenta anos estava engalfinhado com um sacristão.

— Soltem o homem — Alexander decretou, com expressão impassível. — David Jordan, não é? Você está velho demais.

— Não é pra mim — Jordan retrucou, com aquele olhar doce e pasmado, tipicamente seu. — É pro meu filho. — Então empurrou para frente um guri insignificante, que trajava o uniforme de sarja do asilo. Os braços dele eram finos, mas seus olhos congelavam de ódio. Alexander ficou impressionado.

— Alexander, quer dizer, sr. Rourke — disse Jordan, pálido de emoção. — Por favor, fique com ele. Eu só tive de parar de pescar quando a região... quer dizer, quando os barcos sumiram e a minha esposa morreu. E esse menino nasceu pra pescar. Será que poderia dar uma chance a ele?

— Eu não dou, eu tomo — disse Alexander. — O menino é meu. E tem mais... — um pensamento sorrateiro, abusado, então lhe ocorreu. — Vou ficar com você também. — Parou enquanto notava o vestígio de sorriso que começava a se insinuar no rosto frouxo de Jordan. — Barcos diferentes, claro.

O sorriso secou. O que pareceu altamente satisfatório.

— Todos para fora — Alexander ordenou. — Vamos!

E os miseráveis saíram marchando para Lowestoft, por um trajeto de mais de 70 quilômetros, sem comida ou descanso, por economia — duras 24 horas que lhes trariam ternas e nostálgicas recordações quando se lembrassem delas, embarcados. Alexander ia à frente, em seu carro. Como sempre, estava com pressa. Precisava voltar para o mar.

As águas rasas poderiam migrar.

Na noite seguinte, após ter deixado sua digital no registro de funcionários, o jovem Jordan — ninguém mais o chamou por seu nome daquele dia em diante, e logo ele mesmo esqueceu que tinha um nome — se viu tremendo na beira de um cais. Pedras de granizo zuniam em meio à chuva. Elas brilhavam nos deques em formato de folha e nos mastros oleados de três imensos barcos.

— Isso aqui é grande — ele disse.

— Deus lhe ajude! Isto aqui é apenas um barco de um só mastro — disse o pai. — Espere até ver uma traineira. — Então apertou a mão do filho. — Lá vamos nós.

Um sujeito corpulento, com macacão brilhante e uma lista na mão, disse:

— Jordan, filho, *Marigold*. Jordan, David, *Sibylla*.

— Cuide bem dele — disse David.

— Ele que se cuide — disse o homem. — Porque isto aqui não é nenhuma porcaria de internato para filhinhos de padres.

— Cuidado com o que você diz — emendou David, que tinha, entre outros defeitos, uma tendência a se indignar pelos outros.

O cara corpulento agarrou David, ergueu-o no ar e atirou-o do cais ao convés do barco, uns 2,5 metros abaixo. Ali David ficou estirado, gemendo, sob a luz do gás. Jordan queria ajudar o pai, mas o menino também acabou levando uma pancada na cabeça, o que a fez zunir como um gongo. O rapaz estava na ponta do convés, e alguém o obrigava a puxar um cabo. Houve um espadanar de lona e um ruído explosivo. Alguma coisa acontecia no deque sob seus pés, como se algo tivesse estado morto e agora ressuscitasse. Ele viu globos de gás refletidos na água preta entre o cais e o quebra-mar, numa faixa que aumentava progressivamente. Ouviu o ronco da água vazando nas pilastras, que deslizavam para trás; a vela do estai foi de frouxa a cheia contra a chuva que vinha do céu em lambadas. A maré tirou a embarcação do porto e a entregou à noite, negra como um saco de carvão. Alguém jogou cânhamo duro em suas mãos ásperas de asilado e disse, atenção, é assim, ralé, dois, seis, *puxa*, então ele puxou e teve os pés pisados pelo homem que estava à sua frente. Sob os globos de gás lá atrás no porto, outro barco de um mastro só, agora pequenino pela distância, estava içando sua vela e levando a proa para trás, para desencostar do molhe, a fim de se enfiar na noite. Naquele lá está o meu pai, ele pensou enquanto provava aquele sal que não era do mar e vinha descendo como chuva no seu rosto. Ele também está vindo. Vamos ficar perto um do outro.

Estavam fora do abrigo da cidade. Um vento intenso topou com a vela mestra. Houve um forte estrondo de vigas e cabos. O *Marigold* virou sua amurada de sotavento para o mar negro como tinta e começou a rasgar as águas a nordeste. Jordan se deitou num cubículo úmido de madeira que fedia a peixe, ouviu o tambor do mar batendo de encontro às tábuas de lariço a 8 centímetros de suas orelhas e pensou: Lá adiante eu vou ver meu pai de novo. Mas o sentimento foi estranhamente calado. O futuro tinha começado e o levava para o escuro, onde sua verdadeira vida lhe esperava.

Uma botinada expulsou todo o ar de seus pulmões. Um reflexo que vinha dos tempos do asilo fez Jordan ficar em pé num pulo, antes mesmo de acordar. Subiu para o deque aos tropeções.

O mar azul-cinzento era manchado por saliências brancas como gelo. O mastro da embarcação desenhava largos rabiscos no céu. A vela mestra estava rizada, o bico da carangueja tinha caído e o cabo de içar estava todo enrolado, de modo que a mestra tinha se enrugado formando um monte de pano castanho e fazendo enorme estardalhaço. A vela do estai levava o barco na direção de uma enorme embarcação preta, com dois mastros. A vela mestra do barco preto recuava e enchia; a mezena estava esticada, e a vela do estai, apertada contra o mastro.

— Jordan, Dyke, Cotman — rugiu uma voz áspera como cascalho grosso. Os dois barcos se aproximaram. A traineira parecia comprida como um trem expresso. As amuradas balançavam a 30 centímetros de distância. — Vão! — trovejou a garganta de cascalho.

Jordan se sentiu arremessado num deque úmido. As pessoas o xingavam, chutavam e atiravam sacolas que passavam voando perto dele. Alguém gritou que ele se vestisse rapidamente e reforçou a ordem com um pontapé. Jordan se vestiu. Pacotes eram jogados do barco menor para o maior. Uma rede. Um cabo de rede de arrasto. Gelo em sacos. Batatas, já estragadas. Do outro lado, caixas com várias coisas, úmidas, frias. Peixe seco. Ele viu quando o nariz do barco menor subiu, a vela mestra abaixou, a escota da retranca correu, e a vela encheu; viu o rastro de cor creme que foi se formando largo como uma estrada, conforme a traineira cruzava o azul-cinzento.

— Ei! — disse a voz de cascalho. — Você! Vá e comece a carregar o maldito gelo.

— Gelo? — A claridade da luz estava forte demais. Não havia horizonte.

Uma mão de pedra agarrou-lhe a orelha. — Eu sou o imediato — sibilou a voz, crua como sangue. — Agora, some daqui e vai pro porão antes que eu lhe mate, desgraçado.

— Ai, ai, ai — disse um homem sem dentes, puxando uma rede de arrasto solta pelo chão do porão. — Bem-vindo ao resto da sua vida, ralé. Vida que vai durar pouco, a menos que você aprenda a ser ligeiro. Você tem de ser ligeiro neste jogo cabeludo, a não ser que queira ser morto. Seja rápido, pegue os peixes. Antes que as malditas águas rasas mudem de lugar. Agora vamos lhe mostrar para que serve o cabrestante e depois ancorar; em seguida, você pode cozinhar pra gente um grude qualquer.

— Cozinhar?

— Ou morrer — disse o homem sem dentes. — Pra gente, tanto faz.

Não chamou a atenção de Alexander, nem lhe causou remorso, que David Jordan tenha morrido afogado num bote a remo, quando transferia caixas de peixe seco de uma traineira para o barco menor, um mês depois de entrar para a frota — embora provavelmente ele tenha lamentado, sim, a perda de todo aquele peixe. Não há registro de como o jovem Jordan se sentiu com isso, e nem de como se sentia a respeito de qualquer outra coisa. Aprendizes bem-sucedidos não tinham por hábito deixar que seus sentimentos se tornassem perceptíveis, e o jovem Jordan dava os primeiros sinais de sucesso. Depois da morte do pai, esses sinais pareceram se amplificar. Ele passou rapidamente pelas etapas de aprendizado: cozinheiro, taifeiro, ajudante e, depois de seis anos, imediato, perdendo, ao longo desse tempo, a ponta de um dedo e quase todos os escrúpulos.

Foi nesse momento que Alexander reparou nele novamente.

Tinham sido seis anos cheios de afazeres para Alexander. Os peixes vinham à tona numa maré de prata, saíam dos barcos para os mercados e dali para os trens que iam até onde houvesse gente disposta a pagar pela carga. Os acionistas pressionavam. E também os crentes, porque, quando você tem pressa e quer manter baixos os custos, acaba atropelando as pessoas, e não é culpa de ninguém se um monte delas não passa de gentalha barulhenta. Era uma coisa lógica pensar que ninguém esperto e decente acaba como ralé. Na opinião de Alexander, se aqueles degenerados sofriam acidentes ou fugiam, isso melhorava o nível geral da população e, por conseguinte, da frota e do mercado.

É verdade, dizia Alexander, que não se pode construir uma forte indústria da pesca sem saber como a natureza se comporta. Veja o caso dos peixes. Havia muito tempo que a pesca costeira tinha acabado. Silver Pits estava forrado de barcos. Em Dogger Bank eles também eram abundantes, e o tamanho dos peixes era cada vez menor. Estava na hora de procurar locais mais distantes onde pescar. E não era possível fazer isso com os barcos antigos. Agora, tinha chegado a vez do vapor. Embarcações maiores, em menor quantidade. Menos barcos significam que é preciso selecionar com atenção os capitães e separar as ovelhas dos bodes, os vencedores dos perdedores, os sobreviventes dos animais preguiçosos.

Era o que Alexander estava fazendo agora, nessa noite, no escritório decorado em mogno escuro de sua confortável residência com vista para o estuário de Humber; mogno escuro para todo lado. Pensando em Jordan. Do lado de fora, a luz vermelho-sangue do píer se refletia na água escura – um de seus barcos estava quase saindo para a pesca. Do outro lado do vestíbulo, vozes murmuravam. Sua esposa tinha convidado o bispo para o chá. A propriedade ficava a quase 3 quilômetros de um povoado sem nome, perto de Stiffkey. Uns bons 3 quilômetros. Isto sim, pensou Alexander, desarrolhando o frasco de vidro quadrado. É isto que se faz, na vida e na pesca. Ir atrás das águas rasas, quando elas migram.

Mas, e esse Jordan... Pai frouxo, filho proveitoso. Todos esses anos, os aprendizes chiaram por causa das surras, das malandragens, dos afogamentos, mas, de Jordan, nenhum pio. Tinha suportado vigias, botado goela abaixo um milhão de vezes o grude de bordo do *Black Maria*, arrastado as redes e feito sabe-se lá o quê – pouco se importava Alexander – com tudo que tinha ganho.

E então houve aquele mês de dezembro, há quatro anos.

Aquilo tinha causado um extremo alvoroço. A maré grande corria para o Norte, a brisa zunia vindo da Islândia, e o Mar do Norte se estendia sem fim. Quando o mar virou, derrubou o quebra-mar em Cley e separou Spurn Point do continente. Metade da frota estava com os mastros avariados, e os maus capitães tinham pago sua incompetência com a própria vida. Tendo perdido mais de cem homens, Alexander parou para pensar. Ficou muitíssimo aborrecido com as estatísticas e se serviu de mais uma dose. Naquela época, o *Black Maria* tinha os porões cheios de mercadoria quase estragada e os mercados não viam nem cara de peixe havia mais de uma semana. Jenkins, do *Marigold*, tinha ido até lá, mas não podia mexer, não conseguia tirar os peixes do *Black Maria*, culpando o mau tempo, e quando enfim o *Maria* chegou em casa, todos os outros barcos também já tinham regressado e, portanto, o preço despencara.

Jordan, imediato do *Maria* nessa altura, disse ao capitão que orientasse o *Marigold* a navegar junto dele. O mar estava virado demais para dar impulso, então ataram os botes como largas defesas entre os costados e atiraram as caixas sobre as amuradas, de um lado a outro, o melhor que podiam, enquanto o vento uivava e a mezena do *Maria* mantinha os barcos embicados. Durante todo o tempo em que jogaram os peixes de lá para cá, desviando-se das lascas de madeira, Jenkins berrava que não ia; até que Jordan disse que se Jenkins tinha medo, ele mesmo ia pegar os malditos peixes; e Jenkins respondeu que fizesse como bem entendesse. Então Jordan pediu uma vara, para lhe dar impulso, um par de vergas e alguém para ajudar, um cara só, que se prontificasse por 5 libras. Alguém deu um passo à frente e Jordan teve de pedir três vezes ao *Maria* que soltasse a chalana, porque ninguém conseguia ouvi-lo em meio aos uivos do vento.

De repente, visto do deque do *Black Maria*, o *Marigold* não passava de um trapo de vela do estai deslizando adiante, rumo a uma borrasca e tanto, rodeado por espuma branca.

— Nunca mais — Jenkins disse. — Estão todos mortos. — Mas, talvez, dentro dele houvesse aquela espécie de sensação de vazio típica de quando você salva a própria pele, mas perde o emprego, e de repente você começa a entender que não era a coisa certa a fazer e agora já é tarde demais para reverter a situação. — As caixas vão virar, o barco vai emborcar e encher e...

— Eles estão içando a mestra — falou Wally Hitter, o capitão, que estava com a luneta.

— Os caras estão mortos — respondeu Jenkins com voz mais grave ainda.

Hitter mantinha a luneta assestada no *Marigold*. Ele viu a mestra subir. Viu o barco fazer uma manobra alucinada e expor o costado ao vento e à água que, primeiro, o afundou a sotavento e, depois, quando a vela perdeu o vento e o chão rodopiou, cobriu o outro lado. Ele ainda disse:

— Minha nossa! — Alguém menos devoto teria soltado um palavrão cabeludo.

Alguma coisa tinha ocorrido a estibordo. As vergas estavam fixadas na horizontal e, com isso, se projetavam a barlavento, como nos barcos de regata. Açoitada pelos brandais, jazia a chalana do *Marigold*, que, inundada pela tormenta, funcionava como um contrapeso de 3 toneladas à força da mestra adernada. Por causa disso, mesmo em meio à tempestade turbilhonante, a embarcação estava equilibrada, com o segundo riz distensionado.

A embarcação agora se tornara um borrão branco de água indo na direção de Humber, a mais ou menos 90 quilômetros, cortando o vento. A mancha branca relampejava em meio às rajadas da tormenta.

— Jenkins — chamou Wally Hitter, solene como se falasse de um púlpito —, você vai precisar de um novo barco.

Essa profecia tornou-se realidade no momento em que Alexander demitiu Jenkins e colocou Jordan no controle do *Marigold*. Quando Wally Hitter perdeu o ritmo a ponto de não conseguir mais acompanhar o movimento das águas rasas, Alexander o demitiu e transferiu Jordan para o comando do *Black Maria*.

Nos três anos que se passaram desde então, Jordan cumprira sua missão. Tinha usado pouco os equipamentos e mantido as velas içadas, enfrentando um clima que fez o resto da frota correr para casa. Como capitão substituto de uma traineira a vapor, ele tinha perseguido as águas rasas cada vez mais para o Norte, combatendo islandeses bem diante de suas repulsivas praias negras. Vou lhe dar sua própria traineira a vapor, pensou Alexander. O *Gloria*. Agora. Escreveu a ordem, assinou, e se sentiu insatisfeito.

Atualmente, pescava com a caneta. Tinha comprado os acionistas já há alguns anos. Era dono de doze traineiras e de mais meia dúzia de pesqueiros a vapor. Fora um dos que transformaram a pesca, antes uma atividade de quintal, em uma grande indústria. Tinha 45 anos agora, e sabia tudo que havia para se saber.

Exceto o motivo por que as águas rasas migravam.

E por que as mulheres queriam tomar chá com bispos.

Serviu-se de outra dose.

Na manhã seguinte, mandou que construíssem uma suíte pequena, mas luxuosa, para seu uso pessoal, atrás da casa do leme do *Minnie*, a mais recente aquisição de sua frota de barcos de pesca a vapor. Para a consternação do capitão desse novo barco, ele de repente aparecia na casa do leme e ficava horas e horas impassível, contemplando a sacolejante linha de rolhas que se estendia da proa do *Minnie*. Em pouco tempo, suas traineiras a vapor, vindas do norte do Mar do Norte, alcançariam Alexander ali e o cumprimentariam mergulhando o samburá. Alexander fingia não perceber, mas todos que estivessem por perto notavam quanto ele apreciava o gesto.

Outra fonte de satisfação eram os atuns que perseguiam os arenques no Mar do Norte, naquela época do ano. Talvez Alexander sentisse uma vaga afinidade com eles, todos caçadores das águas rasas. O Mar do Norte não era um território óbvio para o atum. Então, como é que aqueles imensos torpedos prateados conseguiam localizar as águas rasas e predizer para onde se movimentariam? Naturalmente, a curiosidade de Alexander levou-o a querer matar os atuns, e ele então embarcou na única pesca de toda a sua vida cujo único propósito era pescar e não fazer dinheiro – ao mesmo tempo, resmungava consigo, baixinho, que estava ficando um molengão como Denis, não, David Jordan, aquele malandro inútil, o tempo todo com varas e linhas.

Quando o mar começou a ferver e escumar com aquelas cabeças de palhaço e caudas de cimitarra, Alexander lançou um bote que ficava no barco de pesca, uma pequena e elegante chalana com um caranguejo na vela mestra. Entrou na chata enquanto os barcos de pesca estendiam as redes e lá se foi, velejando com um tonel de arenques, que pretendia usar como isca, uma vara grossa e curta e um rapaz troncudo que o ajudaria a trazer os atuns para bordo. Ficou nisso o verão inteiro e, de tempos em tempos, fisgava um peixe. Numa tarde de setembro, quando as nuvens pincelavam o mar com rajadas pontiagudas de chuva, Alexander, o rapaz e o bote desapareceram durante uma borrasca.

E nunca mais foram vistos.

O que viram foi a vela da chata, mas não a embarcação propriamente dita. A vela foi encontrada enrolada muito rente da âncora de estibordo do *Gloria*, do capitão Jordan, o orgulho da frota de traineiras Rourke. O *Gloria* tinha avançado para o Norte, a fim de explorar uma nova zona de pesca na região de Tromso – na realidade, bem longe no sentido norte. Mas os peixes eram pequenos no trecho sul do Mar do Norte e o trabalho das traineiras a vapor era seguir a migração das águas rasas.

A investigação revelou que o *Gloria* tinha mudado de curso em seu trajeto rumo à zona de pesca, para fazer a costumeira saudação ao *Minnie*. Ao que parecia, a chalana de Alexander naufragara enquanto o capitão Jordan, às pressas, aproava o *Gloria* para atravessar a borrasca a uma velocidade de 12 nós. Entendeu-se também que o silêncio do capitão Jordan e sua expressão impassível encobriam uma tristeza sincera diante do chocante acidente que, por trágica ironia, colocou-o (fato revelado durante a leitura do testamento de Alexander) no controle da segunda maior frota de pesca do Mar do Norte. Admitiu-se tudo isso da mesma forma que se admite que, sob a impassível superfície do mar, as águas rasas são infinitamente numerosas, mas fadadas a continuar em movimento.

Houve quem quisesse investigar mais a fundo o acontecido. Mas era 1914 e, em breve, o mundo se dedicaria a pensar sobre outros assuntos. Seguiram-se cinco anos de guerra e o bacalhau do Mar do Norte desapareceu do mercado. Depois desse período de pausa, a pesca foi retomada, e o resultado foi a captura de bacalhaus gigantescos e em grandes quantidades.

Admitiu-se, então, que as águas rasas tinham retornado.

Sam Llewellyn

Sam é um escritor famoso por suas histórias de mar para adultos e crianças. Nascido no arquipélago de Scilly, tem velejado em barcos modernos e tradicionais ao redor do mundo inteiro. Fica indignado com a cínica rejeição a políticas sustentáveis de pesca da União Europeia e de outros países.

Devonia

Desmond Barry

Eu nunca tinha viajado para longe de casa. Não assim. Para o exterior. Para fora do país. Meu pai nos leva, a mim e a Charlie Williams, de carro até as Swansea Docks. Charlie Williams está no banco de trás. Ele está uma classe à minha frente porque tem catorze anos. Eu farei treze uma semana depois que o navio regressar. Umas meninas da minha classe também estão indo. Vanessa Francis, Elizabeth Jennings e Jane Phillips. Acho Jane Phillips o máximo, mas ela não me dá a mínima. Ela prefere os meninos mais velhos. Pareço mais criança do que sou.

O céu é meio verde e preto porque estamos descendo a estrada de mão dupla ao longo de Jersey Marine, perto das refinarias de petróleo. O ar fede. Uma chama cor de laranja tremula no alto de uma torre de madeira. Estão queimando e expelindo gases. Todo o petróleo, espesso e negro, entra por Port Talbot Dock, vindo da Arábia Saudita ou de outra parte, para aqui se transformar em gasolina e outras coisas. Desintegração do petróleo. Aprendemos isso na aula de geografia. Estamos indo para Alicante, Gibraltar e Lisboa. A viagem seria até Tânger, mas começou a Guerra dos Seis Dias e eles acharam que uma turma de adolescentes britânicos não devia ir para um país árabe.

Howard Schwartz achava que a Terceira Guerra Mundial teria começado se os israelenses não tivessem derrotado os árabes. Eu mesmo não achava que isso aconteceria. Mas Schwartz disse que os americanos iam se meter por causa do petróleo. Em Israel não tem petróleo, mas os árabes têm de montão; os russos apoiam os árabes, e os americanos apoiam os israelenses. Bem, talvez ele esteja certo. Schwartz é o único judeu que eu conheço. Está na nossa classe, mas não veio no cruzeiro com a gente. O pai dele é oculista, ou seja, dinheiro eles devem ter. Meu pai trabalha numa fábrica e minha mãe, numa loja. Há uns dez meses eles me deram as 10 libras do depósito para a escola, e 1 libra por semana, toda segunda-feira, para pagar esse cruzeiro no *Devonia*. Tudo custou 42 libras. O pai de Charlie não trabalha numa fábrica. Ele é baterista numa banda. Toca em clubes. Gosta do velho *rock and roll*... Bill Hailey e Buddy Holly, esses caras... Ele é velho demais para estar numa banda como os Beatles, os Stones ou The Who. Os Stones tocaram em Tânger. Acho que foi para arrumar drogas. Mas a gente está indo para Gibraltar. Os árabes têm todo o petróleo e toda a droga. Os israelenses só têm Israel, o que é mais do que justo depois do que os nazistas fizeram com eles. Isso sem considerar que eles expulsaram os palestinos para ficar com aquela terra. Bem, o caso é que a Guerra dos Seis Dias acabou com a nossa ida a Tânger. Nem sei bem de quem é a culpa. Não acho que os Stones se importaram muito com a Guerra dos Seis Dias, nem com quem está do lado de quem. Eles só queriam as drogas. Teria sido legal ir à Casbah. Andar por todas aquelas vielas, com os caras de turbante, vendendo tapetes e fumando em narguilés. Durante meses, Charlie Williams e eu só falamos disso. Tem um pouco a ver com a música. Os Beatles estão tocando essas músicas incríveis com sons indianos, e é tudo meio que uma viagem, pra dizer a verdade. Não sei bem qual é o grande problema das drogas, exceto que podem lhe mandar para a cadeia se você estiver com elas. Elas também fazem você achar que pode voar, e aí de repente você salta pela janela, ou coisa parecida. Enfim, estamos indo para Gibraltar em vez de Tânger, e não acho que lá existam drogas. O lugar é britânico demais.

Depois de Jersey Marine o sol aparece, o ar fica limpo e não fede mais a petróleo. A gente sai da estradinha de mão dupla e dobra à esquerda, para Swansea Docks. No portão tem um sujeito num macacão de metalúrgico, ele abana os braços para mostrar onde devemos estacionar. Meu pai para perto de um edifício grande e saltamos do carro. Tem gente por todo lado. Vamos até um dos enormes barracões da alfândega e vejo Neddie Seagoon com os outros meninos da nossa escola. O nome dele de verdade é sr. Morgan, e ele dá aula de história, mas se parece com Neddie Seagoon dos *Telegoons*. A srta. Cooper está com ele. Ela dá aula de latim. Ela é realmente linda. Cabelo loiro e seios grandes. Aposto que Neddie não se incomodaria nada de sair com ela. Mas não acho que ele tenha chance, pra dizer a verdade. A srta. Cooper é muito séria. Acho que todos os professores de latim devem ser muito sérios porque têm de saber todas aquelas conjugações, e é realmente uma chatice interminável. *Amo, amas, amat, amamus, amatis, amant. Ero, eris, erit, erimus, eritis, erunt.* Eu também não ia achar nada ruim pôr as mãos na srta. Cooper, mas devo ter tantas chances quanto Neddie.

Prontos, meninos?, diz meu pai.
Sim, respondo.
Estou pronto, Charlie diz.

Charlie está realmente nervoso. Ele ri. Os olhos dele são bem apertados e quando ele ri ficam ainda mais fechados. Provavelmente também estou nervoso, mas não demonstro. Tiramos as malas do bagageiro. Meu pai está sorrindo, mas está igualmente ansioso.

Venham, garotos, Neddie chama.

Vá, filho, diz meu pai.

A mala está um pouco pesada e eu a levo pendurada, ajudando com a perna. Lá dentro tem um par de calças limpas, meias e camisetas para todos os dias em que ficaremos fora. Também trouxe um exemplar de *Moby Dick*. É realmente grosso. Não sei se consigo ler tudo em duas semanas, enquanto estiver a bordo. Acabei de começar. As primeiras páginas são brilhantes, mas depois o ritmo fica um pouco lento. Como eu vi o filme, eu já sei o que acontece. Mas o livro é melhor. Algumas partes, pelo menos. Não sei o que o Charlie colocou na mala dele. Mas, sem dúvida, ele não tem um *Moby Dick*. Ele não costuma ler muito. Meu pai deixa que eu leve a mala sozinho. Charlie também está carregando a dele. Tenta arrastá-la com as duas mãos. Ele é muito magrelo e está com o rosto todo vermelho.

Neddie troca um aperto de mão com meu pai.

Agora temos de entrar, ele diz.

Meu pai dá meu passaporte para ele. Vale por um ano, um papelão dobrado, de cor meio caramelo, com minha foto e minhas características num selo. Neddie está com os passaportes de todo mundo na mão. A srta. Cooper acompanha as meninas. Ela tem um corpo cheio de curvas lindas. Mas acho que isso eu já disse.

Tchau, filho, meu pai diz. Lhe vejo daqui a duas semanas.

Tchau, pai.

Aceno com a mão e depois vou atrás de Charlie, Michael Powell, Ian Jones e os outros; com Neddie à frente, vamos para um dos barracões da alfândega; lá dentro é imenso. O eco é forte por causa do barulho de todas as crianças falando. Crianças de todas as partes de Valley, Cardiff e Swansea, e outras da Inglaterra – Liverpool, Manchester e Birmingham. A srta. Cooper está do outro lado, na mesa das meninas, mostrando os passaportes pros caras. Eles nos fazem sair por umas portas imensas, do outro lado do barracão, e agora estamos exatamente dentro das docas, com aqueles impressionantes cabrestantes pintados de branco e cabos por todo lado, grossos como a perna de Neddie, que é gordo; o barco é simplesmente enorme. Não se deve chamá-lo de barco, é um navio; enfim, é todo pintado de branco; os cabos descem dele até as docas e dão a volta nos cabrestantes; tem uma prancha de acesso que desce até o chão da doca e fica encaixada numa porta que se abre na lateral do navio. Agora estamos subindo pela prancha. Ela estala e se mexe, e isso é totalmente incrível. Ali está um sujeito alto e magro, com cabelo ensebado, que parece o diretor do navio ou coisa assim; não tem como ser o capitão do navio com aquela aparência. Pra dizer a verdade, o jeito como olha pra gente me dá arrepios.

Bem-vindos a bordo, ele diz. Acompanhem o oficial Stevens até suas cabines.

O oficial Stevens parece ter uns dezessete anos. Ele se acha o máximo, está na cara. Fica nos dando ordens como se fôssemos todos marujos. Descemos degraus de ferro e entramos nas cabines. Lá dentro tem uns vinte beliches.

Quero um de cima, digo.

Já tirei o *Moby Dick* da mala e o joguei no meu beliche, para que todos ali vejam que aquele é o meu. Michael Powell atira a mala na cama debaixo da minha. Charlie Williams se empoleira no alto de outro beliche, na minha frente. Não sei onde estão as meninas. Aqui, pelo menos, não estão.

Estes são os crachás de sua cabine, informa o oficial. Todas as cabines têm nomes de exploradores britânicos.

O nosso crachá é amarelo e na frente está escrito "Burton".

Na biblioteca da escola existem uns seis volumes de *As mil e uma noites*. Esses livros têm desenhos de mulheres seminuas. Burton os traduziu. Ele também traduziu o *Kama Sutra* e *O jardim perfumado*. Carl Ponting comprou esses dois livros de uma banca no mercado Ponty. Nós lemos uns trechos em voz alta, no mato atrás da escola. Minha mãe me mata se ela descobrir. É engraçado terem colocado o nome dele numa etiqueta para uma turma de meninos. Gostei de ter visto os livros dele.

De volta para o deque, instrui o oficial. Compareçam ao local de revista.

Vamos seguindo o cara escada acima e, na proa, seguimos até o ponto de inspeção da cabine Burton. Eu gosto daquele nome. Ponto de inspeção.

Vocês devem vir para cá caso haja algum acidente, orienta ele. Isto é, se a sirene disparar. Os coletes salva-vidas estão aqui.

Ele nos mostra onde estão os coletes: num tipo de caixote de madeira que fica no deque. Depois nos ensina como vestir aquilo e então indica onde estão os botes salva-vidas. Nem saímos das docas ainda.

Muito bem, por ora é só. Dispensados.

Todos olhamos uns para os outros. Está na cara que todo mundo pensa a mesma coisa. Mas que cretino... Bem, então agora já sabemos para onde correr se o navio começar a afundar e sabemos como enfiar os coletes e entrar nos botes. Só no caso de vir uma tremenda borrasca e a gente bater num rochedo. Não há chance de haver um *iceberg* onde estamos indo. O Mediterrâneo, dizem que é quente. Só espero que o cretino não fique nos dando ordens por duas semanas.

Ouvimos um apito e agora pode-se escutar o rumor das máquinas na barriga do navio, lá embaixo. Corro até a amurada para olhar a doca. Estamos zarpando. Soltaram os cabos que envolviam os cabrestantes. A tripulação, a maioria parecendo hindu, está enrolando os cabos na proa. Espero que também estejam fazendo isso na popa. Olho para a doca; todos os pais e mães estão lá, consigo ver o meu pai; aceno para ele; o navio se vira em sentido contrário à doca e se afasta dali mais depressa do que eu achava que conseguiria. Estamos ao largo de Swansea Bay; olhando para trás, na direção da cidade, posso ver o Mumbles Pier e o farol, enquanto a proa do navio vai rasgando as águas; agora realmente estamos indo embora. Não dá mais para voltar. Sem pai nem mãe. Isso é muito bom.

Dizem que no lugar para onde estamos indo o mar é azul, mas este é o mar de verdade. O Oceano Atlântico. Cinzento. Como um navio de guerra. Como nos filmes com o pai de Hayley Mills. Tenho uma miniatura do *HMS Hood* e outra do *Bismarck*. Modelos que me custaram anos para montar. Esses dois navios foram a pique durante a guerra. Dá para imaginar direitinho os dois fumegando no nevoeiro e no mar cinzento, disparando seus canhões de 15 polegadas. Mas, ao largo da costa de Swansea, o céu está limpo e os raios do sol riscam o horizonte; toda a superfície do mar faísca como um espelho. Está tudo tão calmo. A proa do navio corta a água como lâmina, formando uma espuma branca dos dois lados. Não devemos assobiar. Neddie que nos disse. Os marinheiros acham que isso atrai tempestade. Mas isso é que dá vontade de assobiar, alguém dizer que não pode. Eu e Charlie Williams caminhamos pelos deques, assobiando. *Coronel Bogey*. Mas, quando vemos Neddie, paramos.

Posso ouvir gente falando com sotaque de Liverpool. Deve ser espetacular ser de Liverpool, porque é de lá que vêm os Beatles.

Então uma menina grita:

– Ei, você é aquele cara, não é? Que estava com Robin?

Olá, Rosie, Charlie diz.

A menina é magrela. Fica dando a impressão de que me conhece, mas eu não sei quem ela é. É evidente que conhece Charlie. O cabelo dela é curto e ela está com um vestido amarelo de verão, e a gente pode enxergar a alça do sutiã. Ela é da idade do Charlie, acho, ou só um pouco mais velha.

Robin?, pergunto. Não conheço nenhum Robin.

Mas isso é estranho. Tenho certeza de que ela acha mesmo que me conhece. Era você, sim. Sem dúvida. Debaixo da ponte. Lá pros lados de Abercanaid.

Não, respondo. Não conheço nenhum Robin.

Tinha um outro garoto também, ela diz.

Então eu me lembro. Mas ela não tinha essa aparência. Não era tão magricela. Não tinha essas curvas. E a amiga dela era muito mais criança que ela. Ficamos todos contando as piadas mais sujas que já tínhamos ouvido. E começamos a falar sobre o que os meninos faziam com as meninas.

Não conheço nenhum Robin, outra vez eu digo.

Sinto que estou vermelho como um pimentão. Mas agora não posso mais voltar atrás, posso? Acabei de jurar que não conheço nenhum Robin. Isso é verdade. Ela está falando é de Robert Wells. Ele me levou até lá com Peter McKenzie, porque achavam que eu sabia um monte de coisas sobre o que meninos fazem com meninas. E eu sabia... Mas como eu descobri... No fim das contas, ela sabia mais do que eu. Essa Rosie. Não podia lembrar que ela se chamava Rosie, podia? Nem o nome da amiga dela. Acho que as duas já tinham feito algumas daquelas coisas que estavam contando. Com meninos que elas conheciam. E eu só tinha...

Tenho certeza de que era você, ela diz.

Do que você está falando, Rosie?, Charlie pergunta.

Daquele lindinho de Liverpool ali, ela comenta, começou a me azarar assim do nada.

Rápido no gatilho, Rosie, Charlie retruca.

Espero que seja, ela devolve.

Ela ri e me olha de novo, certa de que sou eu, e eu desvio os olhos porque já disse que não a conheço e agora não posso mais voltar atrás. Nem quero. Sinto o deque balançando debaixo dos meus pés.

Um sino toca três vezes, como na escola.

Esse é o sino da cantina, Charlie diz.

Vou ver onde as meninas estão, anuncia Rosie.

Ela me dá mais uma olhada daquelas e então sai andando.

Ela vai fazer de tudo, vai sim, Charlie previne.

Rio. Um pouco forçado.

Não conheço nenhum Robin, insisto.

Agora estamos descendo até nossa cabine; aquele oficial Stevens vai à frente e entra pela cozinha. Eu me seguro num anteparo enquanto o navio balança e a escada se inclina. Sob o deque, o mesmo mau cheiro das refeições da escola. Stevens nos mostra a porta da cozinha; pego uma bandeja; um sujeito hindu coloca carne, batatas e vagens nos pequenos compartimentos. Vou me equilibrando até a mesa. As mesas têm uma barrinha em volta para as bandejas não escorregarem quando o navio jogar de um lado para outro, durante as tempestades. Logo vamos saber se adiantou alguma coisa a gente ter assobiado.

Não quero ficar me encontrando toda hora com Rosie, mas é que o navio não é lá muito grande, entende? O barulho das máquinas bate ritmado debaixo dos meus pés. Petróleo. Ela sabe de mim mais do que estou disposto a reconhecer. O que será que Robert Wells disse a ela? Se ela contasse pros outros, como Charlie, ou outros meninos, o que eles falariam de mim? Mas eu tinha só sete anos quando aquilo tudo aconteceu. Aquela coisa que me fez descobrir tudo o que eu sabia. Não acho que Robert Wells soubesse. A menos que John Broderick tivesse contado que queria tentar fazer umas coisas comigo. Eu achava que tudo bem porque, afinal, eles eram mais velhos; mas agora estou esperto. Preferia que não tivesse acontecido. Mas de todo jeito Rosie falaria disso se soubesse, não é? Eu não vou contar para ninguém. Vão achar que sou bicha.

A comida não é uma delícia, mas dá para engolir. Ainda está claro lá fora porque é verão. Eles falam que a gente tem de ir para a cama quando for nove e meia e que as luzes se apagam às dez. Vamos ver. Não ligo. Agora, quero ler um pouco de *Moby Dick*, deitado na parte de cima do meu beliche. Vou procurar um trecho bom. Um pedaço com alguma coisa excitante. Pescar a baleia com arpão. Eu bem que gostaria de fazer uma coisa dessas. Ou uma tourada na Espanha. No *Moby Dick* não tem nada parecido com o *Kama Sutra*. No começo, o arpoador hindu deita na mesma cama que Ishmael, o herói do livro. Eles não se conhecem. Não fazem nada. Nem tentam nada. Já são dez horas? As luzes se apagam. Coloco o livro debaixo do travesseiro e tento dormir em cima dele. Mas não conheço nenhum Robin. Isso não era mentira.

Swansea desapareceu. A bombordo, em algum lugar, fica a costa da França, mas a gente não consegue ver. Estamos na baía de Biscaia, no meio do mar, e não vemos terra nenhuma. É magnífico: só o navio e essas ondas imensas que nos suspendem e logo nos deixam cair. Neddie está no deque. A cara dele está verde como o céu de Jersey Marine. Tá na cara que ele vomitou muito. Eu mesmo estou sentindo um pouco de tontura, mas não vomito. Outras pessoas estão vomitando, debruçadas na amurada, tomando cuidado para não vomitar contra o vento. Este é o mar de verdade, cinzento, e não vai me deixar enjoado. Mas também não vou mais ficar assobiando. Não seria má ideia ver uma baleia, de repente. Só acho que não tem a menor chance. É um longo percurso através do Atlântico até New Bedford, onde o *Pequod* içou velas, e acho que levaria pelo menos umas três semanas até a gente chegar lá. Cruzar a baía de Biscaia leva um dia inteiro. Neddie dá uma golfada rápida, de lado. Fico com um pouco de pena dele, pra dizer a verdade, e sei que ele se sente um pouco envergonhado porque percebe que eu não vou vomitar daquele jeito. Não mesmo. Mas tenho de confessar que ficarei feliz que tudo isso acabará quando chegarmos do outro lado. Acho que aqui devemos estar fora do alcance das previsões para navios.

Dogre, passável, força oito.

Francis Drake velejou assim no *Golden Hind*. Ele andou por estas bandas e chamuscou a barba do rei da Espanha. Em Cádis. Ateou fogo nos navios deles. A gente sempre lutou contra os espanhóis. Eles ainda querem pegar Gibraltar de volta. A gente não deve dizer nada sobre Franco quando estivermos na Espanha, e também não é para sermos atrevidos com a Guarda Civil. Neddie não quer que a gente acabe na cadeia. Um monte de gente de Gales partiu para lutas contra Franco na Guerra Civil Espanhola, mas perdemos. Franco é meio como Hitler, mas não tão ruim. Não sei como os espanhóis fizeram para aguentá-lo tanto tempo. Neddie acha que ninguém deve dizer nada sobre ele por causa da Guarda Civil. Imagino que devam ser como aqueles mexicanos que a gente vê nos filmes de caubói: gordos, com bigodões caídos e revólveres enormes; e eles não gostam de gringos. Por isso é melhor ficar de bico calado. Tenho de reconhecer que eles me metem um pouco de medo. Não acho que se importem muito com a idade. Se não gostam do cara, levam pra cadeia e pronto. E lá fazem coisas horríveis. É isso que eles sabem fazer. Eu não quero nada disso. Não quero nem pensar nisso.

Agora o tempo está ensolarado. As praias e penhascos são todos brancos. Neddie acha que estamos quase entrando no Mediterrâneo. Primeira parada, Alicante. Ali tem um forte onde ocorreu uma batalha durante a Guerra Civil Espanhola. Os mocinhos perderam. Como sempre. Não é como nos filmes. Quero conhecer alguns espanhóis. E portugueses. Não faço caso das pessoas de Gibraltar. Provavelmente são como as da nossa cidade. Não ligo. Gosto de estar no navio, só isso, indo para algum lugar. Ficamos no deque quase o tempo todo, jogando hóquei com um disco de corda e bastões de cana, ou então no convés, jogando críquete nas redes, ou nadando na piscina que fica na popa. Trouxeram um DJ. Ele toca Beatles, Stones e The Who; tocam os Monkees, de vez em quando, se a gente pede. Nada que preste. Bem no meio de *Last Train to Clarksville* Alison Taggart senta ao meu lado, na beira da piscina.

— Oi, você quer se encontrar com a Trish Mooney na coberta da proa, mais ou menos às oito?

Trish Mooney? Quem é?, mas não pergunto isso. Charlie Williams está com um sorriso rasgado. Ele sabe quem ela é. Não posso dar para trás, mesmo não sabendo quem é a menina. Ela deve ser legal, senão Charlie não estaria com esse sorriso todo.

Ela acordou no meio da noite, diz Alison, e falou: Eu quero Tommy Peters...

Tommy Peters. Sou eu. Ela me quer. Estou feliz com isso, apesar de não saber quem ela é. Parece que alguma coisa se expande em mim. Uma vontade. Ótimo.

Sim, eu vou me encontrar com ela, digo.

Vou usar calças *jeans* e uma camiseta bacana.

Quando eu e Charlie chegamos ao convés, lá estava a Rosie.

Você tem certeza de que não conhece nenhum Robin? ela diz, fiquei pensando nisso.

Encolho os ombros.

E aí, Rosie?, interrompe Charlie.

Fiquei com aquele menino de Liverpool aqui, na coberta, na noite passada, diz ela. Ele mal encostou a mão em mim. É muito devagar.

Charlie ri. Rosie gira nos calcanhares, com seu vestido leve e amarelo; fico aliviado que ela tenha ido embora, mas não posso parar de pensar que realmente gosto dela e do jeito como sorri.

Alison está no convés com Trish Mooney. Trish está com camisa e short esportivos, de algodão branco, e nos pés um par de tênis. Ela tem longos cabelos castanhos e grandes olhos da mesma cor; é bem magrinha e tem um rosto bonito; fico muito contente que tenha sentido vontade de ficar comigo. Comigo? O que eu fiz pra que ela tenha se interessado por mim? Ela nunca falou comigo. Nem eu com ela. E ainda nem estamos em Alicante. Charlie e Alison saem de fininho, deixando-me com Trish; nós começamos a andar pelo deque.

Eu queria ficar com você, ela diz.

Você é legal, eu digo.

Isso é meio sem graça, mas parece que ela não liga. Fico de costas para a amurada e me apoio em cima de um cano que corre o convés inteiro; só por isso consigo ficar um pouquinho mais alto que ela. Então ela me conta onde mora e fala que gosta dos Monkees, o que realmente não é um ponto a mais para ela na minha caderneta; não me incomodo com algumas das músicas deles, mas quem gosta dos caras tem que aceitar que eles não são uma banda de verdade, não como os Beatles ou os Stones, mas não digo nada disso para ela. Então eu a beijo. Ou ela me beija. Na boca. Não sei como começou isso. Estou com os meus braços em volta dela. E os braços dela em volta de mim. O sol está se pondo no Atlântico e aqui, tão perto da África, está muito quente; não me importo mais com aquela história de Robert e Rosie, e nem de como eu descobri essa história de meninos com meninas, porque nada disso é, nem de longe, parecido com isto aqui, e nem consigo acreditar, mesmo que eu saiba que na ponte, Robert e Rosie vão voltar um dia pra me amedrontar, e que o navio vai voltar e atracar em Swansea Docks, e que o carro vai subir de volta pela estradinha de mão dupla sob aquele céu esverdeado de Jersey Marine, e que eu vou me proteger da chuva debaixo da ponte de Abercanaid, mas agora não. Agora eu posso esquecer tudo, porque esta menina, esta menina linda, quis ficar comigo, bem no momento em que nosso navio está para sair do Oceano Atlântico e entrar no Mediterrâneo. Trish Mooney se interessou por mim. Por mim e por mais ninguém. Não consigo acreditar. Ali, na coberta da proa, estão todos os outros meninos e meninas como nós, encostados na amurada, e o mar subindo e descendo lá atrás, com a Espanha a bombordo e a África a estibordo; deve haver mais ou menos uns cinquenta garotos e garotas formando uns vinte e poucos casais. E eu sou um deles. Posso ver Rosie se esfregando naquele carinha de Liverpool, quando espio sobre o ombro de Trish; agora já não consigo enxergar mais nada porque meus olhos estão fechados; posso sentir o aroma do cabelo de Trish e do seu hálito, o gosto da sua boca; esta é a melhor coisa que já me aconteceu na vida. A melhor coisa da minha vida. Eu sei que só vai melhorar daqui em diante porque, neste momento, Trish Mooney está em meus braços, e minhas costas estão apoiadas na amurada. No fundo, sei que nunca mais na minha vida vou querer voltar pra casa.

DESMOND BARRY
Des Barry já publicou três romances, dos quais o mais recente é *Cressida's Bed* (Jonathan Cape). É professor de redação criativa na Glamorgan University.

Calmaria

John Williams

Kenny Ibadulla nunca tinha sentido entusiasmo pelo mar. Seu pai sempre fora marujo e, pelo que Kenny sabia, aquela era uma vida dura e perigosa. Enquanto crescia, decidiu que faria qualquer outra coisa da vida menos acabar enfiado em alguma chaleira velha, enfrentando sabe-se lá o que para chegar a Barbados e pegar uma carga de bananas. E foi isso que ele fez. Aliás, fez tudo que era preciso para garantir que fosse assim. É certo que tinha se envolvido com os barcos, usando-os para importar produtos do Caribe e coisas do gênero. Mas não banana, pois Kenny não era exatamente um quitandeiro. Kenny se especializara no que se poderia chamar de importação não oficial. Coisas que se mediam em quilos, gramas e onças, não em contêineres.

Mas tudo isso tinha ficado no passado. Atualmente, Kenny Ibadulla era um respeitável membro da comunidade, por assim dizer. Entre clubes e negócios no ramo de segurança, cuidando de construções e edifícios por toda a cidade, estava se saindo bem. Mais do que bem, para falar a verdade. Tão bem que seu contador já vinha lhe dizendo, há algum tempo, que ele devia investir um pouco de dinheiro em alguns projetos. Era mais ou menos assim que chegara a toda essa situação. Isto é, a situação do veleiro.

A coisa tinha se apoderado dele sorrateiramente. Não que ele tivesse crescido passeando de barco nas tardes de domingo ou coisa assim. Não vivera muito esse tipo de situação quando era criança. Com a maré desfavorável e as docas decadentes, quase ninguém mais saía para velejar só por diversão. Claro que havia os abastados de Penarth; também tinha aquele primo de sua mãe, que tinha um pequeno barco de pesca e se oferecera para levá-lo numa pescaria, uma ou duas vezes. E só. Na realidade, velejar por *hobby* nunca tinha lhe passado pela cabeça, pelo menos não até que a barragem fosse construída e as docas se transformassem numa maldita marina.

Foi um novo informante quem finalmente despertou seu interesse. Era um sujeito chamado Deryck Douglas. Cara engraçado aquele; tinha sido tira por algum tempo; foi expulso por causa de algum escândalo envolvendo oficiais da corporação que faziam vista grossa quando importações não oficiais entravam nas docas. Até onde Kenny sabia, e ele sabia um bocado sobre esse assunto, Deryck não tivera nada a ver com aquilo. Ele só servira de bode expiatório. A mesma porcaria de sempre: a culpa toda é do tira sujo.

Claro que ele recebia alguma espécie de propina e era um informante e tanto: conhecia seu riscado direitinho e realmente detestava os tiras. E isso chamou a atenção de Kenny. De qualquer forma, Deryck sabia bem como velejar e há anos insistia que Kenny experimentasse fazê-lo. Até que, finalmente, num domingo à tarde, um lindo dia de sol, Mel tentou convencê-lo a ir até o Ikea com ela – e ele respondeu que sim, ora, por que não?

De imediato, ele não tinha exatamente adorado o passeio, mas naquilo havia uma coisa que o atraía – afastar-se das pessoas, principalmente. Deryck não era muito de conversar, e Kenny apreciava isso. Na maior parte do tempo as pessoas ficavam em cima dele 24 horas por dia, sete dias por semana, pedindo-lhe favores, fazendo as perguntas mais idiotas, toda aquela encheção de saco que faz parte da rotina de um empresário legítimo.

Assim, algumas semanas depois, ele saiu novamente de barco; em poucos meses, a coisa tinha se tornado um hábito bastante regular. Todos os domingos ele saía para velejar com Deryck. Na maior parte do tempo não era a coisa mais excitante do mundo, só ficavam de lá para cá pela baía, descobrindo como tudo funcionava a bordo, e, de vez em quando, se o vento e a maré fossem favoráveis, seguiam na direção do canal, atravessando a barragem. Na primeira vez em que ele fez isso foi espetacular, aquela mesma sensação de tirar as rodinhas de apoio da bicicleta quando você ainda é um garoto. De repente a coisa fica séria porque você sente a possibilidade de um desastre.

Risco, era isso. Kenny sempre tinha adorado riscos e ultimamente eles pareciam ter desaparecido de sua vida. Tudo estava indo bem demais. Era tudo muito fácil; a empresa de segurança faturava alto e rápido, e isso não lhe parecia natural. Lá fora, no canal, sacolejando no encalço de algum cargueiro que passava por Avonmouth, ele percebeu quanto sentia falta de um risco.

— Então, Del Boy — ele disse numa daquelas tardes, sentado no barco, a meio caminho das comportas usadas para passar pela barragem, esperando que o nível da água subisse —, até onde você conseguiria ir nesta banheirinha?

Deryck encolheu os ombros.

— Bem, pode ser até onde você quiser; dar a volta na costa inteira, se for o caso. Ia levar umas duas semanas; você poderia sair pelo canal de Bristol, costear Land's End e subir pela costa sul. Está pensando em fazer isso um dia?

Kenny também deu de ombros.

— Parece bom. Mas será que você não consegue levar a banheira até a França ou coisa assim?

— Conseguir, eu consigo Ken, mas haveria riscos. Isto aqui não é exatamente um iate, se é que você me entende.

Kenny olhou bem para o barco. Era básico, com 15 pés de comprimento, uma vela e o leme. Deryck o chamava de escaler, embora Kenny sempre tivesse pensado que escaler era um daqueles botes pequenos de borracha que costumam ficar ao lado das balsas.

— Então – disse Kenny –, vamos supor que você queira fazer uma viagem grande, até as Canárias, ou cruzar o Caribe. De que tipo de barco a gente precisa para realizar uma coisa dessas?

Deryck olhou para ele.

— Pelo amor de Deus, Ken. Você chegou até Steep Holm uma ou duas vezes e já está pensando em cruzar o Atlântico?

Apesar disso, nas semanas seguintes Kenny se flagrou pensando a respeito do assunto com alguma frequência. Cruzar o Atlântico – poderia ir até o Caribe, passear pelas ilhas menores, quem sabe alcançar Trindade. Ele tinha uns sócios que eram de lá, dos tempos em que estava no ramo de importação. Isto é, se eles ainda estivessem vivos...

Não demorou muito para que aquilo deixasse de ser uma ideia e se tornasse uma obsessão. Quando Kenny tinha uma ideia, gostava de levá-la até o fim. Isso foi o que sempre o tornara diferente dos outros vagabundos com quem tinha crescido. Todos eles continuavam sentados no mesmo sofá e ainda assistiam a programas de TV, gritando com a esposa para que trouxesse logo o chá ou discutindo o jogo. Kenny se levantou e foi tratar de fazer suas coisas.

Estava na hora de encarar um desafio, um desafio de verdade. Era disso que ele tinha se alimentado aquele tempo todo. Desde quando era um garoto que jogava rúgbi, depois um ladrãozinho fazendo lá suas tramoias, e mais tarde um bandidão que reescreveu as regras do jogo, passando a trabalhar na legitimidade. E desta vez seria uma ousadia física também. Era disso que ele realmente sentia falta. Claro que no começo ele também tinha enfrentado desafios físicos, o tempo todo. Só que naqueles tempos os desafios eram do tipo errado, como ter de aprender a não entrar numa briga, ou a não atirar pela janela de qualquer décimo andar algum atravessador espertinho que estivesse tentando se instalar na sua praia. Naqueles tempos tratava-se mais de coibições, e Kenny estava farto daquilo. Queria estar em mar aberto, navegando em meio a ondas de 15 metros, num embate mano a mano com a natureza.

Era só uma questão de perceber como fazer aquilo, começando pela compra de uma embarcação. Deryck entregou-lhe algumas revistas com anúncios de barcos, mas Kenny não sabia exatamente o que eram aquelas coisas que via ali. Além disso, seus outros camaradas também não ajudavam muito. Ficavam só olhando para ele, confusos, como se ele tivesse dito que ia comprar um ônibus espacial ou coisa assim.

A primeira pessoa que realmente disse algo que prestasse foi Bernie Walters. Estavam no escritório de Bernie, na St. Mary Street, fumando Cohiba Esplendido, e conversando sobre a melhor estratégia de segurança para um dos shows de Bernie no Hilton. Falavam de como as coisas tinham evoluído desde os tempos em que Kenny contratava as *strippers* de Bernie para aproveitar as noitadas de quarta-feira no Dowlais. Aqueles dois tinham se saído muito bem com a valorização de Cardiff. Bernie continuava com a agência aberta, mas hoje em dia as meninas eram um item lá no fim da lista. Agora, sua especialidade era fornecer candidatos para programas de competição na TV. O pessoal do sul de Gales parecia muito bom para esses shows. Bernie tinha sido o agente daquela garota do *Big Brother* que costumava repetir como adorava arrotar, e esse tinha sido o início de tudo.

Enfim, ali estavam os dois, sentados no escritório de Bernie, fumando charutos como um par de velhos ciganos, quando Kenny comentou aquela história de cruzar o Atlântico num barco.

— Ah, é? — Bernie disse. — Meu menino mais novo, o Jerry, lembra?... Adora navegar. Ele tem um belo barco, um iate, quem diria. Foi de iate até as Canárias, no ano passado. Levou a família.

— É mesmo? — interrogou Kenny. — E correu tudo bem?

— Claro — Bernie respondeu. — Antes de embarcar a mulher estava um nervosismo só, mas no fim deu tudo certo. Olha aqui, vou lhe mostrar as fotos.

Bernie fuçou no computador um pouco e então virou o monitor para mostrar umas fotos a Kenny, em um daqueles programas que exibem *slides*. Kenny colocou os óculos e aproximou-se para enxergar melhor. Havia um monte de fotos de Jerry — Kenny o encontrara poucas vezes ao longo dos anos — com a esposa, uma moça hindu, médica no Dinas Powis ou outro lugar desse tipo, e os dois filhos, todos fazendo pose, a bordo de um enorme iate todo equipado, atracado em vários portos.

— Legal, disse Kenny.

— Sim — afirmou Bernie —; eu não tenho certeza, mas acho que ele está aberto a uma proposta se você estiver falando sério.

— Por quê?

— A mulher quer que eles comprem algum imóvel na França, em vez de ficarem com o iate. Para dizer a verdade, acho que ela não gosta muito de andar de barco.

— Entendi — respondeu Kenny, que nem tinha pensado em levar Mel e as crianças no barco com ele. Não achava que Mel toparia fazer aquilo, nem por um segundo. Não a menos que pusessem algumas lojas a bordo.

Então, Kenny anotou o telefone de Jerry e, no fim de semana seguinte, lá estavam eles, Kenny, Jerry e Deryck, cuja função seria dar uma opinião vagamente especializada. Os três estavam na parte mais elegante da marina, admirando o barco de Jerry, um Warrior 40.

E havia o que admirar. Jerry descrevia as características do veleiro: 40 pés, motores Volvo, casco de fibra de vidro, anteparos retráteis, painéis solares, interior decorado em teca. A maior parte disso não impressionou Kenny nem um pouco, claro, mas Deryck pareceu deslumbrado. Então, quando Del Boy começou a fazer perguntas técnicas, falando de navegação por satélite, radares e coisas assim, Kenny entrou no barco e foi dar uma olhada geral. Não entendia muito para que servia toda aquela parafernália no convés. Havia um mastro gigante e algumas velas. Ele supôs que o princípio fosse o mesmo que no escaler de Deryck, mas notou que era melhor tomar bastante cuidado, pois bastava um pequeno erro de cálculo para que um daqueles postes viesse abaixo, arrancando a cabeça de alguém.

Inclinou-se para descer até as cabines. Ora, ora, não era nada mau. Uma à esquerda, outra à direita. E mais uma área comum, de bom tamanho, com cozinha e sala de estar. Ouviu os outros descendo a escada atrás dele. Jerry começou a apontar para todos os detalhes, lugares para guardar coisas, camas retráteis, e mais isso e mais aquilo. Então passou à frente, na área comum, e foi até uma cabine muito bem-arrumada, na parte de trás, com banheiro conjugado. Essa deve ser a suíte dele, pensou Kenny, já decidido a comprar o barco, mesmo sem a certeza de saber como navegar aquela coisa.

Seis meses depois, Kenny já sabia velejar. Tinha saído com Deryck todos os finais de semana. Primeiro, só ficaram atracados na marina, aprendendo o básico, e depois, pouco a pouco, iam cada vez mais longe. Afinal, não havia outra alternativa diante de toda a falação de Mel, por ele ter gasto 100 mil num barco sem nem falar com ela. Ele explicou que era um investimento, dedutível e blá, blá, blá, e que eles tinham grana para isso – o que era o mais incrível; ele só tinha precisado vender uma das suas propriedades em Grangetown, um investimento que lhe havia custado apenas 40 mil, havia três anos, e tinha virado dinheiro vivo, bem na sua mão. Só que era por uma questão de princípio, ela disse. Ela queria ter sido consultada.

Não ia adiantar muito dizer que não a consultara porque sabia que ela teria dito "não". Assim, Kenny deixou que ela chiasse e ameaçasse ir para a casa da mãe por uns tempos. Ele se dedicou a aprender a velejar aquela droga de barco, para provar que não era nada de crise de meia-idade, como ela não parava de repetir.

Uma das aporrinhações de ter um iate, agora, era a incessante ladainha de Mel. Outro aborrecimento era o fato de os conhecidos ficarem fazendo suposições sobre os motivos de ele ter comprado aquele barco. "Vai dar no pé e fugir pro Marrocos, hein, Kenny? Ou será que vai pra Irlanda?" Como se a única razão para Kenny Ibadulla ter um barco fosse mexer com drogas. Ele tinha tentado explicar que atualmente dava muito mais dinheiro comprar casas em Grangetown do que velejar pelo Mediterrâneo com 1 tonelada de haxixe marroquino a bordo, mas ninguém queria saber de ouvir. Na opinião dele, estava sendo vítima de preconceito.

Como se isso não bastasse, ainda havia os exames. Kenny não tinha levado a escola muito a sério, então ficou apavorado quando Deryck disse que era preciso obter aprovação num monte de exames para poder sair com o barco mar afora, pelo menos se quisesse que ele, Deryck, fosse junto. E não somente exames práticos, havia os teóricos também. Duas noites por semana ele voltava do escritório e ia estudar pela internet. Nas primeiras semanas, sentiu-se totalmente perdido, mas, depois de um tempo, pegou o jeito da coisa; além do mais, Deryck começou a fazer o mesmo curso, o que ajudava. Nos fins de semana iam para o barco, ficavam fazendo perguntas e testando os conhecimentos um do outro, como um par de *nerds*. Ah, se certas pessoas pudessem vê-lo fazendo isso...

De vez em quando, depois de ter aprendido o básico de navegação a vela, ele convidava Mel para um passeiozinho. Não que ele realmente desejasse que ela fosse, pra falar a verdade. Era mais uma questão de deixar claro que o barco era para a família toda, e não algo que ele tinha adquirido só para o seu prazer individual. Claro que Mel não acreditou nisso nem por um segundo. Toda vez que ele falava do assunto, ela revirava os olhos e fazia algum comentário trivial sobre meninos e seus brinquedos. E, naturalmente, suas filhas faziam o mesmo, só que em maior escala. As três eram adolescentes típicas, e ele não conseguia imaginar nenhuma delas entrando no barco, nem dali a um milhão de anos.

Apesar disso, depois de seis meses de estudos, ele já se saía bem com o barco. Pouco tempo mais e, se tudo corresse bem, ele deveria estar com seu diploma de capitão. Tinha todas as cartas náuticas espalhadas no escritório, e não demorou muito para que ele e Deryck programassem uma rota: desceria pela costa ao norte da Espanha, contornaria o Algarve e depois partiria para o mar aberto. Então, faria uma parada em algum ponto das Canárias e em seguida zarparia para a longa arrancada através do Atlântico, rumo a Cabo Verde, depois Caribe e, talvez, Barbados. Ele achava que o final do outono era a melhor época para partir, pois assim chegaria às Canárias em novembro e cruzaria o Atlântico em dezembro, depois que a estação dos furacões tivesse terminado. Com isso, teria três meses para a viagem toda.

Era estranho pensar nessas coisas, difícil acreditar que estivesse levando tão a sério. Sentia-se meio excitado e meio apavorado, um misto de sentimentos que há anos não experimentava.

Em setembro, as coisas já pareciam ter sido bem acertadas. Tanto Kenny como Deryck tinham passado no exame; eram iatistas plenamente credenciados. Em algum momento ficou combinado que Deryck participaria da aventura, o que era ótimo. Eram poucas as pessoas que Kenny conseguia imaginar passando três meses com ele a bordo sem que isso lhe desse ganas de arremessar as criaturas do convés; mas Deryck era um desses poucos. Só falava o que era preciso, e era disso que Kenny gostava nele. Os dois tinham decidido fazer uma pausa no trabalho. Kenny não estava lá inteiramente confortável com a ideia, uma vez que no fundo, no fundo, era um viciado em controlar as coisas e conhecia muitíssimo bem aquele bando de cobras criadas que trabalhavam para ele. Porém, Mel continuaria lá, de olho nos negócios.

Ele estava conversando com ela sobre esse assunto, uma noite, fazendo a relação de tudo o que ela deveria acompanhar na ausência dele, quando, do nada, ela disse:

— Mas e se eu fosse com você?

— Por Deus — retrucou Kenny —, você só pode estar brincando. — E não conseguiu driblar o tom de pânico de sua voz.

— Então eu é que estou brincando agora? — ela disse, sorrindo para ele.

— Bem, você nunca demonstrou o menor interesse pela viagem, a não ser para me dar broncas.

— Talvez eu tenha visto que estava errada.

Kenny não estava entendendo: aquela não era a Mel que ele conhecia, parecendo querer provocá-lo. Ele resolveu levar o joguinho adiante, fingindo que aceitava o que ela dizia, como se fosse verdade.

— Mas, querida — ele disse —, como é que você vem comigo? E quem vai cuidar das meninas?

Mel riu.

— As meninas, Kenny, caso você não tenha reparado... E provavelmente não reparou, já que cada minuto do dia você está no trabalho ou enfiado nesse seu maldito barco... As meninas de fato já são moças. Keisha tem dezoito anos e está na faculdade. Lembra-se de Keisha? A miudinha, de tranças? Lauren, sabe, a mais alta, está com dezesseis, e Hannah, a bebezinha da Hannah, fez quinze. Sim, acho que elas podem se virar. Além disso, minha mãe está por perto, e a sua também.

Kenny acenou com a cabeça, concordando, ainda aturdido com aquela reviravolta nos acontecimentos.

— Veja, Mel — disse ele depois de um pequeno intervalo —, você está falando sério ou só está querendo brincar comigo? Porque, para ser sincero, não sei qual é a tua.

Mel soltou um suspiro comprido e se sentou na banqueta do balcão da cozinha; o sorriso se desfez, e, no lugar dele, surgiu uma fisionomia contrariada.

— Não sei, Ken. No começo eu estava mesmo brincando com você, querendo lhe mostrar o outro lado dessa história de você cair fora desse jeito e me deixar cuidando de tudo sozinha. Mas, quer saber? Só de dizer isso para você, agora, olha, pensando bem... Sim, eu gostaria mesmo de ir. Gostaria da aventura e tudo mais. Fico aqui sentada, pensando que as minhas filhas precisam de mim, que possivelmente não poderei ir, mas talvez faça bem a elas se eu for; isso vai ensiná-las a se cuidarem sozinhas. E me faria muito bem também. Então, o que acha disso?

Kenny não sabia o que pensar, mas tinha uma sensação muito clara de que seus planos estavam prestes a mudar.

E foi o que aconteceu. No dia 10 de novembro, Kenny estava exatamente no local onde queria estar: ancorado em Tenerife. Deryck estava em terra, providenciando um carregamento de dísel para a grande travessia, tal como planejado. Mel estava na cozinha, o que era muito diferente do que ele tinha originalmente imaginado, algo que para ele tinha se tornado uma fonte de considerável aborrecimento.

Eles haviam chegado a um acordo. Deryck e Kenny velejariam até as Canárias, e Mel os encontraria lá, para a grande travessia do Atlântico. Em Barbados, ela pegaria um avião de volta para casa. Dos três meses da viagem, ela ficaria a bordo apenas um.

A viagem – ou perna, é assim que o pessoal da náutica fala quando se vai de um ponto A a um ponto B – através da baía de Biscaia, contornando Espanha, Portugal e tudo mais, tinha sido ótima. Alguns momentos foram tensos, mas Kenny e Deryck estavam realmente trabalhando juntos. Tinha sido excelente; a palavra para descrever a experiência era bem essa. Mas agora estavam ancorados nas Canárias. Mel tinha chegado de avião na noite anterior, e Kenny não conseguia deixar de imaginar que a coisa viraria um inferno. Não que ele não amasse Mel. Só que, bem, cada um tinha sua própria vida. Essa viagem tinha justamente nascido da necessidade de se afastar do ambiente doméstico, da pressão do trabalho e coisas desse tipo, e a presença dela – perguntando se tinham isto ou aquilo na cozinha – já tinha começado a arrastá-lo de volta para aquele mundo. E agora estavam prestes a passar três semanas na água, juntos. Meu Deus.

Assim que zarparam, Kenny pôde ver que todos os seus piores temores se confirmavam. Deveria ser uma perna fantástica, contornando as Canárias a oeste, La Gomera e La Palma, sentindo-se como Cristóvão Colombo rumo ao novo mundo. Deryck havia tentado dizer que os ancestrais de seu parceiro de bordo tinham feito essa viagem algemados, mas Kenny não estava para brincadeiras e lembrou ao amigo de que seus ancestrais nunca tinham pisado num navio negreiro, e na verdade tinham sido os caras que venderam os antepassados de Deryck. Eles riram um pouco, provocando um ao outro levemente, mas Mel entrou na conversa e tudo se tornou uma discussão séria sobre raízes e cultura. Deus do céu!

Depois ela começou a transformar o jantar numa grande produção: onde está isto, onde está aquilo? O que havia de errado em abrir latas de atum e comer aquilo com uns biscoitos de água e sal, como tinham feito na vinda até ali? À noite, ela ficou perguntando sem parar que barulho é esse e o que é aquilo, e não consigo dormir... Ou então queria transar com ele, o que nem de longe ele sentia vontade de fazer porque estava cheio de ressentimentos; além disso, Deryck estava a menos de 2 metros de distância, acima deles, no turno de vigia da noite.

– Olha – disse Kenny –, é melhor a gente dormir. Tenho de subir para o convés daqui a três horas, para o meu turno.

— Tá bom, querido, desculpe — ela disse, atirando um braço em torno dele. Em instantes ela já estava dormindo, enquanto Kenny ficou ali, ruminando as piores ideias.

O dia seguinte não foi nada diferente. O que poderia ter sido um dia perfeito para velejar — as velas cheias daquele vento consistente, a vela da fortuna içada, rumo ao desconhecido — estava se tornando bastante desagradável por causa das constantes perguntas de Mel: como é que isto aqui funciona, e aquilo, como é que se abaixa a vela, como iça, o que isto aqui faz? Graças a Deus, Deryck enfrentava a maioria delas. Kenny ficou praticamente o dia todo pregado no leme ou vistoriando o navegador. Quando Mel chegou perto e perguntou como funcionava, tudo o que ele conseguiu fazer foi conter-se para não mandar a mulher para aquele lugar. Caramba, será que ela realmente não sacava nada? Não era desse jeito que o casamento deles tinha funcionado todo aquele tempo; quer dizer, um não se intrometia nas coisas do outro.

Naquela noite, quando haviam acabado de jantar — um tipo de ensopado que Mel tinha preparado, muito bom e tudo mais, mas ele teria preferido comer mais cedo uma latinha de carne moída, no sossego —, escureceu de repente, como acontece nesse ponto ao sul, e o mar começou a encrespar. O primeiro sinal de que alguma coisa diferente estava a caminho veio quando o cozido de Mel começou a escorrer para fora da mesa. Ela conseguiu apanhar a travessa no último instante, antes que tudo se espatifasse no chão, e Kenny teve de se conter para não gritar a ela que teria sido melhor só abrir umas latas de carne moída, porque assim, pelo menos, não iam ter de limpar chão nenhum. Em seguida, Deryck se aprumou de um salto e disse:

— Olha, é melhor a gente descer imediatamente a vela da fortuna. — E Kenny foi atrás dele até o convés.

Mel começou a se levantar da mesa. Kenny se virou para ela.

— Está feio lá fora, querida. Por que você não fica dentro da cabine?

— Que feio, que nada, Ken — Mel respondeu. — Estou aqui para ajudar — e o seguiu para cima.

Deryck estava na proa tentando descer a vela da fortuna. Havia uma espécie de soquete que serviria para descer a vela e aos poucos mantê-la sob controle. No mar calmo, no canal de Bristol, haviam feito aquilo sempre tranquilamente. Agora, porém, naquela forte e repentina ventania, com ondas grandes, Kenny pôde ver que Deryck estava tendo trabalho. Em grande parte, a dificuldade vinha do fato de o barco seguir cada vez mais de lado em relação às ondas, enquanto o vento enfunava a vela da fortuna ao máximo e os fazia adernar num ângulo alarmante. Como se algo lhes quisesse deixar bem informados sobre a situação, a onda seguinte fez o barco inclinar a pelo menos 60 ou 70 graus.

Kenny gritou para que Mel pusesse o colete salva-vidas e depois se virou para verificar se ela já havia feito isso.

Sinalizou para que ela ficasse exatamente onde estava, na popa, e começou a avançar para a proa. Era muito mais fácil pensar em fazer isso do que pôr a ideia em prática, mas Kenny era forte e determinado e sempre tivera um ótimo equilíbrio. Quando alcançou a frente do barco, Ken estava encharcado até os ossos e absolutamente apavorado. Apontou para Deryck e depois para o leme, indicando que seu parceiro deveria tentar aprumar o barco na direção certa, enquanto ele próprio, por ter maior força bruta, ia tentar domar a vela da fortuna.

Deryck entendeu imediatamente e esperou até que o barco ficasse momentaneamente nivelado para tentar um tortuoso avanço rumo ao leme. Quando Deryck por fim conseguiu fazê-lo, Kenny agarrou o cabo e o puxou pelo soquete, para a vela descer. Ele conseguiu trazê-la a meio-mastro, e Deryck já tinha acertado o rumo do barco; então os dois ficaram um pouco menos tensos. Mas logo uma rajada de vento ultraforte soprou de uma nova direção e encheu outra vez a vela, que subiu e se abriu.

Os braços de Kenny foram arrancados do cabo e, enquanto ele cambaleava para trás, tentando recuperar o equilíbrio, viu o mastro da vela rodopiar de volta em sua direção, pronto para arrancar-lhe a cabeça fora ou derrubá-lo na água, onde seguramente se afogaria, pois não tinha vestido o colete, diferentemente do que mandara Mel fazer; era um idiota e agora não tinha mais tempo para se abaixar, e... Ai, ai, ai, que merda.

Kenny veio abaixo como uma velha e enorme árvore abatida a golpes de machado. Só se deu conta de que realmente estava bem quando sentiu alguma coisa macia por baixo dele. Uma coisa macia que berrava para ele sair de cima dela.

Mais tarde, juntando os pedaços da cena, ele deduziu o que tinha acontecido: assim que a vela fora arrumada e o vento e as ondas amansaram um pouco, estando Deryck firme no leme, Mel tinha visto Kenny seriamente atrapalhado e lhe dera um golpe por trás, como um jogador de rúgbi, derrubando-o de joelhos um segundo antes do impacto do mastro, salvando-o de um ferimento grave, no mínimo, ou da morte, na pior das hipóteses. Mel sempre fora uma criatura esportiva – ele agora se lembrava bem – e frequentava a academia três ou quatro dias por semana, embora Kenny sempre tivesse imaginado que ela o fazia mais para encontrar as amigas e conversar do que para realmente fazer exercícios. Bem, evidentemente ele estava enganado; ela o derrubara como uma profissional.

O lado ruim da história era que ele não se sentia grato. Ele de fato se ressentia e estava tendo um belo trabalho para se controlar e não jogar nela a culpa de tudo aquilo. Talvez, se eles não tivessem parado para comer uma boa refeição e tivessem se contentado com umas latas de carne moída, notariam a tempo o vento levantando e desceriam a vela da fortuna antecipadamente.

No dia seguinte, mal se falaram. Kenny percebeu que Mel ficara emburrada, mas não se importava. Tinha pedido que ela viesse? Não, de jeito nenhum. Até estava achando bom aquele tempo instável durante o dia e quase a noite toda. Toda hora tinha alguma coisa a ser feita, e ele cuidava de tudo, sem dar a ela a menor chance de lhe dizer que desgraçado que ele era.

O terceiro dia correu de modo razoável. Mas, na manhã seguinte, após algumas horas fingindo que dormia, ele subiu para o convés e constatou que o vento da noite tinha desaparecido completamente e que o mar estava tão liso quanto possível, de modo que o barco não se mexia nem 1 milímetro.

Viu Deryck instalado no leme, como de hábito. Kenny disse que podiam ligar o motor. Deryck respondeu com a sugestão de que esperassem um pouco para ver se o vento levantava antes que usassem o precioso combustível, mas Kenny não queria nem saber, não estava de modo nenhum disposto a ficar sentado sem fazer nada, sem ir a parte alguma.

— O que você esperava, meu chapa? — Deryck disse. — Estamos no meio de uma calmaria, você sabe.

— Você tem toda razão, mas quanto antes sairmos daqui, melhor — Kenny respondeu.

Essas palavras continuariam a martelar na sua cabeça nos três dias seguintes, enquanto ele oscilava entre a culpa de ter usado o motor por um período e a frustração de passar horas e horas verificando as previsões do tempo na internet. Ah, sim, o barco tinha internet e comunicação via satélite; aquilo custara uma fortuna, mas Kenny tinha bala na agulha.

Na realidade, essa era outra coisa que Kenny estava começando a detestar: ali estavam eles, determinados a viver uma grande aventura, e em vez disso, ficavam estacionados, dentro de uma maldita casa flutuante, com acesso a internet e uma pilha de DVDs para assistir no *laptop*; e a desgraçada da mulher sentada no sofá, ao lado dele, enquanto as meninas telefonavam a cada dez minutos na droga do telefone via satélite.

Era exatamente a mesma coisa que estar em casa, só que pior. Era como estar trancado dentro da merda de sua própria sala de estar. Estava quase dizendo que era pior ainda do que estar no xadrez. Os presos pelo menos saem para fazer exercícios durante algumas horas do dia, e o cara com quem você divide a cela fica de bico calado, pois sabe que é o melhor que tem a fazer. Naturalmente, ele logo percebeu que estava exagerando. Fazia muito tempo desde a última vez que tinha ido pro xilindró, e Kenny não estava absolutamente com a menor vontade de passar outra vez pela mesma experiência, mas ainda assim... Meu Deus, ele estava de saco cheio!

A coisa toda chegou ao clímax em algum momento da tarde do... sexto dia. Ele achou que fosse o sexto, talvez o sétimo; enfim, ele estava ficando tão desnorteado que nem sabia mais ao certo. De todo modo, Kenny estava sentado na borda do barco, de onde tinha removido uma parte da amurada para poder enfiar os pés na água e fingir que pescava — como fizera quase o tempo todo nos últimos dias, sem saber quantos dias exatamente; já tinha perdido a conta. A bem da verdade, tinha fisgado alguns, mas pescar só servia de desculpa para não falar com ninguém. Deryck estava ao leme, com os pés para cima, ocupado com seus *sudokus*, quando Mel apareceu, sentou-se ao lado dele e começou a reclamar, perguntando que porra era aquela de ele não estar falando com ela. Então, sem mais nem menos, ele a empurrou para o mar. Com o tombo, ela afundou só alguns centímetros na água, que estava parada como uma poça, e a coisa toda não pareceu muito diferente de alguém empurrar outro, por brincadeira, da beira da piscina, para dar um caldo. Mesmo assim — e só por um instante, que Deus tenha piedade —, ele se flagrou esperando que, por mágica, o barco começasse a andar naquele mesmo instante, deixando-a para trás, na espuma de sua esteira.

Em vez disso, ele enxergou Mel a mais ou menos 2 metros abaixo dele, com uma expressão primeiro espantadíssima, depois furiosa. Enquanto ele raciocinava sobre como reagir, sentiu um empurrão em suas próprias costas e, num instante, ele também estava dentro d'água. Assim que voltou à tona e cuspiu a água salgada que entrara em sua boca, viu Deryck sorrindo de orelha a orelha, para ele e para Mel. Juntos decidiram, sem dizer uma palavra, que aquilo tudo tinha sido apenas uma brincadeira mais pesada entre amigos.

Mel foi nadando até Kenny e tentou dar um caldo nele; Kenny simulou que lutava para se livrar dela e, mais tarde, quando estavam novamente a bordo, ele fingiu rir da situação e gostar do peixe grelhado que ela preparou para o jantar. Mais tarde ainda, fingiu que estava curtindo a sessão ultrassilenciosa de sexo com Mel. Contudo, ele não devia ter sido lá uma maravilha porque depois, mesmo que ela tivesse aproveitado — e ele tinha certeza de que sim —, ela se virou para ele e disse:

— Você realmente é um maldito filho de uma puta, Kenny, e você sabe disso.

Ele estava tentando achar o que dizer quando alguma coisa molhada e sacolejante deu-lhe uma rabanada na cara.

Kenny se sentou na cama, acendeu a luz e descobriu que estavam numa improvisada sessão de intimidade a três, com um peixe-voador! Primeiro Mel gritou. Depois, os dois tentaram agarrar o peixe para devolvê-lo à água, mas nenhum deles conseguiu. Tentaram e erraram de novo. Então Kenny deu uma de "o macho sou eu" e fez Mel se afastar. Ele se preparou e mergulhou na direção do peixe, como se fosse o jogador número oito do rúgbi, saltando da formação a fim de correr para a linha de arremesso. Mas errou feio. E ainda machucou a droga do ombro. Como se isso não bastasse, quando se virou de lado viu que Mel ria dele. Kenny estava quase a ponto de explodir, pronto para despejar toda a frustração acumulada naqueles dias. Porém, logo Mel parou de rir, colocou um dedo nos lábios, pedindo silêncio, e engatinhou para perto do peixe – que ainda se debatia pelo chão, como um bebê se revirando no sono –, e de repente deu o bote em cima do bicho. Após alguns encontrões e guinchos, Mel ficou em pé, com o peixe-voador suspenso em suas mãos pelo rabo. Girando os punhos com destreza, ela o enfiou pela escotilha, virou-se para Kenny e soltou um triunfante "iuuupiiii!".

Por mais que tentasse se controlar, Kenny não conseguiu deixar de cair na gargalhada, pelo que ela havia feito e por ele mesmo. Então os dois riram à beça, descontroladamente, segurando-se um no outro para não caírem. De súbito, ele percebeu que estava ali, no meio do mar, com quilômetros de água sob seus pés, acompanhado daquela mulher que fazia parte dele tanto quanto seu próprio coração, e com quem ele tinha agido de modo tão errado, a ponto de ter sido necessário que um peixe molhado lhe fizesse acordar com uma rabanada na cara. Ele riu mais ainda, com mais força. Quando os dois enfim pararam de rir, estavam de costas na cama, deitados, um ao lado do outro. Ele se virou para ela e disse algo que não foi fácil de falar, nunca tinha sido.

Talvez fosse até um certo exagero, mas ele teve certeza de que foi bem naquela hora que o vento levantou de novo e começou, enfim, a tirá-los daquela calmaria.

John Williams

John Williams vive e trabalha em sua cidade natal, Cardiff. Sua *Cardiff Trilogy*, ambientada nas docas da cidade e em torno delas, a antiga área de Tiger Bay, foi publicada pela Bloomsbury.

Chegar já é metade da diversão

James Scudamore

A voz de uma passageira imaginária tumultuava a cabeça de Rachel:
— *Pra dizer a verdade, este não é exatamente o tipo de navio que eu estava esperando.*
Outra voz, desta vez a de um capitão, em tom áspero:
— *Ora, é um belo navio; pare de choramingar e embarque. Será uma viagem inesquecível.*

A Donzela do Norte, um grande e reluzente navio de cruzeiro, exibia-se elegante e moderno contra o fundo de granito dos penhascos no porto de Aberdeen. O formato do navio, com suas linhas inclinadas, transmitia uma ideia de avanço e velocidade. Havia muita coisa interessante para Rachel ver por ali, e foi por isso que ela só ficou levemente desapontada quando percebeu que sua mãe tinha razão: aquele não era o tipo de navio que tem uma carranca na proa. Muitas e muitas vezes ela perguntara para os pais qual era o nome do navio que os levaria para as férias nas ilhas, e quando eles lhe disseram que era *A Donzela do Norte*, ela se deu por satisfeita. Na sua imaginação, tinha visto uma carranca alada e de maxilar protuberante, desafiando com o peito saliente as ondas que vinham se chocar contra a proa de um barco majestoso. Porém, a realidade era muito menos fantasiosa. Mas Rachel não ia deixar que aquilo diminuísse sua empolgação.

Seu pai detestava água – quando remava no lago do parque, ele se sentia inquieto –, mas sua mãe insistiu que deviam cumprir a promessa que ela havia feito a Rachel de que viajariam de navio.

— Vamos para o *Norte* – a mãe tinha dito. – E quando fizermos isso pela primeira vez, não poderá ser de avião. Quero sentir a viagem acontecendo.

— O que você quer sentir? – o pai se espantara.

— Ah, você sabe. O que era mesmo que dizia o anúncio? *Chegar já é metade da diversão.*

— E o que isso quer dizer?

— Quer dizer que as viagens de hoje já não têm nenhum encanto — dissera a mãe. — E desse jeito, de navio, Rachel e eu podemos viver algo fascinante. Você pode fazer a sua viagem de avião, de 60 minutos. Nós ficaremos em nossa cabine, com a chuva batendo na escotilha.

— Durante *12 horas* — precisou o pai. — E não há nada de fascinante em ficar pedindo sacos extras para vomitar. Mas tudo bem, se é isso o que você quer, experimente sua noite no inferno, eu vou de avião. Encontro suas caras verdes de enjoo lá do outro lado.

— Combinado. Nós vamos dormir como bebês, certo, Rachel?

— Os bebês não dormem. Ficam a noite inteira acordados, berrando e vomitando — lembrou o pai.

Naquela conversa houvera uma ponta de amargor que Rachel não conseguiu exatamente compreender; tinha algo a ver com a mãe tentando provar para o pai que ela sabia viver a vida melhor do que ele — quase como se tivesse dito que ele era tedioso, mas não com todas as letras. Rachel também sabia que seu pai se orgulhava de dizer o que era melhor para os três e ficava emburrado quando alguém dizia ter uma ideia melhor. Apesar de tudo, para Rachel, a mãe tinha razão a respeito de uma coisa: a menina realmente estava empolgada com aquela viagem — o fato de irem de navio tornava aquilo uma aventura, não só um deslocamento —; e ela esperava que o tempo ficasse bem ruim. Queria perder o equilíbrio e ficar suspensa no ar.

Entretanto, antes de zarpar, tiveram de aturar uma tarde agonizante, sentados no salão de chá do hotel em que estavam hospedados, esperando que chegasse a hora de embarcar. Agora que já não tocavam na questão sobre se a mãe dormiria ou não durante a travessia, seus pais estavam silenciosos, concentrados demais naquela implícita queda de braços para conseguirem prestar atenção em Rachel. Sua mãe, enrolada num cardigã afivelado, fazia palavras cruzadas no jornal, com uma xícara de café frio ao lado, enquanto o pai, bebericando água, lia um livro sobre ornitologia e estudava o mapa das ilhas. Não pela primeira vez, Rachel pensava em por que tinha calhado de seus pais serem do tipo aventureiro, sempre empacotando botas de trilha em vez de toalhas de praia. E aquela sala fedia a fumaça velha, chá azedo e cerveja derramada. Ela observou as fitas de luz multicoloridas que ondulavam na fachada de uma máquina de vender frutas, e depois olhou pela janela, vendo os frios edifícios da cidade afundarem no escuro da noite de inverno.

Quando perguntou se podia dar uma volta pelo hotel, seu pai lhe disse que ficasse exatamente onde estava.

Finalmente, ele fechou o livro.

— São cinco e meia — disse. — Vamos providenciar o embarque de vocês.

No táxi a caminho do porto, ele se virou animado para a mulher e para a filha e disse:

— Última chance de desistir. Vocês podem passar uma noite livres de enjoo, comigo no hotel, e amanhã de manhã embarcarmos juntos no avião.

— De jeito nenhum — disse a mãe, forçando um sorriso. — Somos marujas, certo, Rachel?

— Pois, muito bem, então — disse o pai. — *Bon voyage* — arrematou, seco.

No píer, um carregador lançou as malas num vagão verde sobre rodas que seria colocado no compartimento de carga. Rachel e a mãe seguiram as indicações descritas na bilheteria e entraram por uma passarela fechada que conduzia até o convés principal. Um golpe de ar frio atingiu Rachel por uma fresta do casaco, enquanto subiam a rampa.

O humor da mãe melhorou no minuto em que o pai parou de acenar e dirigiu-se para a fila do táxi.

— Isto não é mesmo excitante? — ela disse. — Aquele velho bobo do seu pai. Não sabe o que está perdendo.

Rachel tinha começado a reparar na distância que muitas vezes separava o que a mãe dizia e o que realmente sentia, mas achou que, neste caso, ela devia mesmo estar falando a verdade: assim que subiram a bordo, seus passos passaram a ter outra leveza e animação, e isso só fez aumentar a expectativa de Rachel. Na verdade, *todos* ali pareciam estar de bom humor. Rachel achara que para a maioria dos passageiros a travessia noturna no navio fosse apenas um jeito de voltar para casa e que mais ninguém estaria tão empolgado quanto ela. Mas, ao passarem pela loja de presentes e pelas mesas e cadeiras parafusadas no chão de um bar, e em seguida descerem as escadas para o andar dos camarotes, Rachel sentiu a vibração das pessoas voltando para casa, indo para o Norte, escapando às obrigações do continente, rumo às *ilhas*.

— Você está com o Benson? — perguntou a mãe. — A gente não vai mais ver as malas antes que amanheça.

Rachel acenou com a cabeça.

— Ele está na mochila. Não se preocupe, está bem embrulhado.

Benson era o coelho de pano de Rachel. Ela mesma o fizera, com a ajuda da mãe. Os olhos eram botões prateados, e o enchimento, lentilhas, que tinham começado a vazar, razão pela qual ele viajava dentro de um saco plástico, daqueles de guardar coisas no congelador. Benson a acompanhava há algum tempo, e Rachel sabia que já estava crescida demais para andar com brinquedos. Mas havia uma grande diferença entre ter sete e ter oito anos; e Rachel tinha resolvido que, pelo menos até o ano seguinte, jamais iria a parte alguma sem ele.

Ela segurou na mão de sua mãe. Andaram juntas por um corredor estreito, iluminado por uma luz amarelo-canário, enquanto a mãe lia os números nas portas e depois conferia os bilhetes. Ali embaixo cheirava a produto de limpeza e a aromatizador de ambientes, encobrindo um discreto resquício de vômito azedo. Rachel queria ficar enjoada. Ela havia sido avisada de que isso poderia ocorrer e decidiu que ficaria bem aborrecida se não acontecesse.

— Chegamos — disse a mãe quando acharam a cabine. Entraram subindo um degrau alto. Todas as portas tinham batentes assim, para impedir a água de entrar — era o que Rachel imaginava, embora tivesse assistido *Titanic* o suficiente para saber que as coisas já estariam muito feias quando a água chegasse ali embaixo, no terceiro convés.

A cabine tinha duas camas, uma de cada lado de uma janelinha que não se podia abrir, e um banheiro mínimo, feito de plástico, que dava a impressão de se estar num precário banheiro químico portátil. A porta dobrava à medida que se entrava na cabine, e isso fazia as paredes tremerem. Rachel ficou na soleira, pulando para cima e para baixo.

— Aqui diz que tem cinema — disse a mãe —, mas não sei se você vai gostar desses filmes.

Rachel saltou de volta para dentro do quarto e se lançou sobre uma das camas. Olhou pela janela, que era quadrada, diferente da escotilha com borda de metal que a menina havia imaginado. Nas docas, lá fora, imensos contêineres eram erguidos de caminhões por guindastes que os levavam até a popa de um cargueiro, como se fosse um enorme animal sendo abastecido para sua jornada. Uma gaivota gorda olhava do alto de um poste. Ver aquele mundo gelado fazia a cabine parecer aconchegante.

— Isto é ótimo! — a mãe continuou dizendo. — "A Cantina do Capitão fica no convés superior e servirá diversas refeições frias e quentes durante a viagem." Bem, acho que é melhor esta dupla de piratas aqui subir até o tombadilho e se instalar por lá. O que você acha?

A Cantina do Capitão tinha o cheiro do almoço da escola. Cadeiras de plástico vermelhas parafusadas no chão estavam arrumadas de quatro em quatro em volta das mesas. Amontoados de comida quente borbulhavam em panelões de metal aquecidos em fogo brando.

— Talvez fosse melhor a gente ir para o restaurante "chique", em vez de ficar aqui — a mãe disse, espiando as panelas com ar de dúvida. — Você não é obrigada a comer nada disso, se não quiser. Tenho umas barrinhas de cereal na cabine.

— Aqui está bom — respondeu Rachel.

Sentaram-se perto da janela, riscada pela chuva; a mãe comeu lasanha vegetariana, e Rachel, raviólis. Ela se concentrou em esmagar cada pedacinho da massa com o garfo, observando uma carne verde explodir de dentro dos raviólis e se misturar no molho vermelho-sangue.

— Fale de novo das Alegres Bailarinas — Rachel pediu.

— Só nas ilhas é que elas são realmente chamadas assim — disse a mãe. — O resto do mundo as chama de Luzes do Norte.

— Alegres Bailarinas é melhor.

Sua mãe explicou que as Alegres Bailarinas eram raras, e que ela não devia ficar decepcionada se não as visse.

Um apito fino saiu pelo alto-falante.

Boa noite, senhoras e senhores. Bem-vindos a bordo de A Donzela do Norte. Esta noite talvez tenhamos um mar um pouco agitado, por isso, tomem cuidado quando se movimentarem. Em nome da nossa tripulação, desejamos uma agradável...

Rachel repetiu em voz alta:

— Mar agitado!

— Mar agitado, ai, ai, ai — disse a mãe.

Rachel tirou os olhos do prato e reparou que as docas não estavam mais do lado de fora e que agora as janelas estavam pretas, golpeadas pela água. A viagem começara e ela nem tinha percebido.

Com o navio avançando mar adentro, o estômago de Rachel embrulhou umas duas vezes; os pratos de comida, inacabados, deslizavam de um lado para outro pela mesa, até baterem nas bordas de metal. Ali tudo parecia estar fixo no lugar, e, quando os objetos podiam se mexer, seus movimentos eram restritos. Rachel ergueu os olhos para ver se a mãe tinha percebido que o jantar se mexia, mas ela estava outra vez fazendo palavras cruzadas. Rachel contemplou as mudanças na superfície lustrosa dos raviólis e depois se sentou com as pernas balançando. Na mesa ao lado, dois homens riam e bebiam cerveja em latas vermelhas compridas, com a figura de um escocês. Ninguém estava dando bola para o balanço do navio, como se fosse uma competição não declarada para ver quem ignorava por mais tempo o que estava acontecendo. Quando voltaram para a cabine, depois do jantar, as ondas criavam forças invisíveis, como ímãs que puxavam a cabeça de Rachel. As pessoas continuavam fazendo tudo normalmente: jogavam *videogames* fumando cigarro, reuniam-se em torno das mesas, liam livros deitadas em almofadas. Os passageiros acompanhavam o ritmo do Mar do Norte, como se fosse uma música a ser dançada por todos.

Sua mãe queria voltar imediatamente para a cabine, mas Rachel parou numa janela. Ela tentou se esticar para ver o costado do navio, como se estivesse se debruçando na borda de um penhasco. O mar ia ficando para trás, parecendo-se com pasta de dente branca e fazendo Rachel se lembrar dos fios de espuma que escorriam por seu braço e entre os dedos sempre que se dava ao trabalho de escovar os dentes durante os dez minutos recomendados.

— Podemos ir lá fora? — ela perguntou.

— Seria o mesmo que ter vários baldes de água despejados sobre nós — disse a mãe, que desde a lasanha vegetariana não dissera quase nada. — Vamos voltar.

Rachel sabia o que estava acontecendo: a mãe queria começar a tirar sua boa noite de sono, para provar que o velho e bobo pai estava errado.

Na cabine abafada, o barulho de toda aquela água do lado de fora parecia ainda mais alto. Houve uns momentos de tirar o fôlego, quando o navio ficava suspenso na crista de umas ondas gigantes, que, quando atravessadas até o outro lado, provocavam uma série de lentas e trovejantes pancadas. Não parecia normal ouvir barulhos tão fortes e não correr para a janela para assistir de queixo caído à tempestade que os provocava.

A mãe de Rachel se sentou na cama, sob uma luz amarela. Tinha tirado o cardigã e vestido uma camiseta do Piu-Piu que fazia as vezes de pijama. Rachel viu quando ela tirou um e depois outro comprimido de um saco plástico e os engoliu.

— Para que servem? Você está enjoada? — perguntou Rachel.

— Servem para me ajudar a dormir — explicou a mãe. — Você ouviu o capitão: mar agitado.

— Você disse que queria sentir que estamos indo para o Norte.

— Eu vou sentir. Mas temos de mostrar ao papai que não somos marinheiras de água doce, certo?

Rachel escovou os dentes no sacolejante banheiro de plástico durante cinco minutos (o pai é que era o xerife dos dez minutos), depois vestiu a camisola e foi para cama que ficava do outro lado da de sua mãe, que imediatamente apagou a luz.

Era engraçado estar na cama: dava para sentir cada vez que o navio subia e descia, e as pancadas da água do lado de fora pareciam ainda mais fortes no escuro.

— Você não quer o Benson? — a mãe falou em voz mole, com o rosto virado para a parede. Ela parecia estar falando de dentro de uma toalha molhada.

— Sei onde ele está. Se precisar, eu pego.

A cabine estava esquentando. Rachel pensou que era melhor se tivesse trazido um copo d'água para a cama.

— Fale das ilhas — ela pediu, esperando manter a mãe acordada.

— Bem — a mãe começou, já grogue, tentando limpar a garganta e virando-se para ficar de frente para Rachel. Tinha umas sombras no rosto dela que davam a impressão de que usava máscara. — As ilhas são um lugar como você nunca viu antes. Em primeiro lugar, não têm árvores.

— Nenhuma?

— Quase nenhuma. Elas não conseguem crescer. O vento é tão forte que derruba todas elas.

— Então o que a gente vê quando olha pela janela?

— Vê linhas horizontais de cores roxa, azul e cinza. E rajadas de chuva que caem do céu como teias de aranha.

Rachel parou para imaginar aquilo, pensando em seu pai e nos livros que ele lia sobre observação de pássaros.

— E onde vivem os pássaros? — mas a mãe tinha caído no sono.

Horizontal queria dizer de lado a lado. No navio, tudo era vertical. Quando Rachel ficou de joelhos para olhar o negrume do mar, enxergou uma luz distante. Ela entrava e saía de seu campo de visão como um farol normal, mas também voava para cima e para baixo, pela janela. Levou mais um segundo até a menina entender que era por causa do barco que subia e descia, e não alguma movimentação do próprio farol.

Ela voltou a se deitar em silêncio, até que a respiração de sua mãe se tornou profunda e regular. Então, foi até o espaço entre as duas camas e alcançou a mochila; agarrou um saco plástico estufado e tirou Benson de lá, puxando-o pelas orelhas. Algumas lentilhas secas caíram no chão, com barulho semelhante ao de água pingando numa lona. Ela instalou Benson na cama e segurou o saquinho perto da janela, para avaliar quantas lentilhas tinham sido perdidas naquela movimentação. Tinha uma coisa escrita no plástico: *Este saco não é brinquedo.*

— Mesmo se fosse, não seria um brinquedo legal, não é, Benson? — ela disse. Segurando o coelho pelas costas, com cuidado para não derramar mais nada, ela o levou até o vidro para que ele visse como era grande a espuma do lado de fora. Rachel não conseguia entender por que sua mãe queria que a noite passasse tão depressa. A menina queria que a noite durasse o máximo possível.

— Ei, Benson, olha a mamãe! — Rachel sussurrou, com uma risadinha.

Roncando, a mãe quase caía da cama quando o navio subia a onda, e depois ela voltava ao seu lugar quando o navio descia novamente na água. Ela batia a cabeça e os pés nas pontas da cama toda vez que escorregava. Parecia uma Barbie desembrulhada na noite de Natal, chacoalhando dentro da caixa.

Rachel podia ouvir a música que vinha lá de cima. Não era justo ficar socada ali embaixo. E Benson nem tinha visto o navio ainda — ficara o tempo todo asfixiado dentro daquele saco plástico. Com os ouvidos atentos para ter certeza de que a mãe não acordaria, Rachel se enfiou nas roupas de novo. Apertando Benson ao peito, saiu da cabine e deixou a porta entreaberta, para saber qual era o quarto certo quando quisesse voltar.

Agora que o tempo tinha piorado e estavam realmente em mar aberto, o navio tinha se transformado num parque de diversões, numa Casa Maluca ou a Sala dos Espelhos. Ou talvez aquele corredor fosse um caleidoscópio gigante, girando devagar, com Rachel e Benson presos na areia colorida que criava as figuras lá dentro. Ela seguiu devagar até o fim do corredor, agarrada num corrimão para não se desequilibrar, esperando que um olho gigantesco como o do Gulliver viesse ver o que ela estava fazendo.

Enfim chegou ao pé da escada. A música que vinha de cima agora não estava mais tão alta. Ela só conseguia escutar o ruído rítmado dos motores e o rumor da espuma batendo no casco do navio. Era igual à máquina de lavar roupa em casa, quando estava quase acabando o ciclo de lavagem. Na escada, ela não conseguia pisar exatamente onde queria, por isso subiu devagar.

A Cantina do Capitão já estava fechada. A área do bar ao lado quase não tinha mais ninguém, só uns poucos homens bebendo cerveja em lata e rindo. Muitos cochilavam, outros liam livros com a cabeça apoiada em sacos ou mochilas. Um sujeito grande estava sentado, com fones de ouvido, fumando um cigarro; suas enormes botas bege estavam apoiadas numa almofada e uma revista com figuras de maquinário de petróleo pendia largada bem ao lado. Perto dele, uma mulher falava numa língua estrangeira ao telefone. A mulher vestia uma capa de chuva vermelha e um gorro de lã por baixo do qual escapavam cachos de cabelo louro sujo. Os cachos formavam uma espécie de cascata, igual à que o carpinteiro vai fazendo quando raspa madeira na bancada. Ninguém parecia ter dado pela presença de Rachel, então ela saiu do bar. Quando se mexeu, notou que Benson estava perdendo suas lentilhas; o caminho de volta pela escada estava forrado com elas.

— Bem, pelo menos a gente vai saber como voltar pra casa, né, Benson? — ela disse, tentando abraçá-lo pelas costas para que o buraquinho ficasse para cima e ele não perdesse mais enchimento. Mas havia mais de um buraco, e ela sabia que provavelmente ele continuaria sangrando. Então, imaginou um médico todo elegante dizendo:

— *Enfermeira, temos de fazer uma cirurgia neste coelho. Você não viu que ele está perdendo suas lentilhas?*

— *Oh, doutor, acho que vou desmaiar. Coitadinho!*

— *Este não é um momento para choradeiras. Alguém me traga uma enfermeira que não desmaie quando vê o paciente.*

— *Com licença, doutor, mas será que um pouco de ar fresco não vai fazer bem a ele?*

— Boa ideia, enfermeira — Rachel disse, aproximando-se da porta que dava para a área externa. O vidro da porta aparava a água, e o vento criava círculos sobre o vidro, como os jatos da mangueira que parece viva quando você abre a torneira e não tem ninguém segurando a outra extremidade. Rachel ficou na ponta dos pés para alcançar e girar a maçaneta, empurrando a porta pesada. Deu tempo certinho para ela sair antes que a porta batesse de volta com força.

O impacto do vento a derrubou de lado, como se ela tivesse levado um golpe de rúgbi. Uma rajada fina de água gelada bateu em seu rosto e em parte de seu ombro. O navio fez um movimento horrível para cima (Rachel até pensou ter ouvido um grito de longe, vindo do bar), e ela de repente se sentiu sem peso, ficou suspensa no ar. Ao cair com tudo no chão verde do convés, cujo piso áspero ajudava a pessoa a firmar o passo, ela acabou cortando a mão numa placa do tipo *Não entre*, pendurada numa corrente atravessada no topo de uma escada. Benson levara uma lambada e estava esparramado no chão, em algum lugar, mas ela não conseguia enxergar onde. Ela só conseguia ver botes salva-vidas, balançando em conjunto, em suportes acima de sua cabeça.

Rachel agarrou a corrente. Sua mão doía. As pessoas mais próximas à porta eram o homem das botas enormes e a mulher de cachos loiros, mas ele estava ouvindo música e ela estava falando ao telefone. Rachel acenou pela janela algumas vezes, mas ninguém lá dentro notou. Todos estavam afundados em seus livros, bebidas e jogos de cartas.

Por entre a amurada, a água vinha em turbilhões. A cobertura do navio era varrida pelas ondas. Os borrifos que se formavam pareciam rajadas de neve sopradas do alto das montanhas. Ela queria se soltar e voltar para a porta, mas não estava certa de que ia conseguir chegar lá, nem que poderia abri-la, se chegasse. Tinha medo de soltar a corrente só por um segundo e o navio derrubá-la de costas; ela já se via caindo aos trambolhões pelos despenhadeiros de água, até o fundo, lá embaixo.

Então sentiu uma mão bem grande firmando-a pela nuca.

— Você está bem? — perguntou uma voz grossa, com um sotaque cortado que ela nunca tinha ouvido, parecia um escocês, mas era ainda mais cantado. Era o homem das botas. Ele devia ter visto pela janela que ela estava lá fora.

— Meu coelho voou para longe.

Sem soltar Rachel, o homem se inclinou sobre ela e pegou Benson de um lugar que ela não podia ver.

— Melhor você entrar agora — ele disse.

Ele manteve a porta aberta, e então ela escalou o alto degrau para entrar no ambiente aquecido do bar. Seu coração batia forte. Ela estava ensopada e morrendo de frio. Mas, ali dentro, era como se nada tivesse acontecido; a mesma música suave de violinos continuava tocando ao fundo; as mesmas pessoas continuavam sentadas com suas latas vermelhas de cerveja e copos de uísque, conversando em grupos.

— Viu? Aqui dentro não se ouve nada, afora os borrifos. Você podia ter se envolvido num monte de problemas lá fora, e as pessoas não iam lhe ouvir.

— Benson perdeu o enchimento — ela disse, sem pensar. Mas era verdade: ele tinha se rasgado ainda mais e seu corpo agora estava vazio, todo mole.

— Conheço alguém que pode dar um jeito nisso. Venha comigo, você também precisa se aquecer.

Rachel gostou que ele não tivesse pensado de cara em ir falar com a mãe dela.

Ela o acompanhou até a mesa onde estava a mulher de cabelo cacheado. A mulher não estava mais falando ao telefone; agora comia um salgadinho de cebola e queijo.

— Eu disse que tinha alguém lá fora — o homem falou. — Encontrei esta sapeca sozinha. — Então ele se virou para Rachel. — Você e mais alguém devem estar numa cabine, certo? Será que a gente deve pedir para avisarem pelo alto-falante? — disse sorrindo.

— Eu consigo achar meu caminho de volta — Rachel disse rapidamente. — Não precisa acordar todo mundo.

— Ele está brincando. A gente não vai fazer isso. Qual é o seu nome? — a mulher perguntou, em inglês. A voz dela parecia arranhada e estranha, como a dos discos velhos.

— Rachel.

— Eu sou Malena.

— Eu sou Davey. Malena vai te ajudar com teu paninho antes que a gente lhe leve de volta.

— Meu o quê? — perguntou Rachel. — Ele é um coelho.

— Tá, tá. Paninho. Vista isto. Senão vai morrer de frio.

O tal de Davey ajudou Rachel a colocar um enorme e engordurado suéter. Era pesado como uma cota de malha. Ele sorriu para ela, ajeitou os fones de ouvido e se encostou de novo no banco.

— Eu devia voltar pra cama — Rachel disse.

— Não demora nada para eu consertar o teu coelho — Malena disse. — Posso? — Quando pegou Benson das mãos de Rachel, seus cachos loiros despencaram para a frente. — Sempre viajo com agulha e linha.

— Mas ele perdeu todas as lentilhas.

— Então a gente encontra outra coisa — respondeu Malena, abrindo a mochila e tirando um lenço branco dobrado. — Isto vai servir.

Malena amarrotou o lenço e depois, lentamente, foi enfiando o pedaço de pano pelo buraco que havia nas costas de Benson. Então, empurrando o pacote de salgadinho, o cinzeiro e a bebida para o lado, ela colocou Benson de cara para cima na mesa. Procurou de novo uma coisa na bolsa e tirou uma caixinha de couro preto, que escondia um estojo de costura. Enquanto costurava, falava com Rachel.

— Você se assusta com facilidade, Rachel?

Rachel sacudiu a cabeça indicando que não.

— Foi o que eu pensei. Você consegue imaginar de onde eu sou?

Rachel sacudiu a cabeça novamente.

— Eu sou da Noruega. Isso quer dizer que meus ancestrais foram os *vikings*. Você já estudou sobre isso na escola?

Rachel acenou com a cabeça afirmativamente.

Malena tirou um cigarro de um maço dourado que estava sobre a mesa e o acendeu.

— Você sabe o que os *vikings* costumavam fazer com seus inimigos?

Rachel sacudiu a cabeça pra responder que não.

— Sabe o Benson aqui? Imagine só por um minuto que ele seja uma pessoa de verdade. Os *vikings* cortavam a vítima bem aqui, nas costas, exatamente onde está o corte de Benson. Então eles afastavam as costelas e espalhavam os pulmões em cima de uma pedra, como se fossem asas.

Lentamente, como se estivesse fazendo um truque de mágica, Malena puxou o lenço de dentro de Benson outra vez, com as pontas dos dedos das duas mãos, até que estivesse todo espalhado por cima da mesa.

— Depois, deixavam o cara sozinho, para que morresse ao sol. Uma coisa horrível, não acha?

Rachel acenou com a cabeça para dizer que sim.

— Esse ritual tinha um nome muito impressionante: "Águia de Sangue". Nas sagas as pessoas escreveram sobre isso. Pergunte para sua professora.

— É nojento — Rachel disse, pensando que ainda não tinha falado nada e que precisava comentar alguma coisa.

Malena deu um sorrisinho, soltando fumaça.

— Sim, certamente é. Desculpe. Às vezes acho que essas coisas são interessantes. Não queria te assustar.

— Você não assustou — Rachel disse, percebendo que pela primeira vez desde que tinha embarcado ela não estava pensando no balanço do navio. Ficou imaginando se isso significava que ela tinha "pés de marinheiro".

— Você acha que o lenço será suficiente? — indagou Malena, que tinha enchido Benson de novo com o pano. Agora era impossível não pensar que o lenço eram pulmões.

Rachel fez que sim.

Malena pegou um fio de linha e molhou a pontinha na boca antes de enfiá-la na agulha.

— Mas, se o lenço são os pulmões, será que a gente não precisa dar a ele mais uns órgãos? O que você acha? Que tal o maço de cigarros? Olha só, está escrito "Benson" nele. A gente podia amassar bem e usar como coração, não é? Não? E o saco de salgadinho?

Rachel sacudiu a cabeça indicando que não, imaginando os pulmões de Malena esparramados ao sol, fumegando.

— Não, muito obrigada. Acho que o lenço é suficiente.

— Você é uma menina muito educada — Malena respondeu. — Muito bem. — As mãos dela faziam as coisas depressa, costurando e fechando bem firme o buraco em Benson. Não demorou nada para ela entregar o coelho de volta, perfeitamente consertado.

— Muito obrigada – Rachel disse. – Agora eu vou dormir.

Ela acenou se despedindo de Davey, que ainda usava fones de ouvido, devolveu o agasalho para ele e agradeceu a Malena mais uma vez. Então, foi embora seguindo o rastro de lentilhas pelo chão, para achar o caminho de volta até a cabine.

Enquanto acompanhava a trilha deixada por Benson escada abaixo, Rachel sentiu uma coisa que quase a fez derrubar no chão o coelhinho recém-consertado. Não podia ser por causa do movimento do navio, porque agora ela sabia que tinha pés de marinheiro. Ela parou de andar por um momento para ter certeza, e então sentiu de novo. Já não havia dúvida. Benson estava se mexendo na sua mão. O peito dele enchia e esvaziava, bem no lugar onde Malena tinha enfiado o lenço branco. Ele tinha ganhado um par de pulmões e estava respirando.

Rachel foi rastreando a trilha de lentilhas mortas pelo corredor, até a cabine, apertando Benson com força contra o peito. Ela já vinha se preparando para o fato de que, cedo ou tarde, seria preciso deixar Benson de lado; mas agora ele tinha pulmões, e isso dificultava as coisas. A ideia de largar Benson no sótão, enfiado numa caixa com outros brinquedos que ela não queria mais, respirando com aquele chiadinho como as velhas caixinhas de apertar – isso era impensável. E *nunca* mais ele poderia ser transportado dentro de um saquinho plástico: ele logo morreria sufocado (*Este saco não é brinquedo*).

A porta da cabine continuava entreaberta. Os roncos da mãe pareciam mais altos ainda, e a cabeça dela batia de leve na cabeceira da cama. Se continuasse nesse ritmo, a mãe teria uma tremenda dor de cabeça quando acordasse. Rachel vestiu a camisola e se enfiou na cama. Somente quando sentiu a umidade nos dois lados do rosto foi que percebeu que seu cabelo continuava ensopado com a água do mar.

Pela manhã, os motores do navio faziam um barulho profundo, espasmódico, vibrando em retrocesso para atracar. A mãe de Rachel saltou da cama quando o capitão anunciou que em pouco tempo *A Donzela do Norte* atracaria no porto de destino.

— Não foi divertido? – ela disse, saindo do banheiro de plástico numa nuvem de vapor cheirando a xampu, com a escova de cabelo na mão. – Venha. Vamos lá para fora encontrar seu pai e contar tudo que ele perdeu.

Rachel se sentou devagar para olhar lá fora. A primeira coisa que ela viu das ilhas foi uma biruta se agitando enlouquecida sob uma fria luz azul. Então deixou sua testa bater contra a vidraça, de tão exausta que estava.

Seu pai tinha toda a razão quando alertara que seria uma noite de insônia a bordo; mas não fora por causa de enjoo ou de qualquer outro efeito colateral do balanço do navio que ela não pôde dormir: ela não pregou o olho porque tinha ficado desesperadamente atenta ao sobe e desce do peito de Benson, arfando em cima do seu próprio peito, aterrorizada com a ideia de que ele pudesse parar de respirar, ou então começar a dar sinais de batidas de coração.

JAMES SCUDAMORE

O primeiro romance de Scudamore, *The Amnesia Clinic*, foi publicado em 2006 pela Harvill Secker. Em 2007, esse livro venceu o Somerset Maugham Award e foi finalista do Costa First Novel Award, do Commonwealth Writers Prize, do Glen Dimplex Award e do Dylan Thomas Prize.

A filha do rei de Norroway

Margaret Elphinstone

O único jeito de limpar meu nome é contando a vocês exatamente o que aconteceu naquela viagem.

Eu adorava aquela menininha. Ela nunca deveria... Foi malvadeza fazer aquilo! Ela sempre foi frágil, desde o instante em que nasceu. Nunca houve uma enfermidade que chegasse perto da corte de seu pai, fosse em Bergen ou em Trondheim; mas com aquele bebezinho era diferente. Pergunte a Signy; vá buscá-la em Trondheim e pergunte a ela. Signy amamentou Margaret desde o dia em que mandaram a ama de leite embora. Pergunte a Signy sobre aquelas longas noites, aqueles dias cinzentos de inverno, em que Margaret se revirava na cama, quente e corada de febre; dia após dia aumentava nosso medo de que ela não chegasse ao pôr do sol. Mas ela vingou. Ganhou forças com o passar dos anos e, quando já não era mais um bebê, começou a crescer sem parar. Gostava de dançar. Brincava de bola, de esconde-esconde e de cabra-cega nos jardins do palácio, com suas aias. E fazia perguntas. Ah, aquelas perguntas não tinham fim! Nunca houve uma criança que fizesse tantas perguntas! Alguém diria que ela queria saber mais das coisas do que uma mulher poderia se interessar em toda sua vida; mas com ela tudo era diferente. Seu destino a aguardava desde o dia em que ela nascera, e, após a morte de seu avô, Alexander, a menina rapidamente entendeu que tinha de crescer e se tornar a rainha de um país desconhecido. Não sei quem foi que disse a ela que não demoraria muito para que aquilo acontecesse. Não fui eu; na verdade, eu tinha proibido as aias de mencionarem o assunto. Pensei: "Que ela seja criança enquanto puder. Que ela possa acreditar que os anos dourados se estenderão por um longo tempo ainda, e vamos deixar que esse assunto de ser a rainha dos escoceses continue um sonho difuso, como um desfecho de contos de fada". Porém, conforme o tempo ia passando, ficava cada vez mais claro que sua infância tinha os dias contados. E ela sabia... Ah, sim, Margaret sabia. Era a criança mais esperta com quem já convivi. Tinha orelhas afiadas como as de uma lebre.

Eu costumava provocá-la: "É você que está aí escutando de novo, sua molequinha sapeca? Posso ver suas orelhas abanando!".

Margaret então cobria as orelhas com as mãos e ria. Na realidade, suas orelhas eram tão bem desenhadas quanto as conchas do mar.

O rei Eirik adiou a viagem o máximo que pôde. Ele sabia que cedo ou tarde teria de se afastar de Margaret – mas, por favor, Deus, que seja mais tarde! Alguns homens odiariam ter de olhar para a criança que significou a morte de sua própria mãe ao nascer. Mas nosso rei não era desse feitio: ele a amava ainda mais por ser órfã. Ele a amava demasiado, para o próprio bem dela, mas não conseguia fazer frente àqueles escoceses indisciplinados, muito menos ao rei da Inglaterra.

O rei Edward da Inglaterra! Eu gostaria de jogar na cara dele o que ele fez. Claro, nunca o verei – e não ousaria abrir minha boca se o visse –, mas sonho com ele. Em meu sonho, ele joga xadrez num grande tabuleiro que abrange todo o Norte. Move seus cavalos e cavaleiros, castelos, os bispos e a rainha e, conforme eles avançam, vão dispersando os adversários, como se não passassem da palha de grãos pilados. Pilados pela força ou pela astúcia, para Edward não fazia diferença – Gales, Escócia, França... No sonho, ele se senta sobre o tabuleiro de xadrez, trajando armadura completa, com os olhos faiscando através das fendas da viseira do elmo baixada. Ele arreda as peças para os cantos do tabuleiro, chegando cada vez mais perto, enquanto somos encurralados. Edward só enxerga os quadrados brancos e pretos e as peças que andam por eles. Ele não vê como os mares do Norte se enfurecem no inverno; não sente a chuva picando a pele como agulhas de gelo sopradas pelo vento do Norte. Não sente o estremecimento causado pelo choque das ondas contra o casco, nem vê as camadas de espuma branca que se formam nas amuradas. É um rei faminto de poder que vive na longínqua Londres – como pode se importar com uma garotinha de sete anos brincando ao breve sol de um verão nórdico?

Muitos de vocês, inclusive meu marido, Thore, acharam que era vantajoso para Margaret se casar com o filho de Edward, o chamado Príncipe de Gales. Mas eu pergunto: o que querem dizer com "vantagem"? Será que ela pediu para ser a rainha dos escoceses quando tinha três anos, só porque o avô caiu do cavalo num país distante, enquanto corria para chegar à cama de sua nova esposa francesa? Não, claro que não! Margaret era muito esperta, ainda que só tivesse três anos. A tosse terrível que a atormentava no inverno significava que ela mal podia sair da cama, semanas a fio. Ela ficava recostada em seus travesseiros – aquele tiquinho de gente debaixo de uma pele branca de urso – rubra de febre, com bonequinhas arrumadas em fila ao seu lado. Ainda agora vejo aqueles rostinhos de madeira, embrulhados em pedaços de lã para protegê-las das correntes de vento que assobiavam por baixo da porta. Era com isso que Margaret se importava – *ela* não pediu para ser a rainha dos escoceses e também não queria ser a rainha da Inglaterra (pois todos sabiam que os filhos de Edward eram frágeis e provavelmente morreriam logo – e, por direito, ela poderia terminar como rainha de dois grandes países). Mas Margaret queria uma única coisa: um filhote de galgo, e isso ela conseguiu. Mais tarde, acabei levando o cachorro para a nossa propriedade; ele foi criado como cão de estimação de uma princesa e nunca aprendeu que era de sua natureza caçar. Viveu ainda seis anos depois que sua dona se foi.

Mas agora devo falar sobre aquela viagem. Foi a pior coisa que fiz na vida. Já passava da metade do ano. Eirik ficou perto da filha o máximo de tempo que conseguiu e, quando finalmente se rendeu, as noites já tinham se tornado ameaçadoras. Houve atraso nas providências necessárias para o navio e depois ainda tivemos de esperar mais de uma semana para que os ventos se tornassem favoráveis. Foi na festa de são Miguel que finalmente zarpamos – bem na época em que todo marujo sensato prepara seu barco para ficar fora da água durante o inverno. Até poderiam dizer que foi o desejo de Eirik de proteger a filha que enfim a destruiu; mas, quem pode saber?

Finalmente, o vento mudou para nordeste, trazendo o cheiro da neve. Eirik insistiu que rumássemos para Orkney. Os mensageiros escoceses deveriam se dirigir para o Norte e encontrar sua rainha em Kirkwall. Ela então sairia do aconchego das terras de seu pai e seria entronizada como rainha dos escoceses antes de ser entregue aos cuidados do rei inglês. Eirik tinha decidido fazer a viagem pela rota mais curta por causa da saúde delicada de Margaret, mas isso também foi um ato político. Eu deveria cuidar da princesa – da rainha melhor dizendo, mas aqui, na Noruega, ela sempre foi nossa princesa – até que fosse deixada com suas damas de companhia escocesas. Signy continuaria com ela. Essa foi a única bênção pela qual pude agradecer. Signy estava aterrorizada; claro que estava!

"A Escócia, sra. Ingebjorg!", Signy repetia para mim. "*Inglaterra*! Ai, ai, ai... Lugares que não se avistam desta terra! Meu irmão diz que leva muitos dias até chegar lá!"

"Mas, quando você chegar, vai encontrar terra lá também. Além de tudo, lá é mais verde e mais quente do que aqui."

"Não gosto de nada verde nem quente! E se a gente não chegar lá? O navio que nos trouxe a mãe da princesa nunca mais voltou para casa. Todos os lordes escoceses morreram afogados naquela tempestade medonha, no meio do caminho. A gente também pode se afogar!"

"Bom, então eu também me afogarei, porque Thore e eu vamos com você até Orkney. Signy, se você não for com a princesa, ela estará sozinha, afora aquelas duas ou três aias bobas. Ela vai ser rodeada por damas desconhecidas que não saberão o que fazer por ela, nem vão conseguir entender o que ela diz."

"O quê? Você quer dizer que elas também não vão entender o que eu digo? Elas não falam bem norueguês?"

Coitada da Signy, tinha achado uma coisa espetacular mudar-se com a corte, de sua Trondheim natal para Bergen. Nunca tinha imaginado que precisaria aprender uma nova língua e novos costumes. Bem, naturalmente isso nunca aconteceu de fato. Mas depois que expliquei tudo para ela, Signy estava pronta para partir; apesar dos protestos, ela teria feito qualquer coisa por sua princesa.

Tudo parecia estar indo bem quando saímos de Bergen, embora fizesse mais frio do que eu achava conveniente. O navio do rei era uma bela embarcação, com 60 pés de comprimento, lindamente equipado. Thore achou que a carga estava pesada demais. Estávamos levando tesouros para Margaret na Escócia — não que ela precisasse daquilo; era só para impressionar seus novos cortesãos. Havia presentes para os seis guardiões da Escócia: os dois bispos, os condes e o mordomo real. Era preciso levar presentes para as facções de Bruce e de Comyn, que tinham sido excluídas da guarda. Levávamos peles de urso e de rena, baús entalhados repletos de marfim e ouro, tapeçarias, além de barris de vinho e lagostins. O bispo Narve nos acompanhava. O rei o havia incumbido de assegurar que todos os aspectos do acordo fossem cumpridos antes que a princesa fosse entregue aos cuidados dos escoceses. Margaret foi convencida a deixar o cachorro. Ela ficou muito tempo em seus aposentos despedindo-se dele. Dei ordens para que as aias a deixassem em paz. Quando enfim desceu, estava muito pálida e não pronunciou palavra.

Margaret sempre foi uma criança faladeira. Para ser sincera, ela conseguia deixar a gente esgotada... "Por quê? Por quê?" O tempo todo era ela perguntando por quê, por quê, por quê — ah, o que eu não daria para tornar a ouvir aquela vozinha esganiçada nos meus ouvidos. Mas agora que a ameaçadora viagem estava realmente prestes a acontecer, da noite para o dia ela perdeu a cor e a voz. Não perguntava mais nada. Eu detestava vê-la tão recolhida. Era inútil tentar me enganar achando que Margaret ainda não tinha se dado conta de que nunca mais voltaria para casa. Ela era esperta demais para isso. Mas sempre foi uma criança adorável e cheia de vida, mesmo com aquelas tosses e febres intermináveis que a atacavam sem dó. Embora seu corpinho fosse fraco, a menina tinha uma coragem inabalável, toda sua. Acho que foi isso que a manteve viva. Ela teria conseguido passar por tudo, e tenho certeza de que se sairia bem se... Como é que *alguém* consegue imaginar que eu, entre todas as pessoas, poderia ter feito mal a ela? Essa é uma mentira maldosa, sem pé nem cabeça!

Coros de monges cantavam e balançavam seus incensórios, de tal sorte que, à medida que o cortejo real atravessava a aldeia, o vento leste vinha carregado com o aroma da divindade. Quando o rei e sua filha, resplandecentes em vermelho e dourado, apareceram no portão da cidade, os coros silenciaram. Então o capelão da corte de Eirik, um sujeito chamado Haflidi, nativo da Islândia, fez um solo de *Veni Creator*; sua voz era tão potente e grave que parecia ecoar desde a mais remota orla do país, como se a própria terra estivesse cantando para se despedir de sua filha. Enquanto Haflidi cantava, Eirik puxou a filha para perto e abraçou-a bem junto ao coração. Ela se agarrava a ele com tanta força que, no fim, Signy e as aias tiveram de arrancá-la dos braços do pai. Então Margaret não aguentou mais – e como poderia ter aguentado? Chorou muito e deixou que seus pés se arrastassem quando tentaram obrigá-la a andar pelo cais. No fim, Thore pegou-a no colo e entrou com ela a bordo. Durante todo esse tempo, Haflidi cantou, abafando os soluços da princesa. Ele continuou cantando até que o navio zarpasse; somente quando a fina lâmina de água entre nós e o cais inevitavelmente se alargou, as notas de *Veni Creator* foram aos poucos se dissipando.

Tínhamos pensado que o próprio Eirik levaria Margaret até Orkney. Foi o que ele disse aos mensageiros do rei Edward, quando vieram em seu enorme navio inglês buscar a princesa. Demoraram-se doze dias, esperando para levá-la à Inglaterra, mas Eirik hesitou e atrasou tudo para, no fim, dizer que Margaret estava muito fraca para viajar. É verdade que ela estava gripada e que ficamos aliviados quando ela teve permissão para continuar conosco por mais algum tempo. Mas, quando me lembro daqueles dias... O navio inglês voltou a salvo para Londres, com tempo bom. Se Margaret tivesse partido em maio, com os desconhecidos ingleses... Mas não partiu. Eirik disse aos embaixadores ingleses que ele mesmo a levaria, assim que ela estivesse melhor. Não sei por que ele mudou de ideia. Para mim, tudo o que ele disse foi:

"Ingebjorg, confio em você mais do que em qualquer outra pessoa. Você conhece a minha Margaret desde que ela nasceu. Sei que você a ama. Você a levará a salvo até Orkney. Não volte até ter certeza de que há boas mulheres cuidando dela."

"Como poderei garantir isso, meu senhor? Não tenho nenhuma autoridade perante os lordes escoceses. Nem mesmo falo a língua deles."

"É por isso que estou mandando você a Orkney. Você continuará nas minhas terras e os mensageiros escoceses serão nossos hóspedes. Você pode se recusar a deixar que ela vá até que se sinta segura de que cuidarão dela adequadamente."

"Meu senhor, eles podem me prometer qualquer coisa, mas, assim que eu não puder mais ver Margaret, como terei certeza do que poderá acontecer?"

"Esse é um risco que temos de correr, Ingebjorg. É do mais alto interesse deles cuidar bem dela. Temos de acreditar nisso."

Enquanto navegávamos pelos estreitos ao sul de Holsnoy tudo parecia bem. Como estávamos indo atrás do vento, não sentíamos toda sua força. Quando Margaret parou de chorar, troquei-lhe a roupa, livrando a menina dos mantos cerimoniais e vestindo-a com uma grossa túnica de lã e um gorro de pele, cobrindo-a depois com uma capa de lã oleada. Consegui convencê-la a sair engatinhando do toldo que tinham montado para nós na proa. Estava frio. Ajustei bem a capa para protegê-la e amarrei os cordões de seu capuz. Margaret sempre foi curiosa. Apesar de suas agruras, não podia deixar de querer ver o que acontecia por ali. O mar, liso, estava iluminado pelo sol e, enquanto passávamos entre as ilhotas, sentíamos o aroma de juníperos trazido pela brisa morna que soprava da terra. Nossa bandeira vermelha e branca balançava levemente sob o vento suave. O imediato mantinha os remadores no ritmo, para não nos desviarmos do curso.

Margaret escondeu sua mãozinha gelada na minha. "Sra. Ingebjorg, o mar vai ficar calmo o tempo todo?"

"Espero que sim, querida."

"Eu não. Quero ver ondas grandes!"

Fiz o sinal da cruz. "Não, Margaret! Você não sabe o que está dizendo!"

O bispo Narve me viu fazendo o sinal da cruz. Chegou perto de nós e me perguntou se estava tudo bem. "Muito bem, senhor!", eu respondi. "Espero que o tempo continue assim."

"Deus permita que o vento continue ameno!"

Por volta do meio-dia, alcançamos o mar aberto e entramos nas ondas grandes. Agarrei a amurada com uma das mãos e segurei Margaret firmemente com a outra. A luz do sol se refletia na água inquieta, como se estrelas tivessem caído do céu. O vento atravessava nossas capas e gorros. Dava a impressão de que só estávamos de camisola. A cortina de couro do nosso abrigo soprava para dentro como uma vela: não era seguro ficar ali. Ajudei Margaret a alcançar a proteção dos grandes volumes de carga, à meia-nau. Nuvens carregadas nos perseguiam, vindas do oeste. Agarrei um cabo com toda a força e segurei Margaret junto de mim. Antes que as víssemos, as ondas nos suspendiam, erguendo a proa, e sumiam adiante, fazendo-nos despencar tão de repente que nossos estômagos apertavam. O remador a estibordo — um sujeito grisalho cuja pele do rosto era tão curtida como uma velha raiz de árvore... (há quanto tempo sobrevivia fazendo aquilo?) — me atirou seu cobertor. Nem me importei que pudesse estar infectado; agradecida, embrulhei Margaret nele. Ela tremia de frio.

Uma onda mais alta subiu de lado e, ao cair, nos encharcou até os ossos.

"Margaret!" Colei minha boca em sua orelha. "Precisamos correr para o abrigo."

"Não!"

"Vamos ficar encharcadas!"

"Eu odeio ficar no abrigo."

"Por quê? Ele ficou muito aconchegante com as peles e, além disso, você está congelando."

"Não é *nada* aconchegante." Ela estava berrando na minha orelha. "É pior do que o inferno."

"Margaret!" E eu me benzi rapidamente, depois tapei sua boca com a minha mão. "Nada é pior do que o inferno! Você não deve dizer isso!"

Ela ainda resmungou alguma coisa, e eu aproximei minha orelha para escutar, para entender quando ela repetiu. "Frio e molhado é pior! Qualquer coisa que salta pra cá e pra lá no escuro é pior!"

Então permanecemos onde estávamos. Eu podia sentir Margaret tremendo debaixo do cobertor do marujo. Ela foi ficando ainda mais pálida, com um anel azulado sob os olhos. Segurei-a quando ela se inclinou bruscamente para frente, e puxei a sacola de couro que estava guardada debaixo da minha capa.

Aquela pobre criança vomitou até seu estômago ficar vazio. Quando achei que não havia mais o que lançar fora, ela teve outro acesso. Tentei levá-

-la para baixo do abrigo, mas ela gritava e se agarrava ao cabo com todas as forças. "Não! Não! Não!"

"Você precisa se aquecer, minha querida!"

"Não! Não! Não no escuro! Não!"

Mas o escuro estava caindo sobre nós. Nuvens negras encobriram o sol completamente. Com o escuro, vieram rajadas de granizo. Puxei o cobertor para cima de nossas cabeças enquanto o gelo pipocava no convés. As ondas criavam cristas brancas que pareciam prata refletindo a pouca luz restante. O imediato trovejou de lá do leme: "Senhora Ingebjorg! Leve a princesa para o abrigo!".

Tropeçávamos para tentar chegar lá quando o navio adernou. Uma onda quebrou bem em cima de nós. A água, numa temperatura de congelar, corria por minha pele depois de atravessar todas as camadas de roupa. Recebíamos de frente todo o impacto do vento. As ondas varriam o navio por toda parte. Margaret gritava. Agarrei-a com uma das mãos e com a outra me firmei num estai. A água do mar lavava nossas mãos e joelhos.

"Leve essa criança lá para frente!"

Eu a arrastei para baixo da cobertura bem no momento em que mais uma onda caía bem ali. "Signy!" Eu mal conseguia ouvir meu próprio grito. Sob o abrigo tudo era um rumor só. A fina curva da proa era a única coisa que nos separava do mar revolto. "Signy!" Estava escuro demais para enxergar o que quer que fosse. "Signy, a princesa precisa de você!"

Segurei Margaret enquanto meus olhos se adaptavam à escuridão. As aias estavam deitadas de barriga para cima, entre as peles. Não levantaram a cabeça. Signy curvou-se, com as mãos apertando os olhos. "Oh, sra. Ingebjorg, eu...". Ela ainda teve a sensatez de se apoiar longe das peles antes de vomitar.

Nenhuma daquelas mulheres tinha a menor condição de cuidar de si mesma, quanto mais da princesa. Graças a Deus eu nunca enjoo. Embrulhei Margaret numa pele de urso e apertei-a contra o peito para mantê-la aquecida. Quando me curvei para escutar o que ela dizia, seus dentes batiam como pedrinhas levadas pela correnteza dos riachos. As peles que tinham parecido suficientemente luxuosas para criar uma câmara real, quando ainda estávamos no porto, agora não passavam de trapos encharcados. Obriguei Margaret a beber água. Ela não conseguia comer. E eu não conseguia tirá-la do lugar. Mesmo deitada, eu tinha de me agarrar em alguma coisa para não deixar que o navio nos jogasse de um lado para outro.

Conforme girava em sua roldana, a âncora da proa batia com força numa parte do casco que ficava acima de nossas cabeças. A cada onda, o navio subia e ficava suspenso como quando se prende a respiração, para então despencar e deslizar vertiginosamente pela água, como se fosse um trenó descendo a montanha. Margaret estava calada em meus braços. Eu temia o momento em que ela precisasse fazer suas necessidades. Não conseguia imaginar nem como eu mesma me equilibraria em cima do urinol, quanto mais ajudá-la nisso. Mas não foi por esse motivo que ela puxou minha capa para chamar-me a atenção.

Aproximei minha orelha de sua boca.

"Sra. Ingebjorg!"

"O que é, querida?"

"Meu dente mole caiu."

"Seu dente mole... Onde está?"

"Aqui." Tentei achar a mãozinha dela. Estava bem fechada, mas quando a menina sentiu minha mão, empurrou para mim uma coisa muito pequena e dura.

"Sra. Ingebjorg!"

Novamente aproximei a orelha de sua boca.

"Será que a fadinha virá buscar meu dente, agora que não estamos mais na Noruega?"

Achei a orelha dela e falei bem alto, para encobrir os rugidos do mar. "Não há fadas no mar, mas haverá outras em Orkney, e então você poderá entregar seu dentinho a elas."

Novamente ela falou dentro da minha orelha.

"Você guarda pra mim até a gente chegar lá?"

Com alguma dificuldade, amarrei o dente dentro de meu lenço. Ele ainda está comigo.

Depois disso ela dormiu. Quando veio a manhã, orientei Signy a se deitar com ela enquanto eu estivesse fora do abrigo. Assim que me mexi, percebi que as peles pingavam de tão encharcadas. Não era de se admirar que estivéssemos geladas até os ossos. Engatinhei para fora da cortina inútil que pendia da cobertura e me coloquei em pé.

O dia estava claro. Fiquei chocada quando vi a vela caída, atravessada e rota à meia-nau. As ondas de cristas brancas eram curtas e encapeladas, às vezes nos levando adiante, outras vezes batendo de través. O mar estava com aquele tom cinza-esverdeado que as borrascas deixam em seu rastro. Quando me firmei no teto do abrigo, Thore saiu engatinhando de sob a vela, firmemente agarrado aos cabos que chicoteavam a carga.

O vento levou as palavras dele embora e ele teve de gritar dentro da minha orelha. "Não esperávamos por isto! E a princesa? Ela ficou bem?"

"Claro que não! Mas agora ela está dormindo."

"Ela está o quê?"

"DORMINDO!"

Acho que ele resmungou algo como "que ela continue assim", mas não tenho certeza.

Pelo menos agora eu conseguia enxergar o que estava acontecendo. Içavam a vela só o suficiente para que ela colhesse o vento e depois tornavam a baixá-la para não deixar que avançássemos depressa demais. Toda vez que a vela descia, eu via que o imediato se abaixava sob o leme, enquanto o manejava. Quando içavam a vela, eu tinha a sensação conhecida do casco subindo e a horrível manobra de suspensão no ar, como se fôssemos uma gaivota alçando voo. As ondas eram tão curtas que por duas vezes caímos no meio do barco como sacos vazios, apanhados dos dois lados. Agarrei o ombro de Thore. Ele colou a boca em minha orelha. "Está tudo bem... Estamos seguindo o vento... Não podemos correr o risco de ir mais depressa... Pelo menos será um trecho breve."

Estava dividida entre meus temores por Margaret e a relutância em engatinhar de volta para aquele espaço encharcado e fedorento sob a amurada. Perdi a conta de quantas vezes me esgueirei de volta ao meu lugar para que Signy pudesse esticar um pouco as pernas e beber um gole d'água. Não consegui que Margaret ou Signy comessem algo. Fui a única que mastigou o pouco de peixe seco que nos deram – pão e queijo eram difíceis demais de conseguir. Ainda que naufragássemos, nada parecia pior do que morrer debaixo daquele abrigo medonho, sufocadas pelas peles e tecidos encharcados, sem nunca mais ver a luz do dia. Toda vez em que eu ia para o convés, agarrada a Thore, parecia impossível me mexer, quanto mais trazer Margaret comigo. Mesmo assim, aquela criança devia continuar aquecida. Se eu não podia fazer mais nada, pelo menos tentaria que ela ficasse quentinha.

As longas horas da noite seguinte não estão claras na minha mente. Acho que Signy dormiu. Margaret acordou de repente, num forte acesso de vômito. Dei-lhe um pouco de água, mas ela não segurou. Só me restava ficar com ela no colo, repetindo coisas idiotas em seu ouvido para tentar acalmá-la. Não sei se ela me ouviu. Além do zumbido do vento, eu escutava a água do mar tamborilando no tecido do abrigo sobre as nossas cabeças. Quando levantei a mão, descobri que o teto tinha afundado muito. Graças a Deus chegamos a Orkney! Estávamos seguindo a uma boa velocidade, sem dúvida por obra de Deus, mas o que me parecia – parecia a todos – era que o vento tinha mudado e que podíamos estar seguindo para qualquer parte. Eu não sabia como o melhor capitão do mundo conseguiria ter noção de onde estava seu navio numa noite como aquela.

Margaret sentia-se tão enjoada que eu tinha receio de que ela morresse de sede. Se consegui fazer que ela mantivesse alguma água em seu corpo, não sei. Não sei quando a noite passou nem quando o dia amanheceu. Não sei o que os homens fizeram para nos manter no rumo. Tomei água. Signy também bebeu um pouco. Margaret ainda segurava minha mão, mas o fazia com força cada vez menor. Quando ela falava, eu não conseguia ouvir. Não acho que ela tenha dito alguma coisa. Espero que ela tenha dormido. Queira Deus que ela tenha dormido. Não sei. Será que deixei claro o quanto aquela noite estava escura? Eu não conseguia ver Margaret. Não conseguia ouvi-la. E mesmo quando chegou o dia, continuava escuro. O bispo Narve veio ter conosco algumas vezes. Ele rezou. Eu sei que ele rezou. Lembro das palavras em latim atravessando a escuridão e a turbulência, e, embora eu não soubesse o que elas significavam, senti-me confortada. Espero que Margaret tenha conseguido ouvi-las. Acho que ela estava dormindo. Espero que sim. Estávamos geladas até os ossos. O mar tinha entrado no navio. Ela devia estar encharcada. Como não estaria? Havia mais de um dia e uma noite que Margaret não se movia, ela que sempre fora uma menininha tão diferente – e como poderia não ser? Senti o estremecimento de seus soluços uma ou duas vezes, e foi assim que soube que ela estava chorando. Mas até mesmo seu chorinho estava ficando mais fraco.

A pior coisa que ocorreu enquanto ficamos lá deitadas foi que ela deixou de ser a garotinha que eu conhecia. Estava se transformando em outra coisa, em algo menor, mais animal. Tentei me lembrar da Margaret que eu conhecia. Pensava nela do jeito que tinha sido antes. Recordei os dias ensolarados no jardim e as noites ao pé do fogo, no inverno, quando eu contava histórias para ela. Agora a história dela estava caindo aos pedaços, como se ela não fosse mais uma pessoa de verdade, só um animalzinho perseguido até a morte, ou somente uma princesa – um peão no tabuleiro. Mas, mesmo antes do fim, ela já tinha deixado de ser a minha Margaret. Se eu a traí – no que não acredito de jeito nenhum –, foi só desse modo. Embora eu nunca pudesse feri-la – seja do que for que vocês estejam me acusando agora –, talvez eu mesma lamente isto: que, mesmo enquanto ela ainda estava em meus braços, eu deixei de me lembrar de como ela havia sido.

Devo ter adormecido, porque a próxima coisa de que me lembro é que o mar tinha acalmado. Eu não tinha mais que ficar me agarrando a nada. A âncora não ficava mais batendo contra a proa. Margaret estava inerte em meus braços. Quase não estava quente; mas, quando coloquei minha mão sobre o coração dela, senti que continuava batendo, fraquinho. Acordei Signy, que tomou o meu lugar, e me arrastei para fora do abrigo.

Um nevoeiro denso nos cercava. Tudo o que havia a bordo gotejava. As águas estavam mansas. A vela, totalmente aberta. Senti que podia ficar em pé normalmente, segurando na amurada. Tentei enxergar em meio à névoa.

O nevoeiro se dissipou. Dos dois lados vi um litoral rochoso. Agora estávamos indo depressa. O imediato deu um comando. Os marujos rizaram a vela. A névoa voltou e nos envolveu numa bolha de nuvem e água. Thore se agachou sob a vela para ficar perto de mim.

"Orkney!", ele disse. "Como está a princesa?"

"Mal." Ouvi minha voz tremer. "Thore, temos de desembarcá-la o mais rápido possível."

Ele pareceu preocupado. "Não vai demorar muito. É difícil saber; esse nevoeiro vem e vai o tempo todo. Acabamos de passar por uma ilha que fica em nosso rumo. A próxima ilha ao norte deve ser Shapinsay. E estamos chegando com a maré baixa – as instruções já tinham alertado para isso. Nestas ilhas, nada é o que se espera. Por isso é que estamos indo tão depressa. A maré vai nos conduzir pelos estreitos. Esperaremos aparecer a próxima enseada ao sul – pelo menos é o que dizem – e aí estaremos em Kirkwall."

"Então, Thore, não vai demorar muito? Não vai demorar demais?"

"De jeito nenhum. Ela vai estar na casa do pai antes que a manhã acabe."

Ele estava enganado. A ilha estava lá, sim, e também os estreitos; a vazante nos empurrou para oeste, onde realmente queríamos ir. Mas os estreitos eram muito apertados, o que confundiu o imediato; além disso, a costa se perdia no nevoeiro. Rumamos para o sul e ancoramos numa pequena enseada, mas foi uma atracação precária. Tentando enxergar em meio à nevoa, não vimos nenhuma catedral, nenhuma aldeia e certamente nenhum palácio.

Só que eu não estava procurando por essas coisas. Tinha me enfiado de novo debaixo do abrigo, tentando despertar a princesa. Abrimos a cortina de couro para poder ver lá dentro. Signy e eu aquecemos as mãos e os pés da menina. Esfregamos seu peito frio e bafejamos nosso hálito quente em suas costas. Em vão tentei colocar meu cantil em sua boca. Margaret não se mexeu. Antes de desembarcarmos, ela já estava inconsciente.

Como vocês podem dizer – como algum de vocês pode sequer sugerir – que eu a traí? Foi há apenas doze anos. Nunca foi segredo o que aconteceu. O bispo também estava lá, pelo amor de Deus! O bispo Narve, em carne e osso, levou-a para a terra, atravessando as ondas que quebravam na praia. Se tivéssemos atracado em Kirkwall, teria havido um bando de testemunhas. Se tivéssemos nos instalado no palácio, todos nos teriam visto.

Mas o que aconteceu foi que levamos Margaret para a cabana de um pescador – foi o melhor abrigo que encontramos. A mulher dele era muito prestativa, e logo acendeu o fogo pra nos acolher. Eu queria mandar uma mensagem para Kirkwall imediatamente, mas a mulher disse que estávamos em outra ilha. Saint Ronald. Improvisei uma acomodação com os poucos suprimentos que tínhamos e fiz uma breve oração pedindo ao santo padroeiro que poupasse a minha menininha. Enquanto livrava dos piolhos as peles de carneiro e o cobertor esfarrapado do pescador – pelo menos eram cobertas secas – e embrulhava neles a princesa, continuei orando. Despi minhas roupas e abracei Margaret pele contra pele. Era como segurar um pingente de gelo contra o peito. Meu coração derreteu, mas eu não conseguia aquecê-la. Ela me esfriou até os ossos, e então Signy tomou o meu lugar. As aias também. Tentamos transmitir nosso calor para ela, mas ela estava absolutamente fria. As manchas azuis sob seus olhos cerrados eram como grandes hematomas em seu rosto lívido. Ela nunca mais falou. Arrebentamos os baús entalhados que guardavam os tesouros, pois não havia outra madeira, e fomos alimentando o fogo até que aquele aposento vazio tivesse se tornado a fornalha de um ferreiro. Não conseguimos aquecê-la. A tempestade tinha enfim acabado, e a névoa se dissipara. Do lado de fora, o sol rompeu as nuvens e tornou a água do mar numa massa de luzinhas faiscantes. Porém, apesar de todo o calor que então sentíamos, não fomos capazes de acender uma única chama na princesa.

O bispo Narve oficiou as últimas preces e ungiu a minha Margaret enquanto ela ainda respirava. E não eram só as mulheres que estavam chorando. O bispo Narve ficou até o fim. Ela faleceu nos braços dele.

Com uma peça de roupa de cama que deveria ser dada de presente aos lordes escoceses, Signy e eu fizemos um lençol para embrulhá-la. Não precisamos de muito pano. Não se gasta quase nada de tecido para embrulhar uma criança de sete anos, e Margaret era uma criaturinha magra, embora alta para sua idade — alta e magra —; dava para perceber que teria sido uma mulher alta. Seu cabelo estava grudento de água do mar quando nós o trançamos.

Margaret chegou a Kirkwall em seu caixão. O bispo de Orkney queria ficar com ela. Viva ou morta — foi o que disse ele — viva ou morta, os mensageiros escoceses devem vê-la. Ele esperava que chegassem a qualquer momento. Sua catedral era onde os escoceses deveriam procurá-la se quisessem ver o local em que estava enterrada. Ela era a filha do rei da Noruega — disse ele — e uma rainha dos escoceses que também poderia vir a ser rainha dos ingleses. Era essa a única coisa que o interessava: o mar tinha roubado a rainha dos escoceses, e Edward, da Inglaterra, tinha perdido o jogo.

O bispo Narve disse que Margaret voltaria para casa, para seu pai. Graças a Deus, nosso bispo teve a última palavra.

Voltamos com o caixão bem amarrado à meia-nau. O sol brilhou, o vento e o mar nos levaram suavemente durante todo o caminho de volta. Isso me deixou mais revoltada do que era possível vazar em lágrimas. Por que não tinha sido daquele jeito no caminho de ida? Mas não faz sentido perguntar por quê. Ainda assim, Margaret perguntava "por quê?" o tempo todo. Ela perguntou mais por quês em sete anos de vida do que a maioria das pessoas numa existência inteira. Não acho que ela estivesse errada em querer perguntar tudo. Conforme vou envelhecendo, faço cada vez mais perguntas.

E agora me aparece essa mulher, doze anos após aquela viagem horrorosa, e diz que ela é a minha Margaret, e que eu a vendi a um mercador alemão em Orkney. Só para ganhar algumas coroas, eu teria vendido a minha princesa como escrava! Vocês sabem que não é verdade! Vocês sabem que ninguém reconhece essa impostora! Para começar, ela é velha demais! Minha Margaret seria uma linda moça agora, de apenas dezenove anos. Todos sabem que quando voltamos com Margaret para Bergen, o rei Eirik abriu o caixão e ficou olhando para o rosto dela por um longo tempo. Quem poderia conhecê-la melhor do que seu próprio pai? Ele a adorava: claro que a reconheceu! Vocês ouviram a minha história. Sabem que eu jamais teria feito isso de que me acusam. Perguntem ao imediato! Perguntem a Thore! Tragam Signy, que está em Trondheim, e perguntem a ela! Perguntem à dama da rainha Isabel — ela era uma das aias durante a viagem. Perguntem à tripulação; alguns deles ainda estão a serviço do rei

Haakon. Perguntem ao próprio bispo de Bergen: ele é o bispo Narve. Pois minha Margaret morreu nos braços dele e ele sabe de tudo. Ele sabe o que aconteceu. É um homem de Deus – talvez ele até saiba por que aconteceu tudo aquilo.

MARGARET ELPHINSTONE
Margaret Elphinstone já tem oito livros publicados, incluindo *The Sea Road*, *Voyageurs*, *Hy Brasil* e *Light* (todos pela Canongate), além de numerosos contos. É professora de redação na Strathclyde University.

A ilha de Omar

Robert Minhinnick

Cada vez mais eu procuro o Omar porque ele sabe das coisas. Na realidade, Omar parece compreender a maioria das coisas que acontecem na ilha. Porque a cidade é uma ilha. Provei isso a mim mesmo em minhas expedições, cada vez mais ambiciosas. Mas Omar também entende o que já aconteceu, e estou certo de que essa é a chave. É o segredo deste lugar. O segredo que me interessa. Porque o passado explicará os deuses. Os deuses desta ilha.

Então me junto a um grupo de alemães que ele guia pelas fortificações. Tiram minha foto ao lado de um canhão, com duas jovens louras vestidas em couro e segurando coquetéis. A boca do canhão aponta para o mar, e as balas formam uma pilha em formato de pirâmide aos nossos pés. Negras sementes, eu penso. Núcleos de ferro do mamão. Há um gato, um dos gatos cor de laranja da ilha, enrolado como uma bola no alto da pilha de balas. Todos os gatos daqui, é o que me diz o guia, pertencem a um só clã: o clã laranja, magrelo e feioso. E como adoram o sol. Até mesmo esse bichano tosco parece belo à luz do sol.

Depois de agradecer ao guia, o grupo segue adiante. Sento-me com Omar numa mesa no Café Leone; falamos sobre o tempo, sobre como está anormalmente quente para a estação. Quero perguntar sobre os deuses, mas Omar parece ter resolvido que preciso conhecer os navios desta ilha e seus capitães.

Sim, diz Omar. Nossa fortuna foi construída com esses homens. Então, que Deus nos acuda. Primeiro tem o Oscar, que vive numa cabana na rua Mediterrâneo. Desde o início, a família de Oscar foi composta de marujos. Ele gosta demais dos golfinhos e tem uma barcaça de tinta toda descascada, além de uma gôndola quebrada. À tardinha, ele sai em busca de polvo.

Tem o Georgiou, da rua Santa Úrsula, que furta lagostas das barricas sob as fortificações a oeste. Antes esse era um crime capital; vi homens terem de passar sob a quilha dos barcos por causa disso. Mas, claro, marujos são homens, e os homens têm de viver.

Você já foi apresentado ao Manoel, da rua da Águia? Ah, o Manoel. Ele se lança em mares tão bravios, naquela sua velha chaleira; a gente acha que ele nunca mais vai voltar. Ventos em força nove são sopro de bebê para o Manoel. Mas, como estou dizendo, os pescadores têm de viver, e o Manoel joga suas redes para pescar manjubas e sardinhas brancas.

Talvez você já tenha visto o Africano da maloca perto das muralhas. Ele construiu um bote com tábuas de outros barcos e pedaços de madeira que deram na areia, e sai para o mar com aquilo. Vai atrás de cação naquela balsa improvisada, com um garfo de cinco dentes. Talvez ele fosse um grande capitão em seu país, Serra Leoa, um reino de crueldades em que a maioria dos assassinos são crianças. Bem, assim me disseram. Ah, e também há cicatrizes de cor violeta em suas costas, além de queimaduras nos punhos e nos tornozelos. Mas, às vezes, olho para ele e enxergo imponência em seus olhos.

Depois vem o Hilário, da rua Sul, que parte para o mar num galeão com água entrando pelas juntas, uma verdadeira peneira, mal se pode dizer que seria uma barrica, mais parece um grande pinicão de cocô... É... Um urinol com uma fenda, esse é o galeão de Hilário, o velho maluco, que não seria capaz de pescar nem a si mesmo, mas que um dia de manhã voltou com uma sereia e, meu amigo, vou lhe contar uma coisa, Hilário se casou com a tal sereia e ela foi morar com ele na rua Sul. Bem, ao menos essa é a história que contam. Pergunte para ele como foi de verdade, quando ele estiver sóbrio. Às vezes ele vem conosco, quando saímos em busca de raias. O danado do Hilário é um mistério pra mim; flutua como uma rolha; o velho vem em sua prancha de cor mostarda, como se estivesse montado num cavalo, com as roupas infladas pelo vento. O velho Hilário vai adiante impulsionado pela força dos próprios peidos.

Claro que não podemos esquecer Marcelo, que chega cruzando o porto em sua barcaça. Esse é o Marcelo da rua Santo Elmo, onde há mais barcos do que piolhos, e as redes ficam dependuradas como teias de aranha.

Então, temos o Michelangelo, que mora na rua do Teatro Velho e trabalha na draga *Sapphire*, no porto principal. Ele pega emprestada a gôndola do irmão e rema até a ilhota onde vivem os siris de casca mole, em poças entre as pedras. Às vezes, ele nos traz uma saca de café cheia daqueles bichos: o pacote se remexendo todo e os siris bufando como minifoles. É uma música muito peculiar de se ouvir ao amanhecer.

Não se esqueça de McCale, nosso astrônomo. Ele não costuma participar de nossas viagens, mas nos oferece suas histórias. Certa vez, tendo naufragado perto da Ilha Negra, ordenhou uma fêmea de golfinho. Foi assim que sobreviveu. Ele disse que o leite tinha gosto de diamante, se é que diamantes têm gosto. Doce como caviar. Sim, sim, McCale, dissemos, volte para seu suco de cacto, e que Netuno poupe os barcos que você traz para o porto. Por que não vai pra rua São Paulo, dormir com a gorda da sua mulher até ficar bom de novo?

Depois vem o Aurélio, um bom rapaz, dos barracos mais pobres do lado oeste. Ele mergulha da amurada de qualquer barco e volta com lindas conchas coloridas. Uma vez ele subiu à tona da água com uma ostra cheia de sementes de pérolas da cor da chuva, as quais foram, de alguma maneira, engolidas por Hilário enquanto este as cheirava. Que elas cresçam até sufocar o idiota. Ou talvez, penso eu, o Hilário não seja tão idiota quanto finge ser. Aquele panaca.

Ah, claro, também tem o macedônio. Ele não consegue nadar nem velejar, e uma vez ficou andando a noite toda, sob a luz da lua. No dia seguinte, a gente o encontrou no mesmo lugar, aquele macedônio lunático, resmungando coisas num grego abominável que ninguém entende. Fizemos que tomasse alguns *espressos* no bar QE2, e, no dia seguinte, ele nos trouxe beringelas de sua horta e pimentões que tinha cultivado numa jardineira. Fique em casa, dissemos a ele, e cuide de suas sementes, ou vamos acender uma vela dentro de um vidro vermelho para você, lá na igreja dos náufragos. O doido tinha visto meteoros a noite inteira e achava que eram mensageiros de sua própria morte. Ah – rimos, lá na taberna –, você deve ser mesmo um grande cara para que os céus se encham de bolas de fogo por sua causa. Olha só, vamos levá-lo até o peixeiro no mercadão, pra você ficar sabendo por que é que a gente vai para o mar. Por que fazemos isso. Mas chega dessa conversa fiada de isca de minhoca.

Talvez você tenha visto Azzopardi, que usa vela de ignição como peso pra linha e gosta de pescar linguados, equilibrando-se na popa de seu bote quando não há muito movimento na baía. A gente nunca sabe o que tem no meio de todo aquele óleo e plástico, ele diz, no meio de todo o lixo que vem do iate do bilionário russo e dos barcos de cruzeiro, com seus capitães de farda branca e gerentes de banco aposentados vestidos com *smokings* brancos, olhando lá de cima para as docas engorduradas. Cuspo neles todos.

Ei, Azzo, a gente diz, toma cuidado para não cuspirem em cima de você. Eles vão lhe pegar de surpresa.

Mas quem sabe o que vive no porto? Uma vez, uma criança veio balançando um cavalo-marinho dentro de um pote de cebolas em conserva. Outra vez teve um golfinho do porto que ria como se tivesse acabado de ouvir a melhor piada de todos os tempos. O velho Azzo vive nos prédios da rua São Giuseppi, mas come salmão John West, quer dizer, só às sextas-feiras. Ei, Azzo, *presto*, gritamos, você vem ou não? E ele vem.

Às vezes tem também o Ahmed, da rua Leste, que acende velas para Nossa Senhora de Damasco antes de cada viagem, porque, meu amigo, mesmo os nossos mais prazerosos passeios são verdadeiras travessias. Para aqueles que estão em perigo no mar? Por favor, sem sorrisinhos. Nós também somos homens do mar.

Mas Ahmed, dizemos, você não tem nada a ver com a boa Igreja católica. Vá curvar sua cabeça e sacudir o traseiro debaixo daquela tua lua minguante. Ele nos chama de idiotas ignorantes porque não conhecemos nossa história, e eu concordo com ele. Ahmed ajuda com o brigue, e lá vão eles, buscando nosso peixe típico de Malta, embora eu me lembre de ter visto Oscar e ele voltando para casa, uma vez, com um velho polvo-avô. Aquele animal tinha um bico parecido com o de uma águia, o velho vovô verde habitante de embarcações naufragadas, abanando os braços e gemendo, e a gente disse não, levem o monstro de volta. Ele ficou lá estirado, olhando para nós com desdém. Um velho patriarca rabugento, com o mar sibilando dentro de suas carnes. Ele vai dar um prato duro como borracha de pneu, dissemos, não vamos nem conseguir cortar. E, de todo modo, dá azar. Este aqui é tão velho que deve ter conhecido o próprio Napoleão. Além de ter sobrevivido aos piratas sicilianos em suas lanchas ultravelozes. Pense na vida que este bicho levou. Quando morrer, talvez o mundo perca o último guardião da memória de lorde Nelson. Ahmed então olhou para nós com olhos de polvo.

Mas, e Masso? Ele mora com a mãe atrás da igreja de Nossa Senhora das Vitórias. Aquilo é uma adega mais para espelunca, com um pouco de uísque estocado, mas é a casa deles, onde ele fica quando não está levando passageiros no passeio pelo Riacho Francês em seu aquatáxi. Masso às vezes cruza a baía com aquela geringonça, e às vezes eu vou com ele, ou com Oscar, ou com o africano, e até com o macedônio, se ele promete que vai ficar sentado e se comportar; a gente se diverte bastante nas noites de verão, com nossos bastões, o mar parado e o ar ainda morno, sob bandos de pássaros canoros que atravessam a baía, as toutinegras e aqueles pequenos passarinhos pouco maiores que folhas de oliveira, sempre indo embora, para longe de nós e das armadilhas dos caçadores. Às vezes a gente toca gaita ou violão, mas nada que assuste os peixes. Vamos atrás de bremas, queremos encher nossas cestas com esse peixe escorregadio; às vezes, damos sorte, mas aí Masso fica preocupado com a mãe.

E se ela tropeçou e caiu? Como uma brema vai dar jeito nisso?, ele pergunta.

Ela só vai tropeçar e cair se levar um puxão daquela muamba que fica guardada debaixo do assoalho, Oscar diz, e o passeio então acaba de uma hora para outra, nosso taxista recua o barco, mira as muralhas, e logo chegamos à sombra das fortificações, onde o ar é frio e de cor púrpura.

Tchau, Masso, dizemos, e ele sai bufando, bufffffando, de volta para a mãe, a dama das vitórias, sim, senhor, o santuário onde as bolas dele deveriam estar, o fundo do barco dele forrado de tíquetes rasgados.

E então tem o David, que mora no forte acima do iate clube, num quarto em que antigamente eram guardadas as armas. Apertado e escuro. Isso é o que se pode dizer de melhor sobre tal aposento. À noite David fica olhando para as estrelas, o trajeto todo até Túnis. Ele gasta seu dinheiro com o tatuador, aquele da rua Estreita, na entradinha entre a Taberna do Príncipe Sorridente e o Consulado do Grão-Ducado de Luxemburgo. Uma história vem se desenrolando às suas costas e ombros e diz respeito ao seu maior sonho. Pescar um diabo-marinho. David já ouviu muitas histórias a respeito desse bicho, mas nenhum de nós, fora nosso Africano majestoso, jamais o acompanhará nessa empreitada. Por quê? Porque ele fica fora dias e dias numa lancha velha, com uma barrica de óleo com água potável e pouco mais que uma lona para se esconder do sol. David – que Deus o abençoe – leu os grandes livros e seu herói é Odisseu.

Eu digo David, cuidado com as histórias. Nunca se pode confiar nos poetas. Eles são uma tribo esquiva. Mas aquele rapaz resolveu que tem uma missão. Precisamos destas coisas, ele diz. Uma grande obra. Um desafio e uma incumbência na vida. Eu balanço a cabeça concordando, não falo mais nada. Em pouco tempo, David está ferrado no sono.

O Ciangura? A casa dele é um sótão atrás do Palácio Carafa, bem em frente à Sociedade Dante Alighieri. Você já deve ter visto. Perto do estádio de futebol amador. Ciangura decidiu que vai pescar garoupas para vender aos restaurantes. O primo dele é *chef* e sempre quer nossa pesca. Bem, esse Ciangura, o cara vive com uma mulher boba; o cabelo dela é grudento como gordura de fossa. Uma gata magrela, mas não com mau aspecto. Ou pelo menos é o que dizem. E arisca como uma lebre. Ali, agora, é uma parte pobre da cidade, embora um bom pedaço do lugar tenha sido ocupado por tabeliães e firmas de advocacia. Você conhece o tipo. Bem, essa mulher toca cítara e esse é o som que a gente escuta quando sobe até o apartamento de Ciangura, ouve-se o transistor de alguém no andar do meio e depois esse som deslizante e serpenteante da cítara vindo do alto, *zings* e *zangs* ondulantes, não é um som insuportável. Tenho de confessar que não ofende o ouvido. E o céu azul no telhado.

Scibbera está sempre pensando em ir pescar *ceppulazza*, o que não empolga muito os outros, embora de vez em quando eles o acompanhem. A gente sempre pensa que ele leva uma vida interessante porque, perto dele, na rua São Cristóvão, há uma empresa marroquina que declara importar móveis e instrumentos musicais. Mas a porta está coberta de pó e poucos foram os que a viram aberta.

Olá, Skibbo, dizemos. Como vão as coisas?

Então ele dá de ombros e diz "procurem por mim" e arrasta seu bote para baixo, pelos degraus, num suporte com rodas de carrinho de bebê. Mas a gente desconfia do sorriso que ele dá. É um sorriso de golfinho. Porque, quando o golfinho sorri, ele está pensando em outra coisa. Bem, ouvimos dizer que Scibbera, Aurélio e Ciangura às vezes ajudam os marroquinos, tirando tapetes de dentro das *vans*. Isso exige força razoável. E, como pagamento, cada um deles recebe um pouco de haxixe.

Skibbo, dizemos, qualquer idiota é capaz de sentir o cheiro daquela fumaça doce. O ar à sua volta fica parecendo uma doceria. Suas pálpebras, Skibbo, ficam pesadas como as de um milhafre, e você fica com cara de sonhador, incapaz de qualquer coisa, atividade zero no pinto.

Mas Skibbo sai puxando o bote sobre as rodinhas, rindo e tropicando, falando de seus sonhos e dos sonhos de sua namorada, porque os dois sonham a mesma coisa. Sempre resmungamos quando ouvimos isso e balançamos a cabeça sem acreditar. Somos homens experientes. Temos de entender isso. Homens do mundo. Isso é conversa mole. O mesmo sonho? Conversa... É como se fala por aqui. Nada mais.

Se Omar não está falando do passado da ilha para os turistas, em pé nos degraus de algum *palazzo*, ou num átrio calçado com pedras largas e gastas, onde abelhas azuis rastejam entre os pés de hibiscos, peço que ele fique comigo durante uma hora ou uma tarde. Em geral ele concorda, e eu me sinto honrado. Mas, até aqui, ele não abriu a boca a respeito dos deuses. Sim, ele me fala das igrejas barrocas. De arte renascentista. Mas não é isso que me interessa. Não sou esse tipo de erudito.

Hoje vamos a um lugar por onde já devo ter passado inúmeras vezes sem nunca ter reparado. Sob o lado oeste das fortificações, as paredes formam um labirinto de túneis usados por pescadores, amantes e clandestinos. Depois de descer um lance de escada, paramos à sombra. Existe um varal de roupas lavadas estendido na entrada de uma casa e, acima dessa porta, estão dois olhos, pintados de azul e branco, e a palavra *Caccarun*, cuja tinta está descascando.

Omar vai à frente, abrindo caminho entre camisas e coletes pendurados, e acena para que eu entre. O aposento é pequeno, uma cozinha talvez. Há uma mesa, duas cadeiras e prateleiras com frascos e garrafas. Está tão escuro ali dentro, tão escuro que não consigo perceber que, ao longo da parede, esse espaço continua. Omar vai à frente. O aposento se transforma num túnel. Uma vela está acesa mais adiante. Há dois tambores de dísel com um pedaço de prancha flutuante entre elas. Acho que pode ter alguém sentado sobre a prancha, em meio àquela obscuridade.

Vinho?, Omar pergunta. Ele mesmo pega uma garrafa e dois copos empoeirados de uma prateleira.

Onde estamos?, eu quero saber.

Sob o bastião, diz meu guia. Está na hora de você conhecer o fenício. Ei, Nannu, à sua saúde.

Omar está brindando à sombra no canto. Olho mais de perto. Ali há um homem com cabelo da cor de uma teia de aranha. Um copo vazio espera à frente dele. Omar oferece-se para servi-lo de vinho, Omar, o anfitrião, Omar, o líder. Mas a criatura coloca a palma da mão sobre seu copo. Aquele homem é muito frágil. À luz da vela, sua pele é amarelada.

Não tem a menor pressa, Omar sorri. Nannu vem esperando há muito tempo. E vai esperar mais. Mas você, meu senhor, você devia aprender mais.

Claro, eu digo. Estou aqui para aprender. Mas...

Então, ouça, continua Omar. Aqui é um labirinto. Esses túneis são muito compridos. Acima de nós está um palácio com muitos aposentos e muitas coisas ocorreram em sua história. Agora é uma espécie de hotel. Nele moram quinze mulheres, não tantas quanto antes. Mas, se você quer conhecer a ilha, deve conhecê-las.

É menos o presente que o passado, eu digo. Os dias de antigamente. E...

Mas Omar ergue a mão no ar.

Em primeiro lugar, a adorável Rusátia. Peça, e ela se vestirá pra você como um sacerdote. Ou como o próprio imperador. Como um gladiador, se preferir. Não, ela nunca fica sem visitas.

Calídrome é um pouco mais velha. Ela tem uma cabra em sua suíte e a alimenta com rabanetes. O animal fica atado à cama com um cordão de toga, e Calídrome passa ruge nas bochechas brancas e batom na boca do bicho. Sim, a cabra de Calídrome é uma linda criatura, seus olhos lembram tâmaras. Uma vez, a mulher deu cocaína para o bicho e jura que ele falou no latim dos padres.

Fortunata não se separa de sua mãe. Acho que formam uma dupla. Certa vez, a mãe colocou um elixir do amor no vinho da comunhão e depois elas ficaram esperando no quarto. O primeiro a bater foi o bispo da Lagoa Azul, e, em seguida, o mestre-escola, que lhes deu dinheiro para um bom jantar. Pois é, poção poderosa.

Já Fábia, essa tem estilo. Ela bebe ouzo da ilha de Milos e fica escutando as canções de Cole Porter. Ah, suspira, eu fui a musa inspiradora dele. Apaixonada pelos mistérios da noite? Claro que sim. Ele veio para cá, você sabe. Para esta ilha. Ah, o sr. Porter, cantava Fábia. O que fazer? *Night and day, you are the one. I get no kick from champagne?* Acho que isso é o melhor que Fábia é capaz de dizer. Naturalmente, não durou. Pobre Porter, com sua perna manca e sem dinheiro. O hotel não era lugar para ele, e Fábia, uma pessoa muito exigente. Mas eles se deram bem. Eram artistas, entende? Ele não conseguia parar de criar suas músicas tanto como Fábia não podia recusar 1 milhão de liras turcas por um traço feito com seu lápis de sobrancelha. Pessoas assim nunca conseguem se desligar. Ninguém jamais deveria se aposentar. Pergunte ao Nannu aqui. Ainda tem seu bar aberto. Fábia continua trabalhando. O que ela deveria fazer? Ficar assistindo à tevê da ilha? Como ela mesma diria, sou uma testemunha, como o são todos os artistas.

Nica está sempre sendo solicitada porque é dona do mais potente inseticida em *spray*. Acho que se chama Pif Pif. Sim, esse é um veneno poderoso que não dá a menor chance às moscas dos charcos. Mas, quando o assunto é sangue, a pequena Nica não deixa por menos e dá seu jeito. Como é doce, Nica costuma dizer, depois que seus lençóis cor de pérola fizeram o serviço. Os advogados têm gosto de azeite de coco, ela diz para as outras moças. E os deputados, de naftalina. Evidentemente, seus preferidos são da orquestra do teatro. Ao que parece, os violinistas são tão salgados quanto o mar da Ligúria. Oh, que sangue, a pequena Nica dirá. Posso sentir ali o gosto da música.

Felícia bebe como nenhuma outra. O que ela mais gosta é de anis, que já arruinou muitas cabeças de boa qualidade. Os homens costumam desafiá-la a entornar uma jarra de vinho. Felícia sempre vence. Como? Porque ela não engole. O vinho simplesmente desaparece por sua goela, embora às vezes, claro, eu consiga ouvir quando ele passa gorgolejando se encosto minha orelha na sua barriga, uma barriga tão dourada quanto o prato de coleta da missa. Sim, a pequena Felícia, que bebe mais do que os soldados persas, mais do que os foguistas tatuados do *Ark Royal*, que parecem os citas, mais do que os remadores acorrentados do trirreme. Quantas vezes eu não a vi com a mão nos bolsos deles, ou erguendo seus barretes ensebados, enquanto eles dormiam completamente embriagados? Muitas vezes, meu irmão, muitas.

Cressa e Drauca trabalham juntas, por uma questão de segurança. São de Siracusa e conhecem todos os truques da escória das docas que querem arriscar a sorte. Mas um dia elas foram surrupiadas. Um espertalhão qualquer entregou-lhes um papelzinho escrito "eu devo a você...", jurando que no dia seguinte, ou no outro, viria com a prata. Juntas, elas o viraram de ponta-cabeça, mas só acharam sementes de uva na roupa que ele usava. Então o batizaram com o conteúdo do pinico. Sem cartão de crédito, ou outro cartão qualquer, não tem acrobacias albanesas, essa é a regra do jogo. Ele não sabe ler, por acaso?

Mula é da ilha mesmo. O pai dela fabrica conhaque de peras ácidas e, todo mês, entrega uma barrica da bebida no hotel. Então as moças cuidam de Mula, que não sabe ler, mas é gentil, rechonchuda e bronzeada. Uma moça amistosa. E o conhaque? De qualidade ordinária. Mas com limonada, para cortar o efeito, elas conseguem ficar sóbrias durante uma hora, pelo menos.

Agora, Help, sua especialidade é o haxixe. À sua porta e em seu *website* estão o símbolo da serpente que engole a própria cauda. Sua roupa de baixo é do azul das ásteres e Help é convenientemente melancólica. Quanto a Januária, ela fala num dialeto que ninguém compreende. Talvez seja de Durazzo ou de Izmir, cidades violentas. Sim, as garotas são verdadeiras Nações Unidas. Mas todas aquelas vogais mudas não fazem diferença quando ela começa a falar a língua do amor. Ela é o papa-figo que os caçadores tanto querem apanhar. Sim, com suas palavras, Januária é capaz de fazer qualquer um despejar a alma pela boca. Não há dúvida de que sua língua seja a bigorna do ourives. Onde foi que aquela mulher aprendeu a falar uma língua assim? Tantos sussurros por trás da porta de seu *boudoir*.

Faustila? A língua da querida Faustila tem um *piercing* no formato de uma bolotinha. Serve como gongo para os sinos que Deus não pode tocar. Quem melhor que ela para fazer uma serenata para o padre, que trouxe vinho com mel e cujo barrete sacerdotal está enfiado no meio de suas amplas nádegas?

Conheço Palíndroma tão bem como os outros. Branca como gesso, parece um fantasma. Uma vez achei em seu armário de comida os seguintes itens: um chicote de carroceiro, *eryngium* afrodisíaco, um bracelete rígido de arame farpado, um pacotinho do alucinógeno pó de anjo, Valium, viseiras, escaravelhos, um mapa do porto de Alexandria, raki em uma jarra de pedra, verde-clara se bem me lembro, e uma carta do califa. Ah, sim, nas altas esferas é conhecida a nossa Palíndroma.

Restituta usa um véu. Uma bela enganadora, isso sim. Quem o senhor prefere?, ela pergunta aos clientes costumeiros. Serei hoje o seu dominicano? A sua pobre e grata Clara? Uma humildade deveras admirável. Veja bem, antes, Restituta foi realmente freira. Mas o convento não tinha teto e havia cactos no jardim. O poço tinha secado. Ela veio para cá, a ilha do relâmpago, vindo de Kriti, onde já havia aprendido muita coisa de seu ofício.

E Filomena? Dizem que é uma princesa núbia. Experimentando situações interessantes. Ela tem uma pantera, e o animal tem uma perna atrofiada. Servindo de barreira a invasores, o bicho mora no telhado e defeca numa velha lata de torrefação forrada de folhas rasgadas da *Gazetta dello Sport*.

Sim, Omar sorri. Elas moram acima de nós. Uma das minhas ocupações é cuidar do dinheiro delas. E ouvir suas histórias, naturalmente, porque todas essas meninas são grandes contadoras de histórias. E o que posso fazer com isso? Nica pode perguntar. Esse marroquino, num terno Hugo Boss, paga em dirhams. Então eu aceito essa moeda, assim como dinares, coroas, leks, florins, tolares e dólares canadenses, e troco tudo por dinheiro que as meninas conseguem entender. Uma família adorável, você há de concordar comigo. Meus vaga-lumes, é como eu as chamo. Como elas brilham.

Certo dia, combino de encontrar com Omar na casa de Nannu. Quando chego, não tem mais ninguém, fora o próprio Nannu. Espero na escuridão iluminada por uma única vela vermelha num beiral. Lá fora, a luz está se dispersando, e o mar agitado espuma como leite. Dentro, é meia-noite.

Como de hábito, Caccarun está em silêncio e eu mesmo me sirvo de um drinque. Fico pensando se aquela roupa pendurada na entrada é dele. Caccarun deve ter coisas melhores em que pensar do que em sua higiene pessoal, e eu também devo estar com uma aparência desmazelada, barba de uma semana, cheiro de vinho azedo nas axilas, muito apropriado para o aspecto de taberna dos meus olhos. Se eu precisar de um *pexpex*, há um recurso para acionar. Mas não vi nenhum *lavaman*. Minha pesquisa não está indo muito bem.

Enfim, Omar chega.

E o catastrófico, já falou com você?, ele indaga.

Nannu?

Guerras e invasões, Nannu sabe de tudo. E por quê. Pergunte a ele, cara. Ele vai lhe dizer quando devem começar as chuvas. As novas chuvas. Ele sabe quão quente vai ficar. Nannu predisse até que altura das fortificações a maré vai subir. E, sim, chegou a contar quantas pessoas estão se mudando para cá, cruzando o deserto, ou vindo sobre as ondas. Em nossa direção, neste exato momento. Ele consegue ver todas elas. Ou melhor...

Omar pega uma concha de uma prateleira e a entrega para o velho.

O que você ouve, Nannu?

O velho continua em silêncio.

Ele ouve o mar?, pergunto.

Eu vou lhe dizer o que Nannu ouve, Omar diz. Apitos de navio. Muito mais alto do que sinos de igreja. E muitos outros sons. Homens com muitos remos. É isso que Nannu ouve na concha. O som dos remos. As galés que vêm para cá, os galeões com sinos nos cordames, as gôndolas, os *gharbiels*, os lazaretos, os navios de cruzeiro. E o rei montado na prancha flutuante, sacudindo seu garfo de cinco dentes.

Mas ele ouve os deuses?, sussurro. Talvez Omar não ouça.

De vez em quando, em minhas viagens, passo por uma barraca despencada, no lado oeste. Os tijolos da parede encolheram e a construção não é segura. Então, há muitos cantos onde se enfiar, se acocorar, estender um colchonete no pó. Imagino ser ali o lugar onde encontro a maior parte dos ilegais, entocados nos buracos da parede, buracos como os usados pelos pescadores. As fortificações são uma colmeia, com entradas e becos sem saída, e ninguém sabe até onde se afunda esse labirinto. Ali estão eles, ratos na pedra, ou então entrando e saindo como raposas em fuga; eu também vi os morcegos, ao entardecer, traçando seus próprios rumos, repartindo seus nichos com esses infelizes.

Foram muitas as vezes em que vi clandestinos entrando por um buraco e saindo por outro. Também espiei lá dentro e vi folhas secas de palmeiras cobrindo cobertores, roupas velhas, potinhos de iogurte com água da chuva, pão mofado, sacos de azeitonas. É isso o que essas pessoas fazem. Catam azeitonas. Sentam-se debaixo das oliveiras e enchem a saca, verdes ficando pretas, azeitonas de sabor medicinal, quando a maior parte da safra já está macia e esguichando óleo sob os bancos.

Quem vai comprar?, sempre me pergunto. Há mais azeitonas na ilha do que baratas. Mais do que crianças; e há crianças para todo lado, penduradas nas janelas dos apartamentos, pulando na água do mar à minha frente; mar cor de carvão sob as nuvens que se acumulam ao norte. O coral agora está preto, e os peixes, invisíveis. Tão ligeiros ao sol, aqueles peixes esguios que prateiam os olhos, como a luz atordoa o tempo. Esses peixes desapareceram. Mas quem vai comprar se eles mesmos podem catar as azeitonas? As azeitonas estão por toda parte.

Mesmo assim, é isso o que fazem os clandestinos. Catam azeitonas e olham para elas como se nunca as tivessem visto na vida. Talvez não tenham. Talvez sejam um fruto estranho para essa gente.

Eles catam de todo tipo, imagino. Talvez não saibam que as azeitonas precisam ficar marinando em salmoura. Ficam assim durante semanas, e, mesmo depois disso, podem não estar no ponto ainda. Eles vão ter de aprender do jeito mais difícil.

Quem são eles, esses visitantes?, pergunto a Omar. Uma trupe de exilados do deserto?

Todos vêm para a ilha do relâmpago, ele diz. Em seu devido tempo. Gregos com suas calças douradas, palestinos cujos pessegueiros estão cheios de bombas de pregos. Todos eles se encontram à deriva, e as correntes terminam por trazê-los para cá.

Vamos até a parte mais alta da fortificação e olhamos para o horizonte. O céu está escuro, e algumas lanternas estão acesas.

As balsas chegam à praia de noite, diz Omar. Não precisam esperar muito. Você pode imaginar quem são os passageiros. Grávidas que nunca viram o mar antes de embarcar, professores, estudantes, os audaciosos, os loucos. Pense neles agora, lá no mar, com a pele azulada sob esta luz. Um atrás do outro e, atrás desses, outros mais. E se uma onda leva a criança que estava na popa? Quem vai notar? Será que a galinha se lembra de quando a cobra roubou o pintinho? Uma vez engolido inteiro, é como se nunca tivesse estado lá.

Por que os inspetores os deixam entrar?, pergunto.

A ilha ficou velha, ele diz. Está cheia de velhos. E de velhas. Os velhos são como cigarras, ficam falando tudo que sabem. As crianças também. Agora somos faladores, não fazedores. Não guerreiros. Somos cigarras numa árvore. Feios como as cigarras. Como ninguém escuta, zunimos ainda mais alto.

Quem vai saber quando um de nós se soltar e cair, se a barulheira continua igual? Mas, se pudéssemos aprender com as cigarras, já teríamos feito isso. Você quer entrar em contato com os ancestrais? Deseja os deuses? Ah, sim, eu sei o que você quer. Aquelas vozes dentro de sua cabeça? Talvez não sejam as vozes dos deuses. Com certeza são as cigarras. Sons dos sonhos. Os sonhos das pessoas velhas, com os lençóis puxados até o queixo e os dentes batendo. Deveríamos honrar as cigarras.

Mas e os deuses, digo.

Os deuses? Sim, você sempre com essa história dos deuses.

Pensei que eu fosse um estudioso, sussurro para Omar. Até conhecer você. O senhor entende tudo desta ilha. Certamente pode me mostrar os deuses. Vim por causa deles. Não dos marujos. Não dos vaga-lumes. Minha bolsa para a pesquisa já acabou.

Omar sorri. Hoje de manhã eu estava na padaria, ele diz. Entrei pelo corredor e fui até a sala do forno; tinha um homem carregando bandejas quentes; a mãe dele contava os centavos sobre a mesa, com farinha cobrindo seus olhos e o avental. E o pão que ela me entregou? Do tamanho de uma roda de carro de boi. Foi isso que pensei hoje de manhã. E eu me lembrei das rodas que uma vez ouvi batendo contra o piso da rua, carregando as peras ácidas. Você vem comigo.

Então, na noitinha do outro dia, vou ver as Vênus. Omar me leva até o ônibus, mas me avisa que terei de voltar para casa sozinho.

Fica no outro lado, no extremo da ilha. O vento sopra, levanta a poeira das pedras. Mas as Vênus não são difíceis de se encontrar. Sentam-se juntas numa encosta que dá para o leste. A chuva gastou sua fronte como os degraus de um templo. Estão agachadas como côdeas de pão, e eu penso no pão de Omar, em sua grande roda. Pois as Vênus são uma côdea sobre a outra. Seus ventres são pães, e seus rostos, massa inchada, globular à luz do entardecer, dourada pelos últimos raios do sol que caem sobre elas. São como as porcas, imagino, essas matriarcas de olhos redondos semelhantes a contas de vidro, com fendas na barriga e sombras que se aglomeram naquelas cabaças. Uma raça de pedra informe, essas Vênus, olhando para onde sempre olharam, para o mar, eternamente.

Sento-me entre as Afrodites, em sua ancestral tranquilidade.

Como são veneráveis, essas Vênus. Seios e nádegas tão gelados ao toque de meus dedos, essas mulheres que esperam que o tempo pare, com a cabeça esmagada sob o jugo dos ombros, 7 mil anos de fraternidade calcária, faces ocultas, expressões enigmáticas, sabendo o que sabem e engordando ao sal do vento, descansando aqui, em cima de suas lajes de arenito.

No escuro, os deuses são garrafões de vinho esverdeado. Com eles lanço meus olhos ao mar, contemplativo. A lua está subindo, mas não é mais branca do que suas coxas buriladas pelos pastores. Estes são os deuses. Estas são as deusas. Sobreviveram por tanto tempo que sua religião morreu. E me lembro das mulheres por quem passei na trilha que sai da cidade, as avós voltando do mercado com uvas e *halvah*; o último ônibus, atrasado.

ROBERT MINHINNICK
O livro de ensaios de Robert Minhinnick, *To Babel and Back* (Seren) foi o Livro do Ano em Gales, em 2006. Seu romance, *Sea Holly* (Seren) foi lançado em 2007, e a Carcanet publicou seu volume de poemas, *King Driftwood*, em 2008.

ÁGUA DE BEBER

Chris Cleave

Danny Zeichner sentava-se no fundo da classe de minha turma de navegação e olhava fixamente para um compasso náutico. Ele abria as hastes de bronze na largura da palma de sua mão direita, voltada para cima; apoiava uma ponta na carne de seu polegar e a outra na do mindinho. O alinhamento, a equivalência – pareciam satisfazê-lo. Sobre sua mesa – sobre todas as mesas – estendia-se a carta náutica com os pontos de abordagem de Le Touquet.

Nossa sala de aula ocupava a metade de um centro comunitário. Não tinha janelas; havia sido um depósito, iluminado por lâmpadas fluorescentes, espremido ao lado do salão de ginástica. Pela parede dava para ouvir uma mulher gritando mais alto que uma música vibrante. E um e dois, *quadris e abdome*, e cinco e seis, *força nas coxas*. Eu gostava da mulher. Seu nome era Annabel. Às nove da manhã, sua turma teria perdido peso, e a minha, o rumo. Então, saíamos para beber alguma coisa.

O som do baixo, que vinha da porta ao lado, sacudia as canetas na calha da lousa. Alguns alunos se esforçavam para manter a concentração. Mas não Danny Zeichner. Ele contemplava seu compasso como se aquele instrumento lhe expusesse alguma verdade superior.

Chamei a atenção da turma para as longas faixas de areia que se estendiam até o mar, desde a baía d'Étaples, proibindo o acesso a Le Touquet. A única esperança era o canal estreito e ondulante, coberto pelo tortuoso rio Étaples, mas, na maior parte das variantes de maré, aquele canal não passava de areia seca. Por isso, para chegar a Le Touquet, era preciso ter paciência. Seria preciso esperar pela preamar.

Danny desviou os olhos do seu compasso.

– Eu deveria ser mais sossegado – ele disse.

O resto da turma virou a cabeça para olhar para ele.

– Que foi? – disse Danny Zeichner. – E vocês, nunca tiveram pressa?

Ele ergueu os olhos e as palmas para o céu, como se fosse o único a enxergar através do revestimento de poliestireno do teto do centro comunitário.

A turma deu-lhe as costas e ficou de frente para mim. Era um grupo bom, nove alunos, com idades entre vinte e sessenta anos, como de hábito. Até que estavam bem adiantados para um curso básico de leitura de cartas náuticas. Eu tinha certeza de que aprovaria todos eles no exame teórico, mesmo que tivesse de escrever alguns lembretes para eles nos punhos de suas camisas.

Os alunos pegaram suas esferográficas e ficaram me olhando. Os jovens usavam camiseta e moletom; os mais velhos, calças de veludo grosso e cardigãs. Mas, nesse clima informal, Danny Zeichner era uma nota dissonante. Sentava-se na fila de trás, ereto, em seu sóbrio terno esporte fino; tinha barba negra e grossa, bem aparada e de fios lustrosos. Aparentava cinquenta e cinco ou sessenta anos, era esguio; uma raquete de *squash* aparecia por entre a abertura da sacola esportiva que ficava perto de seus pés. As lentes dos óculos de leitura se ajustavam com precisão sobre as bolsas embaixo de seus olhos, que miravam o infinito entre as pontas de seu compasso.

Aproximei-me da lousa e abordei a turma acerca dos cálculos da altura da maré para Le Touquet. *Yvonne, quanto nosso barco tem de calado? Certo, 2 metros. Muito bem. Então, precisamos de pelo menos 2 metros de profundidade para manter nosso barco à tona. Agora, Mark, qual é a parte mais rasa do canal que vai até Le Touquet? São 6,2 metros acima da linha? Sim, está certo, é a altura seca. Isso quer dizer que é só areia seca na vazante. Então, Philip, qual é a altura mínima da maré que precisamos ter para manter nosso veleiro flutuando naquele ponto mais raso do canal? Exatamente, muito bom. Dois metros de quilha, mais 6,2 metros de areia dão uma altura mínima de maré de 8,2 metros. Vamos imaginar que nosso barco tem mais ou menos 8,5 metros, para termos uma margem de segurança. Então, Danny, você pode dar uma olhada na tábua das marés e me dizer quantas horas antes da preamar pode haver uma maré de 8,5 metros? Danny?*

Danny Zeichner tirou os olhos do compasso.

— Ãh?

— Quando é que a maré terá 8,5 metros do nosso lado, Danny?

— E por que você está me perguntando isso?

— Ah, desculpe. Para que você possa entrar a salvo em Le Touquet, sem encalhar.

Danny encolheu os ombros.

— E por que é que eu iria querer velejar até Le Touquet? — ele disse.

— Não sei, Danny. Talvez porque os vinhos de lá são bons... Ou pelo clima de discreta elegância? Dizem que é um *resort* muito reservado e agradável.

Danny suspirou.

— Eu não bebo vinho e nunca fui a um *resort* na vida — disse ele. — E esse Le Touquet fica na França, certo? Desconfio dos franceses. Sabe como é, o caso Dreyfus, Vichy, e assim por diante.

Alguns alunos cochichavam entre si. Esse era um curso noturno patrocinado, mas, ainda assim, a hora custava 7 libras por aluno. Danny ignorou os comentários. Alisou a barba e baixou os olhos para a carta sobre sua mesa. Com ar pensativo, fincou uma das pontas no centro da cidade de Le Touquet e lentamente traçou um círculo na carta, um círculo cujo raio era determinado por sua mão espalmada, como se estivesse determinando a distância mínima segura. Só de espiar rapidamente, já dava para notar que, se ele estava planejando ficar a essa distância da costa, então não teria problemas, independentemente de qual fosse a situação da maré.

— Danny, é apenas um exercício hipotético — eu disse.

— Agora você diz isso — Danny retrucou —, mas a maioria das ideias mais perigosas da vida começam justamente sendo hipotéticas. Certa manhã, os cientistas começaram a medir mãos e narizes e, naquela mesma noite, ocorreu a *Kristallnacht*.

Danny olhou calmamente para as pessoas que se viraram para ele. Ninguém abriu a boca. Na sala ao lado, a aula de ginástica pareceu mais estridente. E um e dois e *mude de assunto* e cinco e seis e *vamos em frente*. Passei os dedos pelo cabelo.

— Ok. Sally, talvez você possa pilotar o nosso veleiro hipotético até esse suposto ancoradouro francês.

Sally era ponta firme e leu corretamente a tábua das marés. Com isso, determinamos que era possível entrar a salvo em Le Touquet com a maré cheia uma hora antes da preamar, supondo, naturalmente, que houvesse motivação para isso. Eu disse para a turma que os veria na semana seguinte, e fiquei olhando enquanto arrumavam suas coisas para sair. Deixei a sala organizada e pronta para a aula seguinte, seria uma aula de arranjos de flores, cura pelo Reiki, ou qualquer outra atividade que tanto interessava ao pessoal do subúrbio.

Do lado de fora da sala, no corredor, Danny Zeichner me aguardava.

— Sinto muitíssimo — ele disse.

— Sei. E para que aquilo tudo?

— Eu estava um pouco aborrecido, acho. Às vezes gosto de provocar.

— Bem, você conseguiu.

— Desculpe.

— Não foi nada demais.

Danny sorriu.

— Bem — ele disse —, você realmente é um sujeito legal.

Uma falange de senhoras obesas irrompeu pelo corredor. Rubras após o exercício, conversavam animadamente enquanto pegavam os casacos que usariam sobre suas malhas verde-jade, castanho-avermelhadas ou com estampa de oncinha. Saíram com suas risadinhas na direção do estacionamento, passando diante de um mural de avisos com uma plaqueta que dizia COMUNIDADE. Entre as notícias, uma biblioteca avisava que precisava de ajuda para não fechar suas portas. Um gato de três pernas tinha desaparecido. Alguém estava vendendo um CD do Phil Collins.

Danny colocou a mão em meu ombro. Vi rapidamente uma faixa branca no punho de sua camisa e o reflexo das luzes fluorescentes na pulseira fina de seu relógio de ouro.

— Você realmente conhece navegação, não é, rapaz?

— Sim, realmente conheço.

— Você realmente consegue traçar o rumo de qualquer lugar para qualquer lugar? Mesmo se os satélites de navegação não estiverem funcionando? Mesmo durante uma tempestade ou se a maré endoidar?

— Claro que sim, Danny. Posso navegar me orientando pela costa, pelo oceano, pelos astros. Posso ir a qualquer parte.

— Então, você não acha melhor cair fora daqui?

Danny examinou o corredor dos dois lados, puxou-me para mais perto e cochichou em meu ouvido. Olhou para mim por cima do aro de seus óculos, sustentou o olhar no meu por um momento e depois se virou para ir embora. Fiquei ali plantado, pensando no que ele me havia dito. Andei um pouco para cá e para lá, medindo o linóleo cinzento que recobria o piso, até Annabel sair da sala de ginástica.

— Olá! — ela disse.

Ela segurava um aparelho estéreo grande com uma das mãos e quinze bambolês no outro braço, que estava dobrado. Ajudei com a porta.

— A aula foi boa? — perguntei.

Annabel se encostou na parede e soprou uns fios de cabelo que incomodavam seus olhos. Os bambolês chacoalharam em seu braço.

— Tem dias em que eu olho para elas e penso: *Que beleza que as senhoras estão fazendo todo esse esforço.* Mas tem dias que eu só penso: *Meu Deus, mas que bando de malditas gordas.*

— O dia foi ruim, então?
Ela respondeu:
— Perdido, pra dizer a verdade. E você?
— Estranho. Acho que um dos meus alunos é doido varrido.
— A bordo de todo navio tem um, marujo.
— Acho que sim... O que você me diz de navegarmos até um bar onde possamos afogar em rum todas as nossas mágoas?
— Caramba — ela disse —, essa é a sua resposta pra tudo, seu velho lobo do mar?
— Bem — respondi —, velhos hábitos, você entende...
Annabel sorriu.
— Você tira até um marujo do mar... — ela disse.
— Eu sei, eu sei...

Mais tarde, deitado em minha cama, ao lado de Annabel, eu escutava o rumor do tráfego na A3. Não conseguia dormir. Levantei e saí para a varanda minúscula. Havia ali um monte de correspondência ainda fechada. Aquele sempre me pareceu um bom lugar para empilhar as cartas. Peguei o maço todo. Um envelope preto do Conselho. Outro vermelho, do banco. O prateado do MasterCard — eu tinha sido pré-aprovado para alguma coisa.

Acendi um dos cigarros de Annabel e me reclinei sobre o gradil. Em meio à bruma alaranjada do céu da área metropolitana de Londres, não se podia enxergar as estrelas. Senti uma mão cálida em minha nuca.

— Que foi? Não consegue dormir? — Annabel perguntou.
— É. Não consigo parar de pensar.
— Sobre alguma coisa específica?
— Uma coisa que alguém me disse hoje, só isso.
— O doido?
— Bem, pensando melhor, agora já não sei se ele realmente é tão doido assim.
Annabel mexeu no meu cabelo e suspirou.
— Será que você ficaria mais feliz se se mudasse para a minha casa? — ela perguntou.
— Talvez.
— Quer dizer, olha só o jeito como você vive. Não tem tevê, não tem nenhum quadro nas paredes, quase não tem mobília. Sempre encomendamos alguma comida pro jantar, e, quando ela enfim chega, você nem tem dois pratos que combinem. É como se você morasse aqui, mas seu coração, não. Entende?

Eu disse *hummmm* e olhei para a rua lá embaixo, onde a fila interminável de carros saía da A3 e pegava a via secundária. Os limpadores de para-brisa de todos eles agitavam-se sob a garoa fina. A placa daquela saída indicava New Malden, Kingston e Raynes Park. Por aqui, tudo estava indicado nas placas.

— Só por hipótese — Danny Zeichner cochichou. — E se...?

Pisquei. Olhei à minha volta. Meus outros alunos debruçavam-se sobre o exercício que eu tinha passado. *Vamos planejar uma passagem de Portsmouth a Poole. A maré grande entra de oeste às cinco horas, o vento sopra do sul em velocidade quatro ou cinco, subindo para seis até o vendaval, em oito, às cinco da tarde, e um dos tripulantes costuma ficar muito enjoado.* Sob o impacto sonoro da música da sala de ginástica ao lado, o único ruído aqui era o de alguns lápis sendo mastigados e linhas sendo traçadas nas cartas náuticas. Inclinei-me para perto de Danny, sentado na última fileira de carteiras.

— E se *o quê?* — eu disse.

— E se eu comprasse um barco? — disse Danny. — Um veleiro? Um velerinho bem bacana, de dois mastros? Azul, por exemplo, com uns 30 pés mais ou menos. Daria conta?

— Do quê?

— De uma longa viagem.

— Não sei, Danny. Em termos hipotéticos, seria um barco pequeno para uma viagem grande — respondi.

Danny concordou, fazendo movimentos lentos com a cabeça. Alisou a barba com os dedos. Olhou para cima de novo.

— *Azul* — disse.

Ele me prendeu com os olhos por cima do aro dos óculos e esperou.

— Azul é bom — falei.

— Bem, então, vamos imaginar que eu já comprei o barco — Danny disse. — Hoje de manhã, pela internet. Vamos supor que só tem dez anos. Vamos admitir que já está pronto, agora mesmo, na marina de Marselha. Agora, supondo que a única coisa que o segura em terra são dois cabos pequenos. Em termos hipotéticos, será que um velho teria feito uma bobagem?

Balancei a cabeça.

— Não posso responder a isso, Danny. Posso lhe ensinar a navegar entre dois pontos quaisquer neste planeta, dois pontos que estejam ligados por pelo menos 2 metros de água. Mas não posso dizer se você *deve ou não deve* fazer isso.

Danny concordou, acenando com a cabeça.

— Na realidade, eu não estava achando que *eu* devo — ele disse.

— Não?

— Não. Eu estava pensando que *nós* devemos.

— Devemos o quê?

— Fazer uma viagem de barco. Saindo de Marselha, entende, até Tel Aviv.

— *Ãh?*

— Ei, não precisa olhar para mim como se eu fosse doido – falou Danny. – O caminho todo tem mais de 2 metros de água. Eu verifiquei. Chamam de mar Mediterrâneo.

Eu me endireitei. Na sala ao lado explodia o som do aparelho estéreo. E um e dois, *oh meu Deus*, e cinco e seis, e *eu bem que podia*. Inclinei-me novamente sobre a mesa de Danny.

— Por que eu?

— Porque você é um marujo, rapaz. O único marujo que eu conheço. Por que você acha que estou vindo às aulas?

— Para eu poder ensinar a *você* como ser marujo.

Danny deu uma risadinha abafada.

— Sei, então você acha que tenho tempo pra aprender tudo isso? Toda essa história de vetor de maré e golpe de vista e sei lá mais o quê. Já estou velho! Com todas as lembranças que guardo na cabeça, você ainda acha que tenho onde pôr esses cálculos complicados? Tá doido?

Eu sorri.

— Escuta uma coisa – eu disse. – Fico muito contente de você ter me convidado. Mas não posso fazer uma viagem tão longa com você. Dou duas aulas por semana. E tenho uma namorada, quer dizer, algo assim.

— Mas eu vou lhe pagar, claro – Danny disse. – Grana viva por dia. Mais do que você ganha aqui, e ainda pago a passagem de avião até Marselha e o voo de volta de Tel Aviv.

— A questão não é o dinheiro – falei. – E também não é nada pessoal. Não faço mais esse tipo de viagem. Não posso mais simplesmente partir, ir embora, não hoje em dia. Estou tentando ficar sossegado. Em terra firme, quero dizer.

A cabeça de Danny despencou. Ele fixou os olhos na carta de Western Solent que estávamos usando para o exercício de cálculo da passagem. Não pude deixar de notar que a obstinada linha a lápis que ele havia traçado como uma reta o levaria até o areal de Bramble Bank, onde ele fatalmente encalharia. De barba bem aparada e terno esporte fino e tudo. Sob a chuva inclemente de um vendaval vindo do sul. Danny tornou a me olhar e fez um gesto breve e triste com a mão sobre a carta limpa, estendida com cuidado.

– Então, pra você, o mar agora é só isso? – ele disse. – Só uma folha de papel onde se traçam linhas?

Suspirei.

Trinta e seis horas mais tarde estávamos, os dois, caminhando por um pontão da marina, sob o sol fascinantemente branco de Marselha. Danny seguia na frente, inebriado de felicidade, absolutamente extasiado. Suas roupas pareciam tão adequadas para um jogo de golfe como para velejar: bermudas verde-limão, camisa em xadrez branco e preto, relógio de ouro e um par novinho em folha de sapatos de couro vermelho com solado de borracha macia. Ele saltava sobre as ripas de madeira e pulava como um sapo sobre os postes de amarração. Eu ia atrás, com mais cuidado, arrastando nossas malas sobre um grande reboque com rodas. Estávamos no final da primavera, e o mistral soprava chiando nos cabos dos veleiros, fazendo adriças tilintarem em 5 mil mastros, criando um tênue borrifo sobre o deque daquele pontão.

Dava um trabalhão arrastar aquele reboque. Um dos pneus estava murcho, e o espaço estava superlotado com os equipamentos que Danny havia juntado para cruzar os mares. Achei que as garrafas de uísque tinham sido uma boa ideia. Mas não fiquei muito entusiasmado com os antigos telescópios de bronze que ele achara em Portobello Road. O pneu murcho do carrinho gemia, e eu ansiava pelo momento em que Danny pararia e me mostraria seu barco. Quando isso finalmente aconteceu e vi aquela coisa ao lado da qual ele tinha parado, desejei que tivesse andado mais.

O veleiro de Danny era uma chalupa de 28 pés, feita em fibra de vidro. O casco era pintado de azul vivo sob a proa e sob o espelho de popa, onde uma saliência lhes oferecia relativa proteção. No resto do veleiro, o azul havia sido desbotado pelo sol, chegando a formar estrias azuladas. Acompanhando a linha-d'água, havia uma fila de cracas grudadas. Segui por alguns instantes um cardume de gordos salmonetes cinza que cruzavam as águas verdes por entre as franjas de algas que tinham nascido no casco. Dando para o convés, três das quatro janelas das cabines estavam rachadas, e a quarta, vedada com pedaços de madeira. O suporte dos cabos estava enferrujado e o convés se mostrava forrado de fezes secas de gaivotas. A bússola do leme havia sido arrancada e, em seu lugar, tinham instalado um porta-latas. Sob o assento havia latas e mais latas de cerveja vazias e maços de cigarro, além de um pássaro desidratado e uma lata aberta de tinta protetora contra algas, sobre a qual se formara uma crosta grossa. A cana do leme, rachada, tinha sido reforçada com um bastão infantil de críquete de praia. O bastão estava amarrado à cana com linha de pesca de náilon laranja. Na proa, lia-se o nome *Allegro*. As letras tinham sido feitas em tipo blocado com fita isolante preta. O veleiro *Allegro*, como constatamos, estava adernado em seu mourão num ângulo de talvez 15 graus. Inclinado para o lado, como o sonho de um velho, ironicamente em itálico.

Danny abriu as mãos e sorriu, resplandecente.

– Não é lindo?

Tirei os óculos escuros e examinei o barco, desde a linha-d'água até o topo do mastro, enquanto Danny saltitava de um pé para outro e observava meu rosto.

– O que você acha? – ele perguntou.

Olhei para nossa bagagem, ali no chão.

– Acho que por enquanto não vamos precisar de nada disso – respondi.

Fomos para o Mercure Grand, na rua Beauvau. Ali ficamos enquanto o mistral se dissipava e Danny se desfazia de 6 mil euros. Mandei o barco para a terra a fim de remover as cracas e o limo com jato d'água de pressão. Passei uma nova camada de tinta protetora no casco. Levei uma tarde inteira para passar a nova tinta azul sobre a camada cinzenta de baixo. A cada passada do rolo, eu sentia que o tempo melhorava. Perto de terminar o trabalho, tirei os olhos do casco azul e estendi a vista até o céu limpo, levemente raiado de cirros brancos; inspirei fundo aquele cheiro revigorante de tinta fresca e de maresia, enquanto em algum ponto do estaleiro um rádio tocava Georges Brassens. De repente, dei-me conta de que sussurrava acompanhando a canção.

Fiz a retífica completa do motor. Contratei três trabalhadores locais bronzeados, protegidos por seus macacões azuis, para trocar todos os mastros, e eu mesmo instalei os novos cabos. Retirei tudo que era mole e ficava sob o convés e queimei. Em troca de uma garrafa de uísque, convenci um pintor a tirar os pedaços de fita isolante e pintar *Allegro* na proa, em letra de mão. Mandei Danny sair atrás de uma bússola e o enviei de volta quando ele me apareceu com um instrumento usado para desenhar círculos.

Bem cedo, num dia que começou calmo, com o convés coberto de orvalho, desembrulhei a genoa. O tecido estava cinzento e esfiapado; no meio da vela havia um buraco grande o bastante para que eu visse toda a baía de Marselha, que se estendia num azul imóvel desde a Ilha de Frioul até Méjean. Durante um minuto inteiro fiquei parado, como que hipnotizado. Depois, tirei as medidas do barco para encomendar velas novas, sentei-me num café no porto velho para tomar um *espresso* sob o sol quente da manhã e me dei conta de que estava feliz. Chegou uma mensagem de Annabel: "Te vejo hoje à noite?". Foi quando lembrei que não tinha avisado ninguém de que iria viajar.

Devolvemos o barco à água e ele não adernava mais. Chegaram as novas velas, e sua brancura absoluta nos obrigou a fechar um pouco os olhos. Incumbi Danny de distribuir os mantimentos, organizando o peso da lataria e dos sacos de arroz de forma equilibrada dentro dos armários; enquanto isso, enchi os tanques de água potável. Fiquei ali uma meia hora, esperando que a mangueira fizesse seu serviço. O barco manifestava uma sede voraz por água doce.

Danny estava ali, de cara amarrada, olhando a mangueira, o convés todo limpo e esfregado, as amuradas polidas refletindo o sol.

— Ei — comecei a dizer —, você não está achando bom? Esses preparativos todos estão lhe perturbando? Porque, pra mim, tudo isso faz parte da viagem. Pra mim, já é um recomeço.

Danny balançou a cabeça.

— Acho que fico desconfiado de recomeços — ele disse. — Sabe como é, fui ao alto da basílica, hoje de manhã, e olhei para o sul. É um mar muito grande, rapaz, você não acha? Uma camadinha de antiferrugem não é bastante para domá-lo. Um pouquinho de Novo Testamento não anula o Levítico, entende?

— Mas não é justamente esse o propósito da viagem pra você? — perguntei. — Um novo começo na terra prometida?

Danny suspirou.

— Era o que eu pensava, mas agora não estou mais tão certo disso. Estou com uma má sensação a respeito dessa viagem. Judeus num barco? Sei lá... Geralmente, quando Deus quer que a gente cruze o mar ele dá um jeito de a gente ir andando...

— Escuta aqui. Por acaso você está nervoso com a partida?

Danny empurrou os óculos mais para cima no nariz e olhou direto para mim, sem a menor expressão no rosto.

— Nervoso? — disse ele. — Claro que sim. Você não?

— Eu estou nervoso de *não* partir — respondi. — Minha sensação é de que, se eu ficar aqui muito tempo, minha vida vai me achar — vai achar algum motivo para me levar de volta — e então eu nunca mais poderei partir. Você não tem essa sensação também?

Danny encolheu os ombros.

— Claro — respondeu. — Quem não tem?

— Bem, então, o que você quer fazer? Você é o cliente. O veleiro é seu.

Uma rápida rajada de brisa varreu a marina e escureceu a superfície da água.

— Vamos nos preparar *como se* fôssemos partir — disse Danny Zeichner. — Eu ainda não consigo decidir.

Carregamos as baterias e os tanques de gás e dísel e providenciamos algumas peças sobressalentes para o motor, além de luzes de sinalização. Por último, embarcamos nossa bagagem pessoal. Suamos sob o sol do período mais quente do dia, enquanto o pessoal do veleiro ao lado permanecia sentado sob o toldo de sua cabine, bebericando, fumando e nos observando por cima das cartas que jogavam.

Quando o dia refrescou, mostrei a Danny como desmontar os cabrestantes do convés. Ele pareceu habilidoso. Soltou o tambor do eixo, retirou com cuidado todas as engrenagens e roscas, limpou a graxa velha com o óleo mineral guardado numa lata velha de biscoito e tornou a montar cada guincho com um cuidado e uma precisão que eu não tinha percebido antes.

— Danny, no que você trabalha?

— Sou aposentado.

— Desde quando?

— Há dez dias.

— E antes disso, o que você fazia?

Danny fungou.

— Belo pôr do sol — disse ele.

O céu estava vermelho-escuro, riscado de dourado. Estorninhos agitavam-se sobre a cobertura do velho porto. Dei a partida no motor, para ouvir o som que fazia, e nos deitamos de costas no convés, com latas de cerveja na mão. Ondinhas mansas quebravam contra o casco.

— E você está gostando de ser aposentado?

Danny deu de ombros.

— Pode ser que eu goste mais quando estivermos no mar.

O sol se refletia como brasa nas lentes de seus óculos de leitura. Fiquei em pé e olhei ao longe, acima dos sombrios telhados de Marselha. Soltas na escuridão, bem lá no alto, as primeiras estrelas começavam a se revelar. Voltei-me para Danny.

— Agora seria um bom momento — eu disse.

— O quê? — Danny perguntou.

— Você pode soltar os cabos de atracação, se quiser. É só desamarrar e puxar para bordo.

Danny desceu para o pontão e segurou o cabo da popa na mão.

— Agora? Mesmo? Simples assim?

— Sim — respondi. — Você ainda quer ir para Israel, não é?

Danny olhou para o cabo que segurava nas mãos e voltou os olhos para mim.

— Isso é pergunta que se faça a um judeu?

— Uma pergunta de navegação. Sim ou não?

— É uma coisa muito complexa.

— É só um simples cabo.

As mãos de Danny brilhavam de tão brancas, contra a escuridão que ia se avolumando, e eu pude ouvir a respiração dele, acelerada e nervosa, durante uns bons dois minutos. Então vi como suas mãos sacudiram quando ele soltou as amarras.

Fomos deslizando entre as paredes do porto e começamos a enrolar os cabos e suspender as defensas. Isso nos deixou tão ocupados que, quando finalmente pudemos olhar para trás, as luzes de Marselha já pareciam pequenas, afundando atrás de nós. Quando estávamos com bastante espaço para ultrapassar a Ilha de Frioul, mirei a proa para sudeste, e o deque sob nossos pés começou a acompanhar o movimento da ondulação. O mar nos recebia em sua vastidão.

Desliguei o motor e subimos as velas — metade da genoa e a vela mestra rizada. Achei melhor começar devagar, até que Danny se acostumasse. Entreguei a ele o barco e ri do jeito como ele agarrou a cana do leme e arregalou os olhos para dentro daquele breu, olhos grandes como os de uma lula. Ofereci a ele uma lata de cerveja.

— Relaxe, você se acostuma — eu disse.

Para ele, aquela primeira noite sobre a negra água do mar deve ter sido algo tremendo, vigoroso. Silvos e subidas acompanhavam ondas. O veleiro de repente afundava sob uma rajada de vento inesperada e depois subia de novo. Os fachos de luzes invisíveis varriam as nuvens baixas ao norte; os próprios faróis afundavam em nosso horizonte. Havia o branco molhado das luzes de trabalho dos pescadores. As luzes de navegação vermelhas, brancas e verdes dos cargueiros pareciam imóveis a princípio, mas acabavam nos ultrapassando, solenes e silenciosas, numa velocidade assustadora. Às vezes, um borrifo de sal lambia o convés. Outras, vinha um aroma inexplicável de terra: nabos, esgoto, pinheiros. O casco rangia. Sob o convés, a luz vermelha brilhava sobre a mesa da carta, garantindo nossa visão noturna. Nós dois íamos para cá e para lá na noite rubra, bebíamos mais cerveja, ríamos sempre que um de nós trombava com o brandal, ou quando urinávamos no mar e uma luminosa reação fosforescente subia do fundo das águas para rebater o jato quente.

Danny usava uma capa oleada amarela, de pescador, com o capuz firmemente amarrado em torno dos óculos e da barba. Ele engatinhava até a proa segurando-se na amurada, agarrava o estai e mirava adiante, tentando varar a escuridão, enquanto o convés subia e descia. Ele se virava, ria, gritava.

— Isso é que é vida, hein rapaz?

— Isso é que é vida — eu gritava de volta.

Exausto de todas aquelas maravilhas, Danny caiu no sono de capa e tudo, na arca da cabine. Sorri ao olhar para ele e contei as horas até o amanhecer.

Lembrei de repente que eu devia ter ligado para Annabel e explicado a situação, mas, quando tentei, meu aparelho não deu sinal. Deixei que o piloto automático se incumbisse do barco por alguns instantes, enquanto desci ao convés inferior para dar uma olhada na carta. De acordo com minha leitura, não haveria sinal telefônico pelas próximas 2.000 milhas náuticas, mais ou menos. Ocorreu-me que eu devia ter falado com ela antes de sairmos de Marselha. Eu teria uma longa noite para refletir sobre isso.

O sol nasceu no mar à nossa frente. O vento vinha do norte, uma brisa agradável, talvez a 15 nós. Soltei toda a vela mestra e abri o resto da genoa. O barco ganhou velocidade. Danny despertou, levantou-se e examinou a linha do horizonte em seus 360 graus. Então, protegeu os olhos com a mão e tentou de novo. Por fim, perguntou:

— Onde está ela?

— Onde está o quê?

— A terra, rapaz.

— Lá atrás, depois do horizonte. A próxima terra que vamos ver será o norte da Córsega, em uns poucos dias, se o vento se mantiver assim. Depois a gente vira à direita e segue pela costa da Itália.

Danny concordou com um aceno de cabeça, firmou as pernas afastadas e sacudiu os ombros como se aquilo tudo fosse a coisa mais normal do mundo.

— Claro. Viramos à direita depois da Córsega. Sem problema.

Vi o horizonte vazio dançando nas lentes de seus óculos. Óculos que segurei enquanto ele vomitava, várias vezes seguidas, apoiado na amurada a sotavento.

Depois que ele se recuperou, deixei-o em seu turno de vigia e dormi a manhã toda. Pedi que me acordasse se alguma coisa o deixasse inseguro. Ele me chamou uma vez, por causa de uma nuvem que achou estranha, e outra, para perguntar se eu acreditava em Deus.

O vento continuou vindo do norte. Caímos num tipo de rotina: quatro horas motorando, quatro horas velejando. Sob a luz de uma enorme lua cor de açafrão que dourava a crista das ondas e acobreava nossas velas brancas, nós nos esgueiramos entre Córsega e Elba. Então o vento morreu, e passamos uma semana na costa italiana, à toa. Com os ventos quentes, ficamos costeando a orla, usando a brisa da terra durante a noite e a brisa do mar durante a tarde. Em algumas noites, chegávamos tão perto da praia que podíamos escutar os jovens gritando uns com os outros enquanto passeavam a bordo de suas Vespas. Nas longas manhãs sem vento, ficamos apenas boiando no mar quente e azul, liso e lustroso como o gelo, contemplando marés de águas-vivas de tentáculos verdes, que se deslocavam silenciosas a cumprir seus propósitos.

— Estamos velejando por nossa própria história, sabia?

Danny, de sunga, em pé rente à amurada, olhava a água atentamente, estudando as cordas douradas formadas pelos raios do sol que se infiltravam em curvas por aquele cobalto profundo.

— Dá só uma olhada... Foi nesse mesmo Mediterrâneo que os romanos passaram, remando em suas galeotas. O mesmo mar em que Odisseu se perdeu. É como se a gente fechasse os olhos e quando abrisse de novo pudesse ver Jasão e os argonautas bem diante da gente, eles no tempo deles, e nós, no nosso, mas há sempre os mesmos 2 metros de fundo para se navegar. Você alguma vez pensou nisso?

— Não, Danny, nunca tinha pensado. Gosto disso.

Danny exultou.

— Ora, ora! Enfim o velhote aqui está ensinando alguma coisa para *você*!

Ao entardecer, o vento soprou do oeste. Velejamos pela costa com os borrifos do mar varrendo o deque e os panos vibrando como cordas de guitarra. O veleiro inclinou-se até quase a água tocar a amurada. Percorremos 70 milhas naquela noite e, quando o dia raiou, o convés estava forrado de peixes-voadores que haviam caído ali; o mastro exibia uma rachadura feia de se ver. Baixamos as velas imediatamente, fritamos os peixes pro café da manhã e atracamos em Salerno a fim de fazer os reparos necessários.

Depois de duas semanas na água, a Itália parecia causticante e impetuosa. Quando pusemos os pés no concreto da zona portuária, ela subia e descia. Para nos safar do barulho e do calor da cidade, tomamos um ônibus rumo às ruínas de Pompeia. As ruas regulares, a cor das cinzas, a sinalização cuidadosa — tudo ali fazia pensar num subúrbio. Peguei o telefone. Estava com sinal. Tinha uma mensagem de texto de Annabel. *Leve o tempo que precisar. Te amo. Estarei aqui quando você voltar.* Li a mensagem, reli, e depois fiquei ali plantado, por muito tempo, olhando para um par de figuras calcificadas, entranhadas nas cinzas. Tentei pensar numa resposta para a mensagem.

Com o mastro consertado, enchemos novamente os tanques de água potável, pagamos o que devíamos na marina e partimos ao entardecer. Um vento instável vinha do norte, soprando em curtas rajadas barulhentas que batiam na gente, empurrando-nos aos trancos para diante e depois nos abandonando numa quase calmaria. Um peixe grande mordeu a isca que deixamos atrás do barco, mas a linha se partiu antes de conseguirmos içá-lo para bordo. E olha que era uma linha laranja, grossa, capaz de segurar o peso de uma âncora. Vimos um lampejo gigante de luar sobre o dorso prateado do bicho, uma visão de embrulhar o estômago só de calcular o tamanho do peixe, mas o monstro não rompeu à tona. Durante toda a noite vimos uma coluna de centelhas de um vermelho fosco subir do mar, ao longe; quando o dia nasceu as centelhas diminuíram e uma colossal pluma de fumaça tomou o lugar das labaredas, até se tornar uma nuvem preta e zangada em formato de bigorna, que alcançou a estratosfera. Quando nos aproximamos, mais tarde naquele mesmo dia, o cone púrpura do Stromboli cresceu no horizonte e nos indicou a base da fumaça.

Danny não despregou os olhos do vulcão um único instante até que a montanha afundasse durante nosso turno de vigília daquela noite, num soturno fulgor cor de rubi que iluminava a parte baixa das nuvens de chuva, amontoadas no horizonte.

Por fim ele disse:

— Caramba! E ainda tem gente que passa a vida toda imaginando que esse tipo de coisa não existe neste mundo.

À noite, sem lua, ao sairmos das agitadas correntes de água e dos rodamoinhos do estreito de Messina, atingimos uma rede de pesca. Ela se enroscou no leme e o barco ficou imóvel. O arrasto da rede mantinha a popa embicada para cima, diante de um vento que soprava cada vez mais. As ondas se chocavam impetuosamente contra o espelho de popa, e a cana do leme oscilava de um lado a outro sem que conseguíssemos firmá-la; o cadaste guinchava-a como se estivesse sendo moído contra o casco do veleiro. Eu tinha de mergulhar e cortar a rede para desembaraçá-la, imediatamente, antes que o leme fosse arrancado.

Amarrei um cabo ao redor do meu peito, passando por baixo dos braços, e dei ao Danny a outra ponta. Disse-lhe que eu precisava que ele segurasse com toda a força, e que aquilo não era nada hipotético. Vi os nós dos dedos dele ficando brancos em torno do cabo, enquanto eu descia pela escadinha e afundava na água escura.

Busquei a rede com os pés. A popa subia e descia com estrépito, acompanhando o movimento das ondas. Não consegui mais ficar segurando a escada. Senti a malha da rede envolvendo minha perna e então me agarrei a ela e usei-a para tomar impulso, dentro d'água, até chegar ao leme. Enquanto o barco empinava e despencava, cortei a rede com uma faca de pão. Ela foi caindo pelo lado do barco, mas, como me faltava jeito, uma parte da rede ficou enrolada em minha perna e começou a me levar para o fundo. Vi um lampejo de lanterna iluminar a cara aterrorizada de Danny e, então, foi só sal e escuridão. Vi que estava me afogando. Vi as caras dos pescadores italianos quando içaram para bordo meu corpo verde e inchado. Vi quando me jogaram no meio do resultado de sua pesca, um turbilhão de sardinhas iridescentes. Vi o mar de rostos atentos, interessados, examinando meu calção de banho Reebok e meu cabelo loiro e crespo: *Inglese?*

Então, o cabo apertou com força em volta do meu peito. Danny Zeichner me puxava para cima, de volta à vida. Fiquei olhando para ele por um longo tempo, depois de ele me haver recolhido a bordo. De alguma maneira, no mar aberto, aquele velho homem, petrificado, tinha dado um jeito de enrolar numa roldana o cabo que me prendia.

— Eu me sinto como Jonas – eu disse.

— A bem da verdade, acho que Jonas tinha melhor aparência.

Bebemos uísque.

O vento entrou. Usei três rizes na mestra, colhi a genoa e subi uma polaca. O barco ficava suspenso nas ondas como um ônibus numa subida, e depois, a cada vala, despencava de um jeito que dava medo. O cadaste martelava contra o casco, o que me fez pensar que a peça podia estar avariada. O vento zunia entre os cabos. Recolhi todas as velas. Vesti o colete salva-vidas e mandei Danny para a cabine sob o convés, para mantê-lo a salvo. Firmei as madeiras sobre a escada da escotilha para bloquear os borrifos e as ondas que vinham quebrar ali. Fixei os cabos do meu colete nos dois lados da amurada e tentei, baseado apenas na intuição e na sensibilidade, manter o barco à tona d'água a cada onda monstruosa que vinha se quebrar sobre nós, naquela escuridão toda.

Um sol pálido se ergueu sobre o mar, que tinha ficado inteiramente branco, tamanha fúria. A água esguichada sobre o barco vinha na horizontal. Eu não conseguia enxergar absolutamente nada. Meio congelado, fiquei firme no timão. Mais uma noite chegava. Eu cochilava, exausto, desidratado. No rumor do vento contra os cabos, minha alucinação me fazia ouvir canções. Achei que o deque empinado era um simulador de voo, e depois uma montanha-russa. Ficava o tempo todo perguntando se já tinha acabado o percurso. Ouvia Annabel rindo, no meio da noite negra.

Ao alvorecer, não havia mais nada daquele vento. Acordei com um céu esfiapado, pássaros sobrevoando em círculos lá no alto, e uma maré alta e confusa, que o barco enfrentava meio inclinado. Soltei os ganchos do meu colete, examinei as laterais do casco em busca de avarias e depois desci. Danny estava sentado no beliche do camarote, pálido, coberto de hematomas causados pelas latas de comida que tinham sido arremessadas das prateleiras durante a tempestade; agora elas cobriam o chão, numa confusão de coisas amassadas.

— Já acabou? — ele perguntou.

— Sim. Você está bem?

Danny olhou como um cego para a luz que entrava pela escotilha. Os óculos dele tinham sumido, ou estavam estraçalhados em alguma parte.

— Pensei que Deus tivesse resolvido acabar comigo — disse Danny.

Esperei, mas ele não falou mais nada.

— E por que Deus iria fazer uma coisa dessas?

— Você me perguntou o que eu fazia antes de me aposentar. Fiquei com vergonha de dizer. Não tive uma vida boa.

— Bem — eu respondi —, então parece que Deus está lhe dando uma segunda chance.

Danny sorriu, e eu também. Eu estava pensando em terra firme, em lugares onde água potável borbulhava em copos tranquilamente dispostos sobre mesas. Em calmas noites suburbanas, nas quais o mar era uma folha de papel em que se podia traçar algumas linhas. Em Annabel, coberta de bambolês. Parecia incrível que eu nunca tivesse visto a beleza daquilo tudo até aquele instante. O mar tinha cheiro de algo limpo e novo, e o sol que descia em meio às nuvens esgarçadas era daquela cor amarela do mel. O chá que fizemos estava quente e doce. Tão bom. Fechei os olhos e calculei quantos dias ainda nos restavam até nosso porto final.

Foi Danny quem notou que a água estava subindo pelos nossos pés. Ela encheu a cabine rapidamente até a altura de nossos tornozelos, balançando de um lado a outro, conforme a ondulação se movia. A água levantara as pranchas de madeira do piso e subira tão depressa – chegando até a metade das pernas – que era evidente a impossibilidade de se fazer algo para resolver a situação. Não havia bombas ou baldes suficientes para remover aquela água de dentro do barco, dada a rapidez com que estava entrando.

Danny agarrou-se à borda da mesa onde estava a carta marítima e ficou se balançando para frente e para trás, gemendo. Obriguei-o a vestir o colete salva-vidas e também agarrei um. Revirei minha cabeça em pânico, pensando em todos os pontos de um veleiro por onde a água podia entrar. Chapinhei pela inundação que aumentava, checando todos os possíveis ralos, e arranquei os degraus da escadinha para verificar a entrada de água no motor. Nada. Então, apavorado, compreendi de onde vinha toda aquela água. O cadaste do leme, fraco desde que se enroscara na rede de pesca, devia ter se quebrado durante a tempestade e, então, arrancado pelas fortes ondas mais recentes. A ponta lascada perfurara o casco e agora a água do mar entrava furiosamente pela fenda. Estávamos a 200 milhas da costa, e o casco devia exibir um rombo do tamanho de uma bola de futebol; afundávamos rapidamente. O bote salva-vidas tinha se soltado durante a borrasca e não tínhamos sequer almofadas que pudessem ser usadas como flutuadores. Eu tinha dado cabo delas ainda no estaleiro, lá em Marselha.

Danny parou de gemer. Ficou olhando fixamente para a água enquanto eu explicava a ele a situação. Seu rosto não demonstrou a menor expressão. Ele permaneceu ali, plantado, piscando, enquanto eu pegava o rádio e emitia um inútil pedido de socorro, tentando vencer a uivante estática do mar.

Então, em pé na cabine, com água até os joelhos, Danny moveu a cabeça, deu-me uns tapinhas no ombro e disse que tinha chegado o momento de rezar.

Eu não sabia o que dizer, mas me ajoelhei com ele, naquela água que só fazia subir, achando que nós dois estávamos afundando na nossa história. Uma história de 2 metros de profundidade e, mais embaixo, muitos outros metros. Percebi que eu estava chorando. Danny recolhia com as mãos a água que forrava a cabine e depois deixava que ela corresse por entre seus dedos. Ele movia a cabeça, parecendo aceitar o que estava acontecendo. Chegou a levar as mãos em concha até a boca, para provar o sabor do silêncio que se aproximava.

Reparei que seus olhos se arregalaram numa expressão de surpresa. Depois ele provou a água de novo. Por um longo momento, pareceu estar desesperadamente confuso. Depois sorriu. O sorriso cobriu seu rosto todo, como a aurora, e então ele rompeu num riso incontrolável. Achei que ele tinha surtado. Senti o terror da loucura se infiltrando ali onde a morte nos espreitava.

– Que foi? – eu disse. – Que foi?

– A água! Beba! Sinta o gosto dela!

Senti uma pena gigantesca daquele homem.

– Impossível, Danny – eu disse baixinho. – Estamos no meio do Mediterrâneo. Aqui a água é salgada.

– Sinta o gosto!!

Então provei a água. Água doce. De beber.

Quando entendi o que tinha acontecido, comecei a rir também. Deitei-me para boiar naquela água e deixei que ela me lavasse de cima a baixo. Saltei, fiquei em pé, e Danny fez o mesmo. Ficamos chutando água um no outro, rindo, berrando, gritando de alegria, até ficarmos roucos e o mundo mudar de cara e o futuro novamente se levantar em nosso horizonte. Então respiramos profundamente, como se fôssemos baleias vindo à tona, após um longo e profundo mergulho.

Os tanques de água potável do veleiro, avariados pela tempestade, tinham enfim se rompido. Água doce era o que tinha inundado o barco; assim que os tanques ficaram vazios, a água parou de subir. Guardamos o que pudemos dela em garrafas e latões, e o resto bombeamos para o mar. Reservamos água suficiente para chegarmos a Creta, mas, quando enfim entramos, barbudos e de aspecto selvagem, em Heraklion, já estávamos bem embalados no uísque.

O mar fala a sua própria língua. Língua que se dissipa como um sonho e cujo sentido é quase todo esquecido assim que nossos pés descansam em terra firme. Às vezes, tento explicar a Annabel o que foi que entendi, naquela manhã depois da tormenta, quando enfunamos a vela mestra e a genoa e fomos rumo ao Oriente azul, deixando uma esteira borbulhante, prateada como mercúrio. Tentei, assim como Danny também tentou, mas nós dois chegamos à conclusão de que uma parte daquilo tudo ficou esquecida, lá atrás.

Recordo-me de termos rido muito, uma manhã. Lembro-me de nos sentirmos maravilhados diante de um mundo que era novo e desconhecido. Com absoluta certeza, sabíamos que nossa posição era 34°47'N, 17°38'E, mas isso não parecia suficiente para descrever a distância que tínhamos percorrido.

Da estante ao lado da mesa da carta, Danny Zeichner pegou o compasso de bronze. Ele abriu as hastes na largura da sua mão, olhou afetuosamente para elas e sorriu.

CHRIS CLEAVE
Chris Cleave parou de levar veleiros a seus novos donos após a viagem na qual "Água de beber" foi inspirado. Seu primeiro romance, *Incendiary*, vencedor do Somerset Maughan Award de 2006 e finalista do Commonwealth Writers Prize, foi lançado como produção cinematográfica ainda em 2007 e publicado no Brasil com o título *Incendiário*.

BATISFERAS

Niall Griffiths

Mercados de peixe em cidades costeiras de todo o mundo, grandes ou pequenas, são lugares fascinantes e assombrosos. Desde muito pequeno sou atraído por eles. Na região oeste de Gales, vi tinas com peixes achatados, sem vísceras, debatendo-se inutilmente; e vi caranguejos de patas amputadas, atacando às cegas o cercadinho de varetas, como se o furto de suas armas também os tivesse deixado cegos. No Círculo Ártico, presenciei baleias-anãs sendo retalhadas, tiras de sua pele corrugada sendo arrancadas dos ossos, aquela gordura gelatinosa, marrom-escura, brilhando à luz do sol baixo que nunca se põe. No mesmo lugar, vi barricas com presas de narval arrumadas em feixes eretos como bambus. Assisti a um inuíte montar sua banquinha numa esquina, para vender uma única mercadoria, uma foca abatida a tiros, que, à medida que passavam os transeuntes, desapareceu até que restasse apenas o esqueleto; e mesmo aqueles ossos se tornaram bens à venda, para sopa, para ração de cães, ou para servirem de adornos delicadamente entalhados – *tupilak* – no formato de minúsculas estátuas de animais ou demônios do mar. Os ossos também podem ser perfurados e então costurados em tiras de couro de foca, usadas como enfeite. Vi seres feitos de espuma e de algo que parecia pedra; seres que parecem ser só uma boca e um estômago, com presas, vermelhos; vidas que só se medem em goles. Verdadeiros acúmulos de predadores e vítimas é o que são os mercados de peixe. Ali se veem criaturas pesadamente recobertas em sua couraça e também as terrivelmente frágeis, coisas que se partem ao mero impacto do ar. Posso ficar horas perambulando por esses lugares, cheirando o ar, acolhendo as cores. Deslumbrado com aquelas criaturas saltitantes e barbudas, com as quais compartilho este mundo; nem todos aqueles olhos já alcançaram a morte. Há uma espécie de inteligência, incognoscível, mas bem ali, e suas súplicas vêm dos balcões, dos cestos, das redes. E o deus que mora na minha pele tem residência nessas escamas manchadas, nessas goelas arfantes, nessas antenas, nessas carapaças. Mercados de peixe são antídotos ao solipsismo, permitindo-nos admirar uma parte do planeta que nos repele e, não obstante, nos sustenta. Construímos grandes cidades sobre as nadadeiras de peixes. Nos fluidos exalados pelas chaminés, podemos testemunhar o eco da pluma que sai pelo respiro dos cetáceos. E há um escárnio nas costelas dos navios, ou no visgo verde-escuro que forra as construções portuárias, referente a um mundo que nunca se conhecerá; a zombaria diante de uma fome que nunca se poderá saciar. O que mais existe lá no fundo?, ficamos matutando, enquanto passamos irrequietos por entre os gritos dos peixeiros vendedores, os lampejos dos pratos das balanças, os estalos de garras e o brilho já baço de conchas forrando o chão. O que mais será que tem lá?

Apontei para os camarões-pistola, e a dona por trás do balcão segurou no ar um punhado sacolejante deles. Erguendo as sobrancelhas, ela me disse alguma coisa numa língua que não compreendi. As contorções dos bichinhos em suas cascas se tornaram ainda mais frenéticas conforme o calor da pele dela os reanimava. Com suas garras, picavam-lhe as pontas dos dedos. Parecia doloroso, mas ela não dava a impressão de se importar. Ergui cinco dedos, a palma da mão aberta, e ela chacoalhou seu punho sobre um caldeirão de água fervente, deixando que cinco deles caíssem em meio ao vapor sibilante. No instante em que tocaram na água enrolaram-se como folhas de samambaia, suas caudas alcançaram as antenas, e eles começaram a mudar de cor: o cinza-azulado com laivos negros rapidamente deu lugar ao tom rosado de sua morte. Enquanto ferviam, apontei para a pilha de ostras e novamente abri a palma de minha mão. A vendedora as despregou da pedra com notável destreza e as arrumou sobre uma folha de papel. Partiu um limão pela metade e pôs as duas bandas em cima delas; então, tirou os camarões da água com uma concha de furinhos e colocou-os sobre as ostras. Fechou o embrulho e, com os dedos, indicou o valor total da compra. Depositei em sua mão as moedas estranhas. Agradeci e fui com meu pacote para a praia, até chegar ao pé de uma rampa cujo tapete de cracas crepitava ao sol escaldante.

Sentei-me à sombra de um barco emborcado e comi. As ostras se encolhiam conforme eu as cobria com o caldo do limão, e encolhiam novamente quando eu as engolia. Tinham um sabor inacreditável: fresco e limpo como um *iceberg*, mas remetia fortemente ao ambiente ao redor: a areia escura, os arbustos raquíticos, as ilhas na linha do horizonte e o mar de águas aquecidas, tão azul que se você enfiasse o pé ali ele ficaria como se alguém o tivesse tingido. Espremi cada camarão pela base da cabeça até sentir que algo se partia; então, arranquei-lhes a cabeça e as vísceras e, depois de remover as pinças, atirei-as para os gatos magricelos e selvagens que se haviam reunido ali, de orelhas aguçadas e olhos vigilantes, formando um grupo que se mantinha a uma distância segura. Enganchei os polegares dos dois lados da borda dura da casca na parte de baixo dos camarões e fiz um pouco de pressão para os lados, até que suas carapaças se rompessem e escapassem, borboleteando pelo ar; e então mordi aquela carne densa, branca e salgada. Mordi as pinças de leve, até cederem, e então consegui chupar o filete de carne de cada uma delas. Depois chupei as cascas ocas. Por fim, lambi os dedos. Deitei-me à sombra e cochilei por algum tempo; em seguida, levantei e fui embora. Os gatos, pequenos e magros, se atiraram como flechas sobre o que eu tinha deixado na areia e, quando me virei para olhar para eles do lado daquela ladeirinha, todos já haviam encontrado algo para roer e pareciam muito felizes com o que estavam fazendo, a julgar pela ondulação dos seus ossinhos contra o pelo das costas. Eram como leõezinhos esqueléticos, por toda parte.

Eu precisava beber alguma coisa, tanto para tirar como para apurar o gosto de oceano que ocupava minha boca. Sabia que a cerveja de um dos bares à beira-mar daria conta desse recado, e teria um sabor tão bom que eu acabaria ficando por ali mesmo até que fosse noite fechada e eu já estivesse irremediavelmente bêbado. Então, comprei uma garrafa d'água e fui bebendo enquanto caminhava de volta para a cidade, passando por becos estreitos com piso de pedra quase branca, depois por pavimentos de mármore, e chegando a praças surpreendentemente grandes, dominadas por torres com sinos, cercadas por bares e cafés. Cidade de beira-mar. O mar aqui é tão real que meus olhos começaram a doer de tanto eu precisar deixá-los entreabertos, mesmo por trás dos óculos escuros que os protegiam do fulgor do sol refletido sobre a água; e isso ocorria em toda parte da cidade. Quando eu lambia a boca, sentia o gosto de salmoura. Os pisos de pedra sob meus pés eram grossos, sólidos, tinham milhares de anos, mas, ainda assim, pareciam balançar e oscilar imitando as ondas. Visto da praça, o chão, com o calor tremeluzente que dele subia, e envolto pelo tempo e pelo sol, parecia rolar e inchar, rolar e subir como a maré. Fiquei enjoado em terra firme.

Nunca fomos criaturas da terra, não de verdade. Faltam-nos as guelras, sim, mas ficamos tão à vontade na água como fora dela, como as gaivotas, para não dizer como as focas ou os anfíbios, porque não temos a mesma elegância e leveza das algas dançarinas e dos cardumes que passam reluzentes e fugidios. Mas é só ver como nossas cidades brotaram da areia. Como plantamos bandeiras na linha da maré. As pessoas daquela cidade, seus olhos azuis, e os sons sibilantes e plosivos de sua fala se aninhavam, depois se espatifavam e então ciciavam sobre as rochas e as areias. Os homens se movimentavam ligeiros, vacilantes, ocupados; as mulheres, com uma elegância lenta e ondulante. Até mesmo os lagartos que rastejavam para cima e para baixo no tronco das palmeiras à beira-mar pareciam ter nascido na água, assim como os cães e gatos, com suas costelas visíveis através do pelo, como se a forma mais antiga buscasse irromper o cerco da pele, como se as escamas estivessem tentando retomar seu devido espaço entre membros e flancos. Como se todas as formas de vida na terra estivessem somente matando tempo antes de responder, em uníssono, a um sinal previamente combinado que os faria largar suas ferramentas e alimentos e alcançar de novo a água, mesmo que as novas formas lá do fundo fossem agora incompreensíveis e aterrorizantes para os que tinham acabado se acostumando a um chão que fica parado. Não admira que os peixes nos tanques do mercado morram quase uivando. Tanta fome.

Segui perambulando. Vi estátuas e uma catedral. Comprei uma bandana no mercado de roupas, e, poucos minutos depois de atada em volta da minha cabeça, ela já estava encharcada de suor. Todos os caminhos que tomei me levaram de volta ao mar. No começo da tarde comi de novo, mais frutos do mar, desta vez uma fina porção de peixe cuja carne, levemente frita, formava pequenas lascas, tudo isso sobre uma fatia de pão macio, que devorei sentado num banco de frente para a brisa que soprava do mar. Aos pombos, que faziam o mesmo barulho que fazem em qualquer lugar do mundo, distribuí algumas migalhas. Voltei caminhando lentamente pelo lado posterior da cidade, a fim de rodeá-la pelo lado da montanha, mas, por onde quer que eu vagasse, acabava chegando de novo à beira-mar.

De repente o sol parecia estar esquentando meus joelhos e não mais o alto da minha cabeça. Senti que de fato precisava beber alguma coisa. Uma sensação no queixo e nos cotovelos. Na ponta do calçadão, eu podia enxergar as luzes que vinham dos bares do porto; então segui naquela direção. Uma traineira grande ia para o mesmo lado e, conforme eu andava, acompanhei como ela atracava; vi o guindaste subindo pelo lado da doca e baixando no cais uma rede contendo uma coisa quadrada que lembrava um cofre grande. Uma multidão se juntou ali. A tripulação desceu em terra e a rede caiu, livrando o objeto. A multidão o rodeou, mas não encostou nele; mesmo de longe, eu podia perceber que a distância que mantinham era causada por medo. Somente um membro da tripulação tocou a caixa, deslizando as mãos por suas paredes como se estivesse tentando achar um jeito de abri-la. Acelerei o passo. Esqueci a cerveja e me juntei ao pessoal, olhando para aquele objeto que ainda parecia um cofre grande, exceto que vinha forrado de cracas e adornado de algas, com um cheiro de lodo antigo. O sol poente devolveu o reflexo de algo espelhado na lateral da grande caixa: aquilo tinha uma janela.

— Inglês?

Um velho, na altura do meu ombro. Barba branca emaranhada e cabeça careca, bronzeada, olhos azuis desbotados; pequenas veias vermelhas riscavam suas bochechas, destacando o tom de sua pele curtida.

— Bem — disse a ele —, falo essa língua.

Ele sorriu com as gengivas, exibindo somente três dentes podres, que mais pareciam ruínas de um velho píer que a maré deixou entrever ao recuar para longe da praia.

O velho acenou com a cabeça para o objeto. Um homem estava erguendo uma longa barra metálica na direção do caixotão. Parecia um gancho de escafandro, ou algo assim.

— Sabe o que é?

Balancei a cabeça, negando.

— É uma batisfera — ele disse. — Bem velha, pelo jeito. Talvez de antes da guerra. Deve ter se soltado. Eles costumavam fazer isso naqueles tempos. Fisgaram com as redes. Realmente acho que não deviam abrir. Seria um grande erro, seria mesmo, abrir isso.

O homem que segurava a barra cutucou a caixa, provocando um eco metálico, além da queda de uma crosta de cracas, que se espalharam pela laje do porto. A turma estava agitada, entusiasmada; mas, quando o sujeito deu outro cutucão forte e a barra pareceu afundar dentro daquele objeto, todas as vozes se calaram. A barra funcionava como uma alavanca, entrando e saindo, e então apareceu um desenho retangular na parede da batisfera: uma porta. Mais movimentos de alavanca foram abrindo caminho naquele metal encharcado. Uma rajada de ar escapou de lá de dentro e, em seguida, um jorro de água marrom; uma meleca fétida deslizou para o píer. Nesse instante, outro homem foi ajudar a empurrar a barra. Quando a porta se abriu mais um pouco, captamos um miasma que ninguém deveria jamais cheirar: o eflúvio de algo inteiramente não humano, abominável, proveniente de um mundo de mucos sugados, absolutamente sem luz, sem ar, numa umidade asfixiante, abrigo de bocas sôfregas para as quais o corpo humano era um petisco, nada além disso. Negrume encharcado, umidade dos infernos.

O metal enferrujado rangeu, e a porta cedeu mais um pouco. O ar fétido escapuliu num silvo e percorreu a multidão; houve quem vomitou. Todos, ao mesmo tempo, deram um passo para trás; alguns saíram correndo. Senti o terror me invadindo. Eu não queria ver o que estava dentro da caixa. O terror subiu rastejando por minha pele e me envolveu, grudento como teia de aranha. Uma gosma nojenta esguichou pela porta. Mais fedor. Uma gosma preta. Acre. Escorrendo em ondas pelo píer, como se tivesse vida. Alguém gritou. No meio daquela coisa insuportável de se respirar, algo parecido com uma grande casca começou a emergir. Uma casca grande com órbitas vazadas e dentes. Alguém berrou.

– Oh, maldição – o velho exclamou. – O que eles estavam pensando que havia aí dentro? Eu sabia que era um erro. Você está bem?

Preso ali embaixo, naquele chão. Naquela caixa de metal. Na negrura molhada, completamente só e confinado, afundando cada vez mais. Quanto tempo levaria para morrer?

Consegui movimentar a cabeça num "sim". O velho disse:

– Não está, não. Precisamos beber alguma coisa.

A pressão da mão dele em meu braço era firme; ele me puxou dali, tirando-me daquele lugar. Entramos num beco que terminava num bar apertado. Eles o cumprimentaram na língua local. Achei um lugar para sentar. O velho pediu bebidas e se sentou ao meu lado. As bebidas chegaram. Duas cervejas, dois conhaques. Bebi depressa a minha parte, para parar de tremer e para lavar o gosto repugnante da minha boca. Para interromper aquele ar sibilante nas minhas orelhas e para deter o fluxo da gosma que subia deslizando até a minha cabeça. Para afogar os pensamentos sobre aquela caixa lá no fundo da escuridão e o pânico e o terror guardados dentro dela. Para me ajudar a dormir, embora naquele momento dormir estivesse tão distante de mim quanto minha terra natal.

– Está tudo bem com você? – o velho perguntou de novo.

Acenei com a cabeça e então conversamos. Ele era muito velho. Ex-marujo. Há quase quarenta anos vivia naquela cidade costeira. Falou de suas duas esposas e de seus filhos e netos. Disse-me que o mar odeia a vida humana. Que devíamos deixar o mar em paz porque ele não quer a gente lá, e que, depois de uma certa profundidade, o mar contém tudo que poderemos um dia conhecer em termos de horror e de inferno. Batisferas, ele disse. Pura arrogância. Estupidez completa. Por que a necessidade de olhar o demônio cara a cara? Para que descer tão fundo? Tinha vivido o horror na própria pele, disse. Ele tinha descido numa batisfera uma vez, há muitos anos. E me contou o que viu.

Aconteceu poucos anos depois da guerra. Eu tinha escapado da luta por uma questão de semanas e meu navio estava patrulhando as águas costeiras. Claro que muitos navios tinham afundado e jaziam lá embaixo. Submarinos e mergulhadores exploravam tudo que tinha ido a pique para recuperar o que pudesse servir de fonte de informação a respeito de avanços nos armamentos e nos sistemas de proteção, buscando pontos fracos, esse tipo de coisa. Também tinha gente que dizia que alguns homens ainda poderiam estar vivos lá embaixo, mas eu não acreditava neles. Já fazia muito tempo. E vamos supor que realmente houvesse sobreviventes, se eles de algum jeito tivessem conseguido arrumar um espaço onde respirar, com comida ou coisa assim, será que valia mesmo a pena resgatá-los? O que teria acontecido com a cabeça deles, lá embaixo? Eles estariam acabados. Completamente enlouquecidos. Melhor deixar que fiquem lá mesmo, até seu próprio fim, era assim que eu pensava. Indiferente? Pelo amor de Deus, não. Tinha acontecido uma guerra mundial. O planeta inteiro estava aos pedaços.

De todo modo, um destróier tinha afundado. Centenas de almas perdidas por causa de um torpedo lançado de um submarino alemão. O navio tinha enfim parado numa vala estreita demais para um submarino e funda demais para um mergulhador, mas perfeita para uma batisfera. Eram poucos os homens treinados. Queriam saber em que lugar do fundo do mar o destróier tinha se encaixado, para poderem fazer umas mudanças na engenharia e melhorar outras áreas, se fosse o caso. Pelo menos, foi o que nos disseram. Depois de matutar bastante sobre a coisa, acabei acreditando que os motivos deles eram diferentes, mas vai saber o que queriam de verdade. Talvez quisessem testar o efeito de um confinamento subaquático sobre a mente humana. Algo assim. Nunca confie naqueles desgraçados. Queriam um voluntário para essa missão. Sem treinamento, nada. Só entrar naquela maldita batisfera e... Água. Mergulhar! Na mesma hora dei meu nome. Eu era jovem. Queria explorar o mundo. Queria novas experiências. Além disso, eu tinha perdido a chance de lutar na guerra e tentava entender que raios estava fazendo aqui, na Terra, qual era o motivo, se é que havia algum, para eu ter sido posto aqui.

A coisa não era muito maior do que o congelador de uma geladeira, de verdade. Tinha espaço para você se deitar de lado, com os joelhos dobrados e a cara colada na janela. Claustrofobia não me incomodava, nunca tinha sido problema para mim. E, mesmo que fosse, eu teria me oferecido como voluntário de todo jeito. Lá me enfiei, com um bloco de anotações, uma caneta, uma lanterna e um pouco de comida. Em poucos minutos aprendi a usar as válvulas nos tanques de oxigênio e a acender a luz, e pronto. Achei acolhedor. Eles me içaram de lado, com um guincho. Lá fui eu no meu caixotinho. Descendo para o fundo do mar.

No princípio tudo era azul, lindo, com os raios do sol entrando de lado. Depois ficou azul mais escuro. Depois, verde. Então, verde mais escuro. Eu não estava em pânico, não, não sentia medo, estava era empolgado de entrar num mundo desconhecido e de pensar que fazia alguma coisa que valia a pena, sabe como é, ajudando a humanidade, realizando alguma coisa que justificasse minha vida neste planeta. Poucos haviam sido os homens que tinham ido aonde eu estava indo. Eu começava a fazer parte de um grupo de elite. Aos poucos, foi ficando preto do lado de fora da janela. Cada vez mais preto. Eles tinham dito para eu não usar a luz até parar de descer, então não usei. Só fiquei ali deitado, enquanto toda a luz desaparecia. Até eu não conseguir enxergar absolutamente nada. Até a escuridão ser total. Até eu sentir que estava num caixote cheio de fuligem.

    Continuei descendo por muito tempo. Afundando, afundando, afundando. Pensei que nenhuma vala no fundo do mar podia ser tão funda, que eu estava mesmo indo até o centro da Terra, que ia aparecer no mar de uma praia na Nova Zelândia ou coisa assim. Aquela descida parecia que não ia acabar mais. Claro que não havia cabo suficiente para uma distância dessas. Achei que nunca mais ia parar de descer. Veio uma imagem de mim mesmo, um pontinho numa escuridão tão enorme que não podia ser medida. Como uma estrela solitária no espaço. Então rezei. Em minha mente, eu me vi num lindo gramado verde e luminoso, abraçado pelo sol. Rezei mais. Provavelmente chorei também. Então a queda parou, a caixa sacolejou e eu comecei a balançar de um lado para outro. Eu sabia que não estava assentado no leito, mas que o cabo tinha acabado ou que eu tinha alcançado a fundura desejada, uma coisa ou outra. Esperei que a descida recomeçasse, mas não recomeçou. Nem sei quanto tempo fiquei esperando, porque a noção do tempo tinha evaporado com a luz do sol. Nem posso descrever como era preto. Estendi o braço e senti o vidro da escotilha, depois tateei até o comutador que acenderia a luz. Virei a chaveta.

    Os caras que buscam destroços de naufrágios tinham feito um bom serviço. Eles sabiam exatamente onde interromper a minha descida. Porque ali, a não mais de vinte passos à frente, estava o destróier afundado. Ele estava apoiado sobre o casco e um pouco inclinado de lado, com as escotilhas viradas para trás. Pude ver o buraco sob a hélice, o local onde o torpedo tinha atingido o barco. A luz era fraca, mas iluminava o suficiente. Coisas passavam flutuando pela minha janelinha, entre mim e o barco naufragado, coisas que eu chamo de minhocas, achatadas como fitas, sem cara, contorcendo-se. Eu não conseguia respirar. O oxigênio estava funcionando direito, ao que parecia, mas mesmo assim eu não podia respirar. Eu estava no fundo do mar, olhando para um destróier com um buraco e tanto. Peguei o bloco e comecei a desenhar e a fazer anotações, mas meus dedos não respondiam a contento. Eu estava congelando. O lado do meu corpo que estava por baixo doía. Em minha cabeça explodia um som surdo. Alcancei a haste que movimentava o foco de luz e girei-a para que o facho iluminasse as escotilhas do destróier.

Havia rostos colados nelas. Em cada uma, um rosto. Às vezes, mais de um, com os buracos dos olhos e as bocas escancaradas. Voltados para mim. Como se aquelas órbitas vazias ainda pudessem enxergar e aquelas bocas ainda pudessem gritar por ajuda. A pele era branca, e o cabelo, verde como algas, balançando como elas. Eu me urinei todo. Nunca vou esquecer o repentino calor que me invadiu ali embaixo e como, no mesmo instante, aquilo ficou frio como gelo. Os rostos sumiram das janelas e então, pelo buraco escancarado sob a hélice, vi que se aproximavam, não nadando, como seria de esperar, mas se arrastando pelo lodo do leito do mar. Vi um cachorro andar assim, uma vez, depois que suas pernas traseiras foram esmagadas por um caminhão. Estavam vindo na minha direção, aquelas caras todas. Elas gemiam com as goelas e os buracos dos olhos e eu podia ouvir seu lamento atravessando a parede de metal da batisfera. Vinham se arrastando e se aproximando cada vez mais. A boca da que estava na frente abria e fechava como se fosse um peixe, mas não passava de um crânio com pele. Percebi que eu estava gritando. Desliguei a luz e fiquei ali, gritando na escuridão; então, alguns minutos depois, senti a caixa balançar: eles tinham chegado. A caixa balançava de um lado para outro. Aquelas criaturas a esmurravam com seus punhos arredondados. Um rosto apareceu espremido no vidro da minha janelinha; eu fechei os olhos e berrei até ficar surdo com o eco. Fiquei ali imóvel, deitado na escuridão, berrando, até a caixa parar de bater e balançar.

O tempo passou. Não sei quanto tempo fiquei lá embaixo deitado, sozinho naquela caixa, no fundo do mar. Podem ter sido horas. Talvez eu tenha desmaiado e sonhado com tudo aquilo, porque, por algum motivo, acendi de novo a luz. De algum lugar me vieram forças para isso. Ou pode ter sido pura curiosidade. Lá estava o destróier, com o buraco que o tinha afundado. Lá estavam os homens, ou os que já tinham sido homens, arrastando-se pelo lodo, de volta ao barco naufragado. Um peixe sem cor, do tamanho de um ônibus, ia de homem em homem, todos rastejantes, sugando um por um para dentro de sua goela. Ele pairava sobre eles, um por vez. Não tinha olhos e seu corpo era transparente; eu podia enxergar como ele funcionava por dentro, eu via os rostos dos homens engolidos; eles berravam e esmurravam as paredes que os prendiam.

Quando me guincharam para cima de novo, disseram que o mecanismo tinha emperrado e eu tinha ficado no fundo além da conta, e por isso tinha sofrido uma espécie de psicose temporária induzida pela falta de oxigênio. Disseram que eu tive sorte por não ter sofrido uma lesão cerebral ou algo pior. A missão tinha sido inútil. Minhas alucinações não serviram para absolutamente nada.

Desde então nunca mais fui para o mar; o último barco em que entrei foi o que me trouxe para a terra, quando saí daquele maldito navio. Vivo aqui há décadas e nunca mais vou pôr os pés num barco de novo. Mas talvez exista um tipo de vida, lá no fundo, que entra nos animais da terra quando eles se afogam. No útero, somos aquáticos. Descendemos de criaturas marinhas. Toda vida vem do mar e talvez volte para ela também, só que numa forma que nunca conheceremos. É um tipo de vida que não se parece com nada que a gente possa imaginar aqui em cima, enquanto respiramos este ar, mas mesmo assim é um tipo de vida, isto é, se a vida for mais que ansiar e buscar. Ou pode simplesmente ser o inferno. Puro inferno.

Quando eu morrer, vão me cremar, e isso não vai demorar muito para acontecer. Vão espalhar as minhas cinzas numa montanha lá longe, onde sopra muito vento. Fogo, terra, ar. Água nunca mais, nunca mais. Nem na minha morte.

Os inuítes da Groenlândia dizem que o mar é o céu. Que, quando eles morrem, suas almas são libertadas para ir para aquele lugar que lhes alimentou o corpo, que lhes permitiu ter uma vida terrestre, que lhes ofereceu de tudo enquanto mantiveram sua forma carnal. O que será que aquele velho diria sobre isso? Também fico pensando se ele ainda está vivo ou se já virou uma nuvem cinzenta flutuando ao vento, no alto de uma montanha, acalentado pela proximidade do sol. Eu me pergunto se, em sua morte tão seca, ele enfim encontrou onde repousar.

O mar é um reino que pode ser descoberto, como qualquer outro. Entrar nele é empurrar os limites do confinamento um pouco mais adiante. Continuo fascinado por mercados de peixe.

NIALL GRIFFITHS
Niall é autor de seis romances, dos quais o mais recenteé *Runt* (Vintage).

No tempo: correspondência

Erica Wagner

Para M.

Eles tinham parado no coreto. Ele apoiou a bicicleta, uma *mountain bike*, num banco. Era o terceiro encontro deles, e aquele dia de abril estava sendo generoso, espalhando sua clara luminosidade sobre a grama alta, como se fosse um cobertor. Depois, ela se recordaria desse dia como algo a ser protegido numa redoma de vidro; algo separado de todo o resto e que precisasse ser preservado, um marco de alguma coisa, um começou ou um fim. Mas um fim é sempre um começo e um começo é sempre um fim. Dois pelo preço de um. Enfim, eles tinham parado no coreto.

Mais tarde, ela consideraria como é estranho que todos (e ela se perguntava a quem nos referimos quando dizemos "todos") escrevam sobre o amor, ou sobre o que é chamado amor, apesar de o amor não ter nada de misterioso. O amor é simples. Pelo menos a forma de amor que mais se encontra nas histórias é simples. Geralmente, de fato, trata-se de desejo, mas *amor* soa melhor. O amor é uma bala que sai de uma arma, um golpe de espada que nasce desde a empunhadura: o amor tem uma clara trajetória, um arco que sai do ponto A (*ele sente seu coração balançar*) e vai para o ponto B (*ela sente seu coração partir*). Nada de mais.

Mas no caso deles não era assim.

Então, ela começou a lhe contar uma história. Uma história antiga, do começo do século XXI. Essa história não saiu do nada: surgiu de uma encruzilhada na conversa deles, quando ela percebeu que muito do que diziam um para o outro estava de algum modo alinhado, embora – diria ela – eles não tivessem muito em comum (somente uma coisa peculiar, algo sobre o qual jamais falavam). Ela começou a contar a história de um menino que caminhou pelo frio para encontrar uma mulher que vira em seus sonhos, uma mulher preta como carvão, vermelha como sangue e branca como neve. Ele saiu de casa, deixou a mãe, deixou sua vida para trás. Não levou nada exceto cinco moedas de ouro que seu pai, morto já há muito tempo, havia lhe deixado. Ela nunca havia contado essa história, mas as palavras saíam com facilidade de sua boca; ele a escutava falar dessa jornada pelo gelo, um relato de morte e esperança. Era o que ela possuía para oferecer a ele, embora a história não pertencesse a ela.

Começo da tarde, fim da tarde. O telefone tocou e ela ignorou. A cúpula verde do Observatório no alto da colina tinha se tornado uma lua subindo no céu.

– Você está com frio? – ela indagou.

– Acho que sim – disse ele. – Parece que está ficando frio.

– Bem, a gente podia arranjar alguma coisa para comer.

– Sim. Boa ideia.

Alguma coisa naquela história os tinha deixado com fome. Há algumas histórias com essa capacidade. Normalmente são histórias que viajam, histórias com frio, aquelas em que você fica esperando que apareça uma cabana com uma lareira e uma tigela de caldo quente. Com o vento da primavera começando a chegar, era fácil imaginar, nessa bela charneca, como seria solitário ficar ao relento em algum lugar perdido no Norte, com apenas cinco moedas de ouro para se manter aquecido.

Ao descerem a colina – ele caminhava empurrando a bicicleta – passaram pela linha de bronze benfeita que demarcava as duas metades do mundo. O portão que dava acesso à linha estava fechado agora, de modo que não podiam brincar de ficar pulando de uma metade a outra, nem segurar suas mãos para unir o ocidente e o oriente. Ainda assim, enquanto andavam (agora, só agora, em silêncio), ela compreendeu que poderiam estar cada qual numa parte oposta do mundo e, apesar disso, continuariam próximos, ouvindo a voz um do outro, mesmo que nunca falassem daquela coisa peculiar que os havia feito se conhecerem.

Era a terceira vez que se encontravam. Luke, Sylvia; Sylvia, Luke. Sem romance. Algo melhor. *No caso deles não era assim.* Então, andaram, lado a lado, passo a passo, descendo a colina até onde as luzes das ruas clareavam o chão com seus olhos amarelos, no ponto em que o rio alcançava o mar.

— Está com frio, srta. Cruikshank? — ele perguntou.

Eles estavam perto da amurada. Ela usava um casaco leve e, embora tivesse um lenço grande, não tinha trazido gorro nem luvas. Ele não esperava por aquilo, ver o cabelo castanho-avermelhado da moça daquele jeito, varrido para trás da testa pelo vento que vinha do mar.

— Está tudo bem, sr. Norman — a moça respondeu. Então ela sorriu para ele, com a pontinha do nariz vermelha, e os dedos, brancos.

— Devíamos entrar — ele disse. Não falou *Por favor, Alice, me chame de Robert*. Não teria sido correto. Ele queria ser correto.

— Ainda não.

Na primeira vez em que a vira, ele tinha reparado no jeito como ela andava. Era possível afirmar que o mar estivera calmo, quase parado de tão calmo, como vidro; e, no entanto, sempre havia algum movimento: os motores dos grandes navios rugindo e levando as águas para longe, o vaivém das pequenas ondas que se formavam ao longo da proa dos barcos de passeio e que de alguma maneira marcavam a fria e verde força da água. Dessa forma, mesmo andando num mar calmo (não que ele já tivesse estado em qualquer espécie de mar), era preciso segurar o movimento dentro de si próprio, deixá-lo acontecer, de algum modo. Os que precisavam se agarrar na amurada ou nas cadeiras do convés, os que tropeçavam ou não gostavam das escadas ou hesitavam eram aqueles que não tinham absorvido seu movimento interior. Ele descobriu que gostava da sensação do mar em suas pernas, nos quadris e, quando a viu, pensou que ela também devia gostar. Ela caminhara até um sofá, carregando um livro sob um dos braços e, na outra mão, uma xícara com alguma coisa quente — dava para ver o anel de fumaça, uma miniatura do vapor que subia das chaminés do navio. Sentou-se, abriu o livro, começou a ler e a bebericar. Ele não lhe havia dito nada naquele primeiro dia.

Claro que em sua cidade natal ele conhecera outras garotas. Mas esta era diferente. Não que ele soubesse dizer como. Talvez porque sua nova vida estivesse começando: o que tinha existido não existia mais, agora ele podia ser o que quisesse. Em sua terra, ele tinha feito o que esperavam dele: mantinha distância, deixava que o provocassem, aceitava o convite para um chá num lugar que fazia suas costas começarem a doer cinco minutos depois de estar sentado com a coluna reta e dura, e a xícara tamborilava no pires quando ele a apoiava na mesinha, e de repente a moça, acompanhada da mãe dela, era alguém que ele desconhecia. Isso sem falar da presença de sua própria mãe, sempre empoleirada no fundo da sua cabeça. Não fora neste navio, mas no trem que tinha saído de Glasgow, talvez, que ele começara a sentir uma expansão dentro do peito, a semente de sua própria vida aguardando, pronta para brotar. Uma mala, um baú, a capacidade em suas mãos, o Canadá. Havia algo impossível agora? Afinal de contas, estava no século XX.

Então ele pôde, na segunda vez em que a viu, reparar no minúsculo diamante incrustado no anel que ela usava no terceiro dedo da mão esquerda; ele não se sentiu desapontado nem receoso. Era final de tarde, antes do jantar, e, para ter o que fazer, ele se sentou ao piano – que beleza, havia um piano – no salão de jantar e tocou um pouco de Bach, o melhor que conseguiu. Estranho como são as coisas, como a vida da gente acontece. Como tinha detestado as aulas de piano! Ele tinha jurado que, quando crescesse, nunca tocaria. Mas ali estava, no mar, ao piano, tocando; e ela havia se aproximado, com seu livro, e sorrira para ele, um sorriso miúdo, e ele notara a luz do candelabro refletida na pedra em sua mão. Um lampejo e ela não já estava mais ali, de repente. Mas ele continuou tocando e imaginando se o som a alcançaria enquanto ela estivesse passando pelos corredores do navio.

A pedra ainda brilhava na mão dela, apoiada como estava na amurada.

– Ainda não – ela disse. – Não vamos entrar. Ainda não.

Sylvia e Luke encontraram um restaurante na beira do rio, com toalhas brancas sobre as mesas de madeira e um piano ao fundo. Ela se pegou imaginando se ele iria tocar. Havia algo na aparência das mãos dele que a levaram a pensar que talvez sim. Comeram as azeitonas pretas amargas, servidas numa tigelinha, acompanhadas de uma cesta de pães. Quando ele pediu uma garrafa de vinho tinto, fez isso como quem entende do que está falando mas não gosta muito de deixar transparecer. Ela pediu um prato de carne, malpassada, e ele fez o mesmo. Também veio uma porção de vagens cozidas com alho fatiado. Ela estava com fome.

O garçom trouxe os pratos e se afastou. Com o canto do olho, ela viu que ele conversava com o *maître*. Então o *maître* veio até a mesa.

– Com licença, senhor. Por acaso deixou cair isto?

Luke colocou sobre a mesa a faca de cortar carne e olhou para o guardanapo dobrado que o homem abria na frente deles. Ela se endireitou mais um pouco na cadeira, sem querer dar a impressão de bisbilhotar. O *maître* segurava aquilo como se fosse um segredo.

– Ora, sim – Luke disse, parecendo assustado. – É meu, sim. Não tinha notado... Desceu a mão, como se fosse apalpar o cinto, e franziu a testa. – Parece que a corrente se partiu – disse.

Era um relógio envolto pelo guardanapo. Um relógio de bolso, de ouro. Ela estava surpresa. Como ele usava óculos de sol com lentes grandes e roupa esportiva branca, ela nunca esperara vê-lo com uma antiguidade; sim, pois aquilo certamente era uma antiguidade. O ouro aparentava aquela suavidade que vem com o tempo, riscas delicadas apareciam em camadas sobrepostas, a superfície baça após anos e anos de uso, roçando contra tecidos, preso contra a pele por incontáveis centenas ou milhares de vezes; até o botãozinho de dar corda parecia desgastado pela fricção, pelo próprio tempo.

O *maître* deitou o guardanapo na mesa, sorriu e se retirou. Por um momento, os dois mantiveram silêncio.

— Acho que deixaremos uma boa gorjeta — ela disse, e isso o fez rir. — É um relógio lindo.

— Sim — ele respondeu. — Foi do meu avô. Eu não sabia... — Ele desengan-chou a correntinha, que devia estar presa em sua cintura, e puxou-a para cima, para olhá-la contra a luz. Um dos minúsculos elos estava rompido, depois de ter se esticado mais do que podia; ela conseguiu ver a borda denteada do metal, e então, quando ele a colocou em sua mão (seus dedos não se tocaram), ela sentiu a rachadura áspera em seu polegar.

— Que sorte — ela disse. Sylvia cortou um pedaço da carne e o levou à boca, mastigou e engoliu. De repente, sentiu-se extremamente feliz. Como se a boa sorte de Luke, o relógio do avô, a carne, as vagens, o vinho tinto e o pão fossem algo que ela poderia guardar, a textura de tudo aquilo, as imagens, os aromas perfeitamente preservados para ela, como objetos num museu. Até mesmo o sorriso do *maître* e sua discreta mesura antes de se retirar e deixar os clientes à vontade.

— Posso ver? — indagou. Ela queria segurar o relógio porque era dele, porque tinha sido do avô dele, porque ela estivera presente quando ele o perdera e o relógio fora encontrado.

— Claro.

Ela deitou a correntinha na mesa e ele lhe entregou o relógio. Mais uma vez, ele o fez de um modo que suas mãos não se tocaram.

Ela deu um gole no vinho. A luz das velas deslizou sobre a superfície vítrea do relógio; no mostrador apareciam pequenos números em algarismos romanos e, onde deveria haver "VI", havia um círculo, entalhado, com o mostrador dos segundos, soando compacta e regularmente. Os ponteiros das horas e dos minutos tinham quase o mesmo comprimento, mas o das horas se distinguia por um floreio na extremidade, quase no formato do símbolo de uma carta de espadas. Ela conseguia perceber o movimento do relógio na palma de sua mão, tique, tique, tique, as rodinhas e molinhas e tudo o mais girando, atarefadas dentro do estojo, sua casinha de ouro. Acompanhou um giro completo do ponteiro de segundos e sabia que o de minutos teria se movimentado também. Ela sentia a energia daquele maquinário em si mesma, a pulsação do relógio, como se ela estivesse contida no corpo daquele mecanismo, sob sua cúpula de cristal. Em geral, ela não se sentia tão contente como agora. E estava pensando se ele também sentia isso. Os dois buscavam alguma coisa que não se encontra facilmente, algo raro. Do outro lado da mesa, ele comia a carne, bebia vinho, dava uma garfada nas vagens. O tempo passava e não passava, como se aquele momento fosse durar para sempre.

Ela depositou o relógio sobre a toalha, entre eles. Continuaram falando como se não tivessem sido interrompidos e como se já estivessem conversando há anos. Mas então, quando acabou a carne, ele limpou a boca no guardanapo e olhou para ela com uma expressão indecifrável. Parecia precisar conter alguma coisa, segurar.

— Quero lhe mostrar uma coisa — ele disse.

Alice Cruikshank viajava desacompanhada. Pouco antes de o barco zarpar, a sra. Quinn (ela contara para ele), que devia vir com ela, tinha adoecido; uma crise de apendicite, disse. Mas o noivo a aguardava em Nova York e ela não queria atrasar a viagem. Ficaria no camarote que tinha sido reservado para as duas e, como assegurava a ele agora, havia garantido à sra. Quinn que estaria bem. Perfeitamente a salvo.

Tudo isso foi dito durante o jantar. Eles passaram a noite seguinte juntos, passeando no convés e, na terceira noite da travessia, ele a convidou para jantar. Ela aceitou. Ele julgou que ela o via como uma espécie de irmão mais velho, por assim dizer, o que para ele estava ótimo. A mesa tinha sido posta com boa porcelana e talheres pesados, e a comida estava deliciosa, muito melhor, ele achou, do que qualquer coisa que já tivesse comido antes. Comentou isso e, embora ela tivesse concordado, ele suspeitou que talvez estivesse sendo apenas educada. Ela parecia acostumada a comer pratos mais refinados do que ele, a vida toda, mas talvez esse fosse somente o jeito dela, seus modos, assim como o gracioso ângulo de seu pescoço e a curva elegante de seu punho. Ele disse que achava uma maravilha o fato de os camarotes do navio contarem com luz elétrica. E, sem conseguir se segurar, começou a explicar como funcionam os geradores.

Ela riu, mas não com grosseria.

– Como você sabe esse tipo de coisa? – ela perguntou.

Corando (disso ele estava certo), ele se explicou. Achou estranho parecer que já se conheciam tanto. Este era o trabalho dele: eletricidade, como se instalava, como era produzida, como era usada na iluminação e na geração de força. Tudo estava mudando, disse. Este é um novo mundo. Lâmpadas a gás, a óleo, a graxa e o peso do carvão, tudo isso se tornaria coisa do passado. Naturalmente, aquele grande navio era movido a carvão, mas o carvão podia gerar eletricidade, além de vapor. Luz elétrica, estável e imutável como o sol. A eletricidade era o futuro.

Ele tinha feito um discurso. Não pretendera fazê-lo. Comeu mais um pedaço da carne. Muito macia.

Depois de alguns instantes, ela disse:

– Você parecia ter uma faísca elétrica nos olhos enquanto falava disso – ela sorria, olhando para ele diretamente, sem desviar os olhos. Era segura de si e, ao mesmo tempo, calma. O diamante brilhava em seu dedo, como uma faísca também. Ele mal sabia o que dizer.

– Sou um sujeito de sorte – disse. – Acredito em meu trabalho. No que eu faço.

– E levará sua crença ao novo mundo. Isso é bom. Fico feliz por você. – Então, ela fez uma pausa. – Estou feliz – acrescentou. – Totalmente feliz! Que coisa estranha! Normalmente a gente não se sente assim, não é?

– Não – ele respondeu. – Acho que não. E eu também estou feliz. – Ele estava mesmo. Geralmente as pessoas estão ocupadas demais para se sentirem felizes. Sempre em movimento, para frente, rumo a algum objetivo. Agora ele se perguntava se, estando naquele grande navio que os levava adiante, rumo ao Norte, atravessando as águas geladas do mar, então ele poderia, pela primeira vez, permitir-se a sensação de estar contente. Contente com a amizade. Pode, sim, existir algo tão simples e tão precioso quanto isso?

Nenhum dos dois tinha notado o garçom, que silenciosamente se aproximara da mesa.

– Com licença.

Os dois ergueram os olhos e o garçom estendeu a mão, desdobrando um guardanapo de tecido que envolvia um objeto: um relógio de bolso de ouro.

– É seu? Disseram que o senhor talvez o tivesse deixado cair. – O garçom mantinha a voz baixa, como se perder um relógio de ouro fosse um erro.

— Puxa, é sim – disse. – É meu, sim. – E tocou as costas com as mãos, no local onde estava a corrente do relógio. O elo partido espetou-lhe o polegar. O relógio devia ter deslizado do bolso – ele não sabia como –, mas não importava, estava ali agora. O relógio de seu pai, oferecido a ele no momento em que partira para esta viagem. Ele sentia que tanto a viagem como o relógio marcavam sua chegada ao mundo.

— Não tenho palavras para lhe agradecer – ele disse para o garçom. – Em seu bolso havia algumas notas e ele fez menção de pegar um pouco de dinheiro, mas o garçom acenou com a mão.

— Fico feliz por ter achado – disse o garçom. – Por favor. – Dizendo isso, fez uma mesura e se afastou.

Do outro lado da mesa, sua companheira deu uma leve mordida na carne do peixe.

— Você é um sujeito de sorte.

— Você não tem relógio? – Luke perguntou. Eles tinham pedido dois *espressos* e lá fora, na rua, uma sirene passou uivando, levando embora o medo ou o sofrimento de alguém. Ali dentro havia segurança, havia contentamento.

Ela possuía um relógio – embora, como ele, não o usasse no punho. O relógio dela tinha um clipe, não uma corrente, e ela o mantinha pregado em suas calças *jeans*. Era um objeto ostensivo, moderno, não uma delicada peça de herança. Ela o despregou e o estendeu para ele, que ficou manuseando o objeto por algum tempo, sentindo seu peso na palma da mão. Diferentemente do seu, aquele era simplesmente útil, em vez de útil e belo. Ele colocou os dois lado a lado, sobre a toalha da mesa.

— Que horas são? – ele perguntou a ela, embora os dois estivessem olhando para ambos os relógios, o velho e o novo.

— Oito e dez – ela respondeu.

— Que horas são exatamente? – ele acrescentou.

Ela olhou de novo.

— Oito e doze – disse. – E mais alguns segundos. Oito e doze nos dois relógios, mas os segundos estão diferentes. O seu está um pouco adiantado.

— Certo – ele disse. – Bom. Bom.

Ele começou a falar. Enquanto ouvia, ela se afligiu com a ideia de ter falado demais no decorrer de sua inesperada noitada. Ela sempre sentia esse mesmo medo: de que, por algum motivo, o silêncio a assustava e ela então ocuparia qualquer intervalo vazio de sons com barulho, seu próprio barulho.

Quando ele começou a falar, ela reparou que ele estava com uma moeda na mão, uma moeda de 50 centavos de libra. Ela não o vira tirar a moeda de lugar nenhum – estava simplesmente ali, como se a tivesse feito aparecer do nada –; enquanto falava, ele fazia a moeda rolar sobre seus dedos, os da mão esquerda, depois os da direita. Ele não olhava para as mãos; seu movimento era automático, estava inscrito em seu corpo. Então a moeda desapareceu e as mãos dele ficaram vazias. Do que ele estava mesmo falando? Ela riu, olhou para ele. *Truque* não era uma palavra certa para aquilo. O truque era um engodo, um furto. *No caso deles não era assim.*

A gente nunca sabe quem vai conhecer, ela pensou. O que cada um pode ser. Onde a gente pode topar com isso, com um momento desses, ou essa sensação, esse ponto de contato; ela não sabia como chamar aquilo. Ali, com seu amigo, num local em que ela não esperava estar, afastada do mundo de alguma maneira – e, no entanto, o mundo estava ali. E se ela não saísse mais daquele mundo? Isso era uma fantasia, um sonho.

– Obrigada – ela disse. – Obrigada. Gostei.

– Que bom – ele disse. – Pra falar a verdade – ele continuou –, estou feliz por estar aqui, Sylvia. E você?

– Sim – ela disse. – Claro.

– Vamos ter de voltar para lá – ele disse. – Para aquilo que existe lá fora. Você sabe. A vida. Todas as outras coisas. Não sei quase nada das suas coisas, e você também não sabe muito de mim – ele acrescentou, encolhendo os ombros.

– Não – ela disse. – Acho que não. Mas não ligo.

– Eu também não – ele disse. – E gosto daqui. Gosto do que estamos vivendo agora. Você também?

– Claro – ela respondeu. – Gosto sim. Está perfeito.

– Então – ele disse.

Ele passou as mãos sobre os dois relógios rapidamente. Não fez mais nada. Não tocou nos relógios nem os recolheu. Enquanto ela olhava, o ponteiro dos segundos de cada um deu um salto, primeiro só isso, saltaram, vacilaram; depois, pararam. Completamente. Pararam de modo absoluto, como se tivessem quebrado – ela diria – e ela ficou tão abalada com isso que se surpreendeu ao sentir que seu próprio coração continuava batendo. Aquele era o ruído e o corre-corre do restaurante, ou era simplesmente o sangue correndo por suas veias enquanto ele – seu novo amigo – fazia tudo ficar imóvel como um presente para ela, para que ela pudesse permanecer ali, sem que nada mudasse? As mãos dele estavam abertas sobre os dois relógios, firmes, como se entre as palmas de suas mãos houvesse algum tipo de energia, de força que fazia o tempo parar. Ela se inclinou mais um pouco. Parados. Ela ergueu os olhos para ele. Ele percebeu o que ela queria. Somente isso. Um momento só. Apenas isso.

— Perfeito – ele disse.

>Relógio de bolso de passageiro do *Titanic*
>Robert Douglas Norman
>Fabricante desconhecido, c. 1880

Robert Douglas Norman sucumbiu com o *Titanic* no desastre da manhã de 15 de abril de 1912. Era um dos mais de trezentos passageiros de segunda classe a bordo do navio cujo destino era Nova York. Norman trabalhava para uma empresa de engenharia em Glasgow, mas tinha se demitido com a intenção de visitar o irmão em Vancouver, antes de completar uma volta ao mundo. Seu relógio foi encontrado, num estojo de ouro, em meio a suas roupas, quando o corpo foi resgatado. Os ponteiros enferrujados do relógio ainda mostravam a hora em que ele tinha afundado: 3h07. Os relógios de parede e de pulso a bordo do *Titanic* eram ajustados diariamente para corresponder a cada nova hora local, mas no momento em que o navio afundou, aproximadamente às 2h20, parece que Norman não havia tido a oportunidade de ajustar o horário, ainda marcando a hora local do dia anterior.

ZBA0004/D8137

[Extraído de CLIFTON, Gloria; RIGBY, Nigel (Eds.). *Treasures of the National Maritime Museum*, London: National Maritime Museum, 2004, p. 212.]

Erica Wagner

Erica é editora literária do *The Times*. Publicou uma elogiada coletânea de contos intitulada *Gravity*, além de *Ariel's Gift*, um comentário sobre *Birthday Letters*, de Ted Hughes. Seu primeiro romance, *Seizure*, foi publicado pela Faber & Faber em 2007.

Algo rico e estranho

Charles Lambert

Deixando de lado a palestra sobre Joyce na qual estava trabalhando desde o café da manhã, Andrew Cough tira do bolso do paletó um pequeno livro verde. A capa está manchada e amassada, e o papelão do forro aparece através da beirada, no ponto em que o tecido já se desgastou. Por um momento, ele fica revirando o livrinho nas mãos e depois folheia as primeiras páginas, vincadas, finas como papel de arroz, quase transparentes. Comentários, agora apagados, tinham sido escritos nas margens, mas ele ignora suas marcas e só para quando chega numa página em que partes de um trecho foram sublinhadas mais de uma vez. Então lê:

> E se existisse algum meio de inventar um exército feito de enamorados, estes conquistariam o mundo. Pois qual enamorado não preferiria, ao abandonar seu posto ou depor suas armas, ser visto pela pessoa amada, em vez de ser visto pela humanidade inteira? Ou quem desertaria da pessoa amada ou lhe daria as costas na hora do perigo?[1]

Enfiando o livro de volta no bolso, ele se põe em pé e segue até a janela, por onde enxerga o estacionamento lá embaixo; agora que seus olhos estão vendo com mais nitidez, vê os telhados da cidade até as colinas distantes. Tinham-lhe oferecido um escritório maior do que este, com vista para o mar, em sinal de reconhecimento por todos os seus anos de dedicação, mas ele havia recusado.

---

1 *And if there were some way of contriving that an army be made up of lovers, they would overcome the world. For what lover would not choose rather to be seen by all mankind than by his beloved when abandoning his post or throwing away his arms? Or who would desert his beloved or fail him in the hour of danger?* Trecho de O banquete, de Platão. Esta edição emprega tradução livre da citação no original. (NE)

Andrew sempre detestara o mar. Muito antes do início da guerra, quando ainda era criança, seus pais costumavam levá-lo até a casa dos tios, em Aberystwyth, e vestiam-no com um calção de banho tricotado pela mãe e que parecia um saco gigante quando ficava molhado; ele odiava aquela coisa escura e fria pendurada, puxando sua pele, como um saco sem fundo. Lá está a Irlanda, seu pai dizia, apontando para o horizonte, mas Andrew não acreditava nele. Andrew imaginava que existia uma beirada e que, por ela, o mar se despejava sem fim.

Ainda agora, sua mais persistente recordação das férias é a de um dia em que morreu afogado um menino da sua idade, não muito longe da praia. Ele tinha visto quando dois homens voltavam da água com o garoto de olhos mortos vidrados e pele branca como pão encharcado de leite. O mar pode ser muito traiçoeiro, ele ouviu uma velha dizendo na lanchonete, naquela tarde. Depois ele perguntou para sua mãe o que queria dizer "traiçoeiro". É quando alguém lhe desaponta, ela explicou sem saber do assunto. Mas era estranho pensar no mar como "alguém".

Andrew passou os primeiros meses da guerra erguendo barricadas e passando por um treinamento básico perto de Birmingham. Quando podia, ele saía do acampamento e ia andar ao longo dos canais da cidade, declamando poemas em voz baixa, ou rabiscando versos de uma poesia qualquer numa caderneta que sempre levava consigo. Não pensava no mar, nem cogitava que, tão logo seu treinamento estivesse concluído, ele seria forçado a viajar dentro de um navio rumo à frente de batalha. Então, após quatro meses de acampamento, os combatentes foram enviados para o exterior.

Davies, um outro sujeito do treinamento, deve ter visto a cor desaparecer do rosto de Andrew enquanto desciam os degraus metálicos das escadinhas íngremes, os pregos das botas retinindo nos rebites, sem espaço para que alguém pudesse se virar. Aqui a gente vai ficar apertado como dois percevejos num tapete, disse Davies dando um tapinha nas costas de Andrew. Este engoliu em seco e balançou a cabeça concordando, incapaz de falar. Nunca estivera num espaço com paredes que se curvavam e sufocavam. Não sei nadar, ele acabou enfim dizendo, pois tinha de dizer alguma coisa, e Davies, um aprendiz de açougueiro de Peterborough que tinha se aproximado de Andrew desde os primeiros dias de treinamento no campo, quando mais ninguém queria saber dele, então riu. Nadar não vai ser de grande serventia se você ficar enfiado aqui embaixo, ele disse, com seu jeito irônico de sempre. Vai estar morto antes que a água lhe alcance.

A travessia foi difícil, mas, para a surpresa de Andrew, seu estômago não virou. Ele sentiu inveja dos que enjoaram; até o ato de vomitar era uma espécie de ocupação. Quando os outros dormiam, ele lia à luz de uma lanterna o livro que sua mãe lhe havia dado. Era uma coletânea das peças de Shakespeare, numa edição em papel artesanal que cabia direitinho no seu bolso. Você está indo lutar por isto, ela havia dito, apertando o livro na mão dele. Se alguma vez você tiver dúvidas quanto a defender a Inglaterra, basta ler Shakespeare e se lembrar destas coisas.

Ele abriu o livro e leu: *Agora eu daria mil estádios de mar em troca de um acre de terra seca, grandes urzais, tojos castanhos, qualquer coisa.*[2] Fechando os olhos, lembrou-se da terra a perder de vista que havia atrás da casa de seus pais, onde os latoeiros guardavam os cavalos e onde ele tinha aprendido a andar em sua primeira bicicleta. Lembrou-se do jeito como a grama se dobrava quando ele caía e de como a terra o devolvia aos próprios pés. Baixinho, repetiu: *grandes urzais, tojos castanhos.*

Depois de uma hora, mais ou menos, quando o balanço do navio tinha diminuído, ele subiu até o convés do refeitório e alcançou a escadinha estreita que o levou para o lado de uma metralhadora, numa torre de tiro em que não havia ninguém. Agachando até ficar de cócoras, para assim evitar o vento, ele acendeu um cigarro e tirou seu Shakespeare do bolso novamente. De uma escotilha sobre sua cabeça escoava luz suficiente apenas para que ele enxergasse a página.

– O que você está lendo?

Assustado, Andrew levantou os olhos. Era difícil enxergar quem tinha falado.

– *A tempestade* – ele disse.

– Isso não é meio fatídico? – indagou o homem, agachando ao lado de Andrew e deixando visíveis seu rosto e seu uniforme de oficial. A perna do homem quase encostava na de Andrew, que estava quase se erguendo para bater continência; mas o sujeito segurou-o pelo braço.

– Descansar, soldado – disse o oficial com um sorriso. – Acho que nenhum de nós dois deveria estar aqui, então, vamos deixar o protocolo de lado, certo? – Ele deu uma olhada no livro nas mãos de Andrew. – Quanto você já leu?

– Próspero acabou de contar para Miranda como o irmão dele o traiu.

O homem acenou com a cabeça.

---

2 *Now would I give a thousand furlongs of sea for an acre of barren ground, long heath, brown furze, any thing.* Trecho de *A tempestade*, de Shakespeare. Esta edição emprega tradução livre da citação no original. (NE)

— Ah, sei. Aquela parte sobre a confiança. Já chegou nela?

Andrew fez que sim.

— Bem, seja um bom sujeito e leia em voz alta, que tal? Por acaso você tem outro cigarro?

Andrew deu-lhe um cigarro, encontrou o trecho e leu em voz alta, numa entonação a princípio hesitante e depois, com confiança crescente, seguiu até a penúltima palavra, quando fez uma pausa:

> e minha confiança,
> Como faz um bom pai, induziu nele
> Uma falsidade tão grande
> Quanto minha fé, que não tinha limite algum,
> Uma confiança sem divisas.[3]

— É desse jeito que a confiança deve ser, não acha? — o homem disse, em voz lenta e sonhadora, como se estivesse falando sozinho, tragando seu cigarro, com o rosto côncavo e os olhos semicerrados. Andrew prestou atenção em sua fisionomia por um instante. Não devia ser mais do que apenas um ou dois anos mais velho que Andrew, com cabelos do mesmo tom castanho-claro e uma marca de lâmina de barbear no pescoço. Poderiam ter sido irmãos.

— Sem divisas. — Como Andrew, ele disse "sem" com a pronúncia inglesa. — Bela leitura, meu camarada.

— Você sabe para onde estamos indo? — disse Andrew atirando a bituca para longe, mirando o mar. Ele se sentia agradecido, mas não sabia bem por quê. Nunca tinha sido elogiado por ler em voz alta, senão por sua mãe. Ele tinha aprendido a ouvir as palavras em sua mente. O sujeito balançou a cabeça antes de sorrir, um sorriso inesperado que espantou Andrew.

— Metade das vezes eles não falam pra nós, oficiais, nada mais do que falam pra vocês — disse o homem, com o sorriso sumindo aos poucos. — É uma tremenda porcaria de uma história, é só o que eu sei.

Ficou em pé, desamassando as rugas das calças. Para a surpresa de Andrew, o homem estendeu a mão para ajudá-lo a também ficar em pé. Não lhe soltou a mão logo em seguida, mas segurou-a, olhando-o firmemente com uma expressão

---

[3] *and my trust, / Like a good parent, did beget of him / A falsehood in its contrary as great / As my trust was, which had indeed no limit, / A confidence sans bound.* Trecho de *A tempestade*, de Shakespeare. Esta edição emprega tradução livre da citação no original. (NE)

cordial e, então, como se a ideia lhe tivesse ocorrido somente naquele exato momento, começou a balançá-la, de modo semelhante a um cumprimento. Ele era mais magro que Andrew e mais alto alguns centímetros; seus ombros vinham um pouco para a frente. O uniforme de oficial parecia grande demais para ele.

— Toby Spender — ele disse, com uma curta inclinação de cabeça. — Muito prazer.

— Andrew Clough. — Andrew fez uma pausa e então acrescentou: — Spender? Como o poeta.

— Bem — Spender sorriu, isso serve para nós dois, não é mesmo? Há o bom e velho Arthur Hugh Clough, *Amours de voyage*. — Outra pausa. — Mas não é seu parente, certo?

Andrew negou com a cabeça, achando graça. Atrás das costas de Spender, como vaga-lumes, viam-se muito longe as luzes piscantes de um navio. Andrew podia sentir o mar sob o casco daquele navio, tão grande, tão frágil. Uma profundidade que ele mal conseguia imaginar.

— Você já leu alguma coisa dele? De Spender? Quero dizer, Stephen.

Andrew fez que sim. A mão do outro homem, quente e seca, segurava a dele com uma pressão constante. Ele se sentiu desconfortável, como se estivessem sendo observados, e estava quase livrando sua própria mão. Nesse momento, como se tivesse compreendido, Spender soltou-lhe a mão e virou-se para ir embora.

— Bem, Andrew Clough, lhe vejo em terra — disse. — E, se eu fosse você, voltaria para sua cabine — ele sorriu, com uma das sobrancelhas levantadas. — Antes que algum oficial lhe dê o flagra.

O próprio Andrew quase tinha se afogado no verão logo antes do início da guerra, durante uma excursão de bicicleta com um colega do banco, num feriado que passaram na Cornualha. Tinham ido de trem até Exeter e, depois, tomado outro trem, uma viagem local, lado a lado no assento de madeira durante o percurso ao longo da costa, sem conversar, os livros ainda fechados nas mãos. Após o terceiro dia pedalando, pararam num bar perto de Helston. Nenhum deles tinha o hábito de beber. A cerveja da casa soltou a língua dos dois. Começaram a rir do modo como tinham se mantido quietos aquele tempo todo. Já do lado de fora, no ar frio, Greaves sugeriu que fossem de bicicleta até Kynance Cove.

Greaves então se despiu e correu pela areia. Suas costas brancas brilhavam à luz do luar, e, enquanto ele saltava as ondas, dava gritos agudos como rasgos em tecido de algodão. Logo Graves não passava de uma cabeça e um braço acenando. Andrew, já com a cabeça desanuviada após o esforço de pedalar, teria preferido ficar observando o amigo ali mesmo, da praia, mas Greaves o chamava para acompanhá-lo. E se Andrew se recusasse a entrar na água aquilo significaria um forte golpe na amizade entre os dois.

Ele tirou a roupa e entrou na água. Estava mais fria do que pensara, mais pesada. Ela o segurava e se acomodava à sua volta. Grudava em sua pele. Andrew alargou os olhos para mirar aquele vazio todo, onde nenhuma linha indicava a borda do mar nem a borda do céu, como se o mundo fosse um único elemento escuro. Ele não estava mais vendo Greaves em parte alguma.

Andrew chamou pelo amigo em voz alta, tentando primeiro um tom de voz empolgado.

– Greaves – ele gritou. Depois, com uma sensação de intimidade talvez não muito justificada: – Richard.

Quando não recebeu resposta, mudou o tom da voz; não foi algo que pudesse ter controlado. Virou-se para a praia, mas o mar não queria saber de deixá-lo sair. A água o agarrava pelo peito e pela cintura e laçava suas coxas com fitas impossíveis de cortar, densas e fortes. Andrew levantou os braços e, então, mergulhou as mãos de novo, para arredar a água para os lados, como se nadasse contra a maré, combatendo a potência, a força daquilo, *daquela coisa*. Perdeu a noção do tempo.

Greaves estava esperando por ele na areia, secando o cabelo com a própria camisa.

– Você está branco como um lençol – ele disse.

– Não sei nadar – Andrew vociferou, mas logo começou a rir, curvado para a frente, nu, com as mãos nos joelhos e o coração batendo furiosamente dentro do peito. – Pensei que não fosse conseguir sair vivo.

Greaves esfregou as costas dele com a camisa molhada até a pele começar a arder.

Desembarcaram em Cherbourg. Andrew não viu Spender durante todo o mês seguinte. Depois de uma marcha noturna cruzando uma plantação de nabos e carneiros descontentes, seu batalhão tinha sido alojado em fazendas ao redor de uma pequena cidade cujo nome ninguém sabia. Andrew ficou num celeiro com Davies, que não se afastava, e mais seis sujeitos do batalhão, acomodados em camas precárias montadas com sacos de feno. Embora esgotado, não conseguia pegar no sono. Ele sabia que logo mais seriam acordados para seguir viagem, ou para montar dois times e jogar futebol, porque tinham de se manter ocupados a todo custo. Deviam fazer qualquer coisa, menos pensar. No entanto, não se passava um único dia sem que pensasse em Spender, imaginando onde estaria.

Andrew saiu do celeiro e foi andar pela estrada que partia da fazenda, mas manteve o olhar sempre fixa na propriedade, até chegar numa cerca onde pôde se sentar. Do que ele mais gostava, sabia disso agora, era ficar sozinho. Nunca tinha entendido isso antes; foi um verdadeiro choque perceber essa verdade. Ficar sozinho, sossegado, com um cigarro e um livro. Tateando o Shakespeare em seu bolso, pensou em Greaves, que tinha se alistado na Marinha logo depois daquelas férias e não dera mais notícias. O navio de seu amigo fora enviado para a Noruega após a invasão dos alemães. Era muito provável que tivesse morrido. O que Spender tinha dito? Uma tremenda porcaria de uma história. A poucas milhas de onde estavam agora, Andrew tinha visto um caminhão queimado de cima a baixo; o motorista estava pendurado por um buraco que antes havia sido a porta, com seu braço esquerdo, preto e carmim, rasgado de fora a fora, como uma salsicha. *De seus ossos o coral é feito; Estas pérolas foram os olhos dele* [4]. Até isso seria melhor do que morrer afogado, ele pensou. Jazer a cinco braças de profundidade.

Dois homens e uma menina, num casaco grande demais para ela, passaram com malas, desviando o olhar dele, como se estivessem envergonhados do que faziam, ou com vergonha dele – Andrew não tinha certeza. Em seguida avistou alguns meninos conduzindo um jumento e uma vaca. Ele fechou os olhos, viu Greaves olhando firmemente para ele naquela última noite, como alguém condenado à morte. Não vou voltar, ele tinha dito.

Quando abriu os olhos, um segundo depois, Spender o observava. Estava em pé numa encosta elevada do outro lado da estrada, com uma expressão paciente, as mãos enfiadas nos bolsos, como se esperasse o ônibus. Andrew queria saber o que ele faria; sentia a garganta seca, a respiração suspensa.

Spender começou a rir, um sorriso lento que transformou seu rosto; então, tirou a mão, a direita, de dentro do bolso e fez um breve aceno, na altura da cintura. Por sua vez, Andrew estendeu o maço de cigarros, como se quisesse atrair uma criança ou um animal nervoso. Spender saltou sobre uma vala e correu para atravessar a estrada, na qual fugiam civis. Tropeçou numa mulher que puxava, com um cordão, um carrinho precário com um cesto grande cheio de galinhas. Andrew se endireitou para bater continência com a mão livre, mas Spender, olhando rapidamente ao redor, pegou o braço dele tal como fizera da primeira vez e balançou a cabeça. *Nós não precisamos disso.*

---

[4] *Of his bones are coral made; Those are pearls that were his eyes.* Como canta Ariel, personagem de *A tempestade*, em tradução livre da citação no original. (NE)

— E como vai *A tempestade*, Andrew Clough? — ele disse. Andrew sorriu, lisonjeado porque ele tinha lembrado o seu nome.

— Dissipada — ele disse. — Onde você foi alojado? — Spender fez um movimento com a cabeça na direção da estrada, do lado oposto ao do celeiro de Andrew.

— No prédio do cartório — e girou a mão num arremedo de mesura. — Com a esposa e as três adoráveis filhas do tabelião.

Andrew não respondeu nada, não tinha certeza do que deveria dizer. Deu uma olhada na estrada.

— Estou naquele celeiro — disse. — Pelo menos lá é seco.

— Vocês não vão ficar lá muito tempo — Spender disse. — Estamos em marcha, meu velho. Vamos deixar para os franceses toda esta maldita confusão. — Ele fez cara de sério, zangado. — Mas isso eu acho que você já sabia, não é mesmo?

Andrew fez que sim.

— Não que eu esperasse os portões do inferno — Spender disse —, mas tem algo de muito sujo em dar no pé deste jeito tão descarado.

— Portões do inferno?

Spender sorriu de novo.

— As Termópilas. Onde trezentos espartanos lutaram até a morte, sem arredar pé, para conter o avanço do poderoso exército persa. — O tom de voz dele era brincalhão, histriônico. Andrew nunca tinha ouvido um homem falar assim com ele antes. — De acordo com Heródoto, eram cinco milhões de soldados. O que, posso presumir, nos torna a todos espartanos. Ou tornaria, se tivéssemos resolvido ficar.

Andrew concordou de novo.

— T. S. Eliot — disse. E começou a recitar, com voz empolgada:

> Não estive nem nos portões do inferno
> Nem combati sob a chuva morna
> Nem afundei até o joelho no charco salgado, empunhando alguma coisa,
> Alguma coisa, alguma coisa, combati.[5]

---

5 *I was neither at the hot gates / Nor fought in the warm rain / Nor knee deep in the salt marsh, heaving a something, / Something something, fought.* Trecho de *Gerontion*, de T. S. Eliot. Esta edição emprega tradução livre da citação no original. (NE)

— Eu não sabia o que eram os portões do inferno quando li isso — Andrew revelou, sacudindo a cabeça como se afirmasse a própria ignorância. — Ficava imaginando do que se tratava. Não sabia a quem perguntar.

— Essa é a vantagem de uma instrução clássica — disse Spender, com uma sobrancelha arqueada. Os olhos dele eram castanhos, e Andrew achou que davam ao rosto do oficial um ar de estrangeiro. — Talvez a única vantagem. — Ele enfiou a mão no bolso. — Você deveria ler isto — disse.

Andrew pegou o livro da mão dele. Abriu. Na página esquerda o texto estava em grego; na direita, em inglês.

— É *O banquete* de Platão — Spender disse. — Acho que já rabisquei demais, mas tenho certeza de que você vai conseguir ler apesar das bobagens que escrevi. — Quando Andrew tentou devolver-lhe o livro, ele recusou.

— Não, não. Eu gostaria que você ficasse com ele.

— Obrigado — disse Andrew, guardando o livro no bolso. Em seguida instalou-se um silêncio sem constrangimentos; dois homens olhando com curiosidade um para o outro, na expectativa, foi o que Andrew pensou. O silêncio só foi interrompido quando duas borboletas vermelhas subiram da sebe onde tinham pousado e, batendo suas asas vermelhas e negras, dançaram por um instante sobre as cabeças deles dois, no que pareceu a Andrew uma espécie de bênção. Ele viu os olhos de Spender seguirem as duas borboletas e voltarem-se para ele, interrogando-o, sem pressa, como se não houvesse uma retirada em marcha, ou uma guerra.

— E o que você faz? — Spender perguntou. — Digo, quando não está defendendo a França contra as hordas persas.

— Trabalho num banco.

— Como o próprio Eliot.

— Sim — Andrew disse, e se surpreendeu quando acrescentou: — na chuva morna da filial de Worcester do Lloyd's — e depois ficou todo satisfeito ao ver como Spender se divertia com aquilo. Porque agora era a vez de Andrew falar de uma maneira que ele nunca tinha falado com alguém antes. Falar de livros, de si mesmo, como se essas coisas pudessem ser compartilhadas. Mais do que qualquer outra coisa, lembrava uma confissão. — Acho que eu era mais útil lá do que sou aqui.

Spender estendeu o braço e pôs de lado a franja que cobria a face de Andrew; depois, apoiou sua mão no lado da cabeça dele, acima da orelha, com seus dedos virados para a nuca de Andrew, formando uma espécie de berço. Andrew pressionou com força sua cabeça contra a mão daquele homem, do mesmo jeito que o cão acomoda seu focinho na palma da mão de seu dono. Quando Spender tirou a mão, a pele de Andrew estava quente.

— Nunca se sabe onde poderemos ser úteis — Spender disse.

De volta ao celeiro, os outros estavam sacudindo a palha para fora dos sacos, barbeando-se em água fria tirada de um balde. Notaram quando Andrew entrou, mas deixaram-no em paz. Estamos de partida, Davies disse, entrando às pressas. Andrew pensou onde ele teria ido. Davies se aproximou e falou com ele num tom de voz baixo, ofendido. Estava procurando você, disse. O sargento estava aqui agora mesmo, um velho branquelo daqueles. Falando do pior jeito possível. Disse que estamos sendo retirados neste minuto. É melhor você parecer vivo, seu bobão. Ele vai distribuir as suas tripas para serem usadas como ligas se lhe pegar sonhando acordado.

Quando saíam do celeiro, Davies o alcançou de novo. Amigo dos oficiais, agora, é, bobão?, ele disse naquela sua voz pastosa, em meio a dentes grandes demais para sua boca. Andrew se sentiu enjoado. Será que Davies tinha espionado? Não sei do que você está falando. Acho que sabe sim, Davies retrucou. Deu uns passos miúdos para a frente, depois voltou. Acho que você sabe exatamente do que estou falando.

Trinta e seis horas depois, fizeram uma parada forçada a menos de 20 quilômetros da praia, na estrada que levava à orla e que estava entupida de soldados e civis. Havia ambulâncias estacionadas no acostamento da estrada, a uma relativa distância de onde estavam eles. A coluna tinha sido bombardeada mais ou menos há vinte minutos, alguém contou, por um solitário bombardeiro de mergulho alemão. Eles iam ficar ali parados até que os mortos fossem recolhidos e os feridos, atendidos. Andrew seguiu até a vala para urinar. Abaixo dele, rodeado por amoreiras e tufos floridos, todos partidos, estava um menino morto, de camisa branca; não tinha mais de quinze anos, as pernas estavam esfaceladas, mas o rosto permanecia intacto, com os lábios quase sorrindo. Andrew se lembrou do rosto do menino afogado que tinha visto quando era garoto, inchado e descolorido pela água do mar. O cabelo inerte colado em sua cabeça. Ele se abotoou e saiu andando. Tojos castanhos, pensou. *Grandes urzais, tojos castanhos.*

Pouco depois, enfiou a mão no bolso e tirou o livro que Spender lhe dera; aquela era a primeira chance que tinha para dar uma olhada no livro, embora não tivesse pensado em outra coisa. Abriu na primeira página e encontrou "Toby Spender" escrito ali; ao lado do nome havia uma data. Fevereiro de 1933. Andrew prendeu a respiração, sentiu os olhos se arregalarem. Toby, murmurou. E de novo. Toby. Não conseguia se conter. A sensação que tinha era de que sua vida, seu coração e sua cabeça tivessem sido entregues incondicionalmente a Toby Spender, que devia estar com esse livro desde a escola, há sete anos, guardando-o para ele, carregando-o o tempo todo até que chegasse finalmente o momento em que o daria a Andrew.

Mais tarde, quando leu a parábola das esferas perfeitas, sobre como cada um de nós é metade de uma esfera em busca da outra metade, ele se questionou, naturalmente, o que lhe impedira de perceber na mesma hora. Era esse o sentido das palavras de Miranda quando disse para Ferdinand:

> Eu não quisera
> Nenhuma outra companhia no mundo além de você;
> Tampouco pode a imaginação formar uma imagem,
> Além de você, que possa agradar.[6]

O porto tinha sido bombardeado naquela manhã. Haviam sido instruídos para ir à praia do leste da cidade. O vidro quebrado se estilhaçava sob os pés das tropas, conforme iam marchando por ruas vazias até alcançarem as dunas, onde o vidro deu lugar à areia. Era como estar novamente em férias, Andrew pensou alucinadamente, exausto de cansaço, naquela mistura de expectativa e medo, à medida que o mar ia ficando mais próximo. Mas, entre ele e a água, estendiam-se dez mil, cem mil homens, cada um perdido nos demais, como se o mundo tivesse se desintegrado no caos.

Ele olhou além dos homens, na direção do mar, esperando ver navios. Mas só havia a branca extensão de água. Estava quase escuro agora, o canal parecia de vidro, cinza. Cá estamos nós, de novo, pensou.

Os malditos nos encurralaram, disse uma voz ao seu lado. Ele se virou e viu Davies. Eles vieram e se foram, os desgraçados; esses filhos de uma puta nos abandonaram, Davies disse e olhou para Andrew com desprezo, mas também com necessidade, como se Andrew pudesse saber de alguma coisa, ou possuir algo que talvez fosse útil. Tudo o que Andrew queria era se livrar de Davies e ir atrás de Toby, que seguramente também estaria por ali.

---

[6] *I would not wish / Any companion in the world but you; / Nor can imagination form a shape, / Besides yourself, to like of.* Trecho de *A tempestade*, de Shakespeare. Esta edição emprega tradução livre da citação no original. (NE)

Seguido por Davies, Andrew foi caminhando até a calçada. Eles vão nos deixar aqui para morrer, aqueles malditos, Davies disse. Chegaram a uma fileira de cadáveres arrumados sobre a calçada à frente deles: as cabeças viradas para a cidade, os pés, para o mar. Esquivando-se dos corpos, andaram até a praia. Eles nunca vão trazer navios até aqui, disse Davies, essa merda é rasa demais. Também não teremos nenhuma porcaria de jeito de voltar para Blighty. Andrew começou a rir. Ah, se isso fosse pelo menos verdade, foi o que ele pensou.

Ainda se passaram dois dias antes que os navios chegassem, sob um céu riscado por bombardeiros alemães. Andrew não conseguia se livrar de Davies. Quando deu um jeito de dormir algumas horas, Davies — sem as botas, que tinha amarrado pelos cadarços, com seus olhos melancólicos fixos em Andrew — estava ali no minuto em que acordou, com a comida que arranjara enquanto Andrew dormia. Pão, alguns pedaços de queijo, a carcaça de um coelho, que partiram com as mãos e engoliram com cerveja quente e azeda, cheia de areia. Atrás deles, subia do quebra-mar da cidade uma fumaça grossa que se perdia no negrume do céu. Davies ouvira que os barcos estavam chegando e agora estava mais animado. Eles vão nos levar de volta, ele disse, esfregando nas costas as mãos lambuzadas de gordura. Você e eu, juntos, ele disse, a gente vai se safar dessa.

Andrew ignorava Davies quase o tempo todo, os olhos vasculhando os homens por ali, conforme chegavam e saíam. Uma vez ele achou que tivesse visto Toby, mas estava enganado. Outra vez, convencido, saiu em disparada, com Davies tropeçando atrás de si, reclamando das bolhas nos seus pés. Nas praias, unidades de engenharia construíam cais com madeiras de caminhões abandonados, por onde as tropas subiriam nos barcos. Ocorreu a Andrew que talvez Toby estivesse naquele meio; então, foi abrindo caminho às cotoveladas entre os soldados apinhados como sardinhas, na tentativa de vê-lo, mas não deu sorte. Os homens se amontoavam nos cais vazios, prontos para embarcar.

Logo de manhã cedo, no segundo dia, Andrew, exausto, sentou-se num buraco raso cavado na areia e leu o livro que Toby lhe dera, com Davies ao lado, resmungando baixinho, tentando não dormir para Andrew não aproveitar a chance de escapulir dali. À meia-luz, protegido por uma capota de caminhão que ele e Davies tinham arrastado desde a estrada, Andrew leu o que o livro tinha a dizer sobre o amor e sentiu seus olhos turvos por lágrimas de gratidão. Ele sentiu como se cada palavra lhe desse forma e substância. Sentiu-se como aquele que se achava perdido no mar, mas que, ao acordar, viu-se em terra. Quando Davies enfim sucumbiu ao sono, Andrew deixou-o e foi em busca de Toby.

Então começou a retirada. Andrew entrou na fila com o resto dos homens, rumo aos píeres que haviam sido construídos na manhã daquele dia. Em pé, nas pranchas grosseiras que foram arrancadas dos caminhões e com soldados que o empurravam de trás e dos lados, ele girou a cabeça para trás, na direção da praia. Barcos pequenos de toda espécie, semivisíveis na luz do entardecer, iam e vinham entre os cais e os navios, que esperavam além da barra. Perigosamente perto da borda das pranchas instáveis, Andrew tentou não olhar para o mar, raso, negro e visguento por causa do combustível que o poluía. Vou esperar por ele, pensou, vou encontrá-lo de alguma maneira.

Quando um barco a remo repleto de soldados oscilou perto do píer, a poucos metros de onde ele estava, alguém se acotovelou para ficar ao lado dele e agarrou seu braço. Tem lugar naquele barco, Davies disse, como se nunca tivessem se separado. Andrew, para seu próprio horror, sentiu-se arrastado pelo píer e atirado para baixo, na água. Estavam presos entre o píer e o lado alto do barco a remo.

Agarre-se nesta porra de barco, Davies berrou dentro do seu ouvido. Não vai ser por muito tempo. Sufocado, Andrew sentiu algumas mãos estendidas para ele, puxando-o pela túnica, erguendo-o pela gola e tirando-o da água. Ele tinha enfiado *O banquete* no bolso de sua camisa, ao lado de Shakespeare, onde ficaria mais bem protegido. Ó, meu Deus, por favor, faça que ele fique seco. Seus pés tocaram o fundo, e isso lhe deu forças suficientes para se lançar no barco, despencando em cima dos homens que já estavam lá e que o xingavam enquanto abriam espaço para que ele se acomodasse. Quase sem fôlego, Davies deu-lhe alguns tapas nas costas.

Não vou perder você agora, ele resmungou, como se Andrew tivesse se tornado algum tipo de talismã. Aquelas palavras penetraram Andrew com a mesma aura irrevogável que teriam se ele as tivesse dito a Toby. Agora não, ele pensou. Agora não. Olhando fixamente de volta para a terra, para a praia, espremia os olhos no escuro para tentar discernir o único rosto que importava.

Ele ouviu Toby chamando antes mesmo de vê-lo. Ele ouviu seu nome sendo chamado da água. O barco em que estava em pé agora não poderia estar a mais de dez ou doze metros. Agora ele conseguia enxergar claramente o rosto tenso e branco de Toby, que vinha nadando.

Andrew estendeu os braços, gritou para os remadores que parassem. Estava a ponto de se atirar de novo na água, sem se importar com a profundidade, quando Davies o puxou de volta pelo casaco. Deixe ele lá, Davies disse, ele vai ficar bem. E então, para os outros homens a bordo, acrescentou: Aqui não queremos nenhum mariquinha, certo, rapazes? Andrew balançou, chocado demais, envergonhado demais para se mexer. Por um instante, pareceu que não enxergava mais nada, que tinha ficado mudo. Ele se virou para encarar Davies, cujo rosto estava a poucos centímetros do seu, aquele bafo azedo soprando no seu nariz; então, deu-lhe um empurrão enquanto berrava. Mas Davies agarrou o braço de Andrew e começou a se sacudir de um lado para o outro enquanto os demais riam. Andrew se debatia tentando se livrar, e Davies o puxava com mais força ainda para seu peito e o abraçava, enfiando sua bochecha no rosto de Andrew, dando-lhe beijinhos na orelha. *Tiptoe through the tulips*, cantarolou Davies. E teria continuado com aquilo se o mar atrás deles não fosse bombardeado por um avião. Estamos sendo atacados, disse um dos homens.

Quando enfim Andrew conseguiu se desvencilhar de Davies, Toby Spender tinha desaparecido.

Frequentemente, Andrew sonha que está em pé no convés de um barco. O mar à sua volta está liso e calmo, com um brilho metálico e duro. Ele vê a superfície da água fervilhar como água na panela logo antes de ferver, depois irrompem bolhas que sobem, crescem e se tornam as cabeças de muitos homens. Os mais próximos do barco erguem os braços todos ao mesmo tempo e os estendem na direção dele, chamando seu nome.

Ele nunca dorme além desse ponto. Fica deitado nos lençóis amarrotados de sua cama, até o coração parar de martelar; então, entra no banheiro, acende a luz. Olha-se no espelho sobre a pia e, todas as vezes com surpresa, nota que seu rosto está úmido. Sua garganta dói e ele se sente vazio, como se tivesse gritado por muito tempo.

Perdão, Toby, ele diz.

CHARLES LAMBERT

O romance inaugural de Charles, *Little Monsters*, foi publicado em 2009 pela Picador. Um conto mais recente apareceu na antologia intitulada *New Writing 15*, do British Council/Granta.

A ILHA

Roger Hubank

Ela acabou voltando para casa, apesar do que sentia. Preferiu pegar o ônibus intermunicipal, na esperança de que a longa e lenta viagem lhe desse tempo para pensar. Porém, quando enfim entrou e se sentou, ficou ali, passiva, a mente em branco. Havia até mesmo algo de tranquilizante, de sedativo, em se deixar levar. Entregando-se ao que conhecia e sabendo o que viria em seguida.

Os quilômetros iam passando, deixando fazendas prósperas para trás. Viam-se cercas vivas verdes e floridas.

Depois, a zona rural de colinas ondulantes. Região de pequenos lagos, cujas colinas saíam da água como ilhotas de costas arredondadas. Estradinhas sinuosas. De vez em quando, um acolhedor ajuntamento de carvalhos e plátanos, uma casa de fazenda, baixa, caiada de branco, e uma faixa preta como alcatrão protegendo seus alicerces. Portas em cores vivas. Batatas e aveia em torno dos charcos.

Mais a oeste, a terra caía naquela conhecida desolação. Espaços ermos, com lodaçais e urzes. Trincheiras encharcadas onde o mato tinha sido podado. Paredes e telhados em ruínas, testemunhas da história difícil de um distrito que oferecia pouco mais do que os pesqueiros e as gangues de estrada. Havia a terra pedregosa e o mar.

Em Drumbeg, mudando para o ônibus urbano, Caitlín O'Malley mais uma vez se perguntou por que ela sempre era atraída de volta. Aquilo estava martelando na sua cabeça há dias. Era uma coisa que ela fazia todas as vezes. Todo ano, a mesma coisa, apesar de o rancor ser cada vez maior, conforme ia ficando mais velha. E ela não conseguia explicar para si mesma por que cedia. Essa coisa de venerar os mortos. Do lugar de onde ela vinha, o sujeito descia da bicicleta, tirava o boné e ficava parado em pé à beira do caminho se estivesse passando um féretro. Era ao morto que prestavam a homenagem? Ou se tratava de algo ainda mais profundo, entranhado nos ossos? Hugh James, seu avô, costumava dizer que não era por acaso que alguém nascia em Inishmor, em vez de vir à luz no continente. Ele dizia que aqueles cruéis e impiedosos ancestrais, os quais tinham dado à ilha seu formato, haviam moldado o destino de mulheres e homens nascidos ali, e também o fizeram com os filhos de seus filhos. Seu avô adotava o mesmo fatalismo de toda aquela geração.

Não, não, é a minha vida, ela costumava dizer para si mesma. *Faço com ela o que eu bem entender.* Porque, senão, ela não era nada.

Entretanto, sua vida também era uma história que começava dentro de outra, mais antiga, e em torno de todas as histórias que rodeavam o mar envolvente.

Já para os lados do ocidente, os céus estavam começando a abrir. Na altura das terras de Delaney, no topo da ravina, os carneiros pastavam à vontade. Mickey Delaney sorria de orelha a orelha, com a mão no alto, acenando de volta, retribuindo o cumprimento que ela lhe oferecera através da janela.

O grande celeiro deve estar cheio de carneiros, ela pensou ao notar os cercados lotados de ovelhas andando em círculos. O ar se enchia com os balidos ansiosos dos animais.

Agora o ônibus estava dando a volta pelo alto do lago. Então, com uma mudança de marcha para dar mais torque ao motor, começava a subida pelas curvas da serra. Lá no alto, sob uma tênue camada de neve, com o sol de inverno baixo no céu, o olho acostumado àquela paisagem conseguiria discernir as linhas de antigos campos e muros. Habitações que tinham mais de mil anos. Fortes, túmulos de pedra e tumbas altas de uma cultura que já era antiga antes de Cristo ser crucificado.

Quando o ônibus enfim venceu um trecho talhado na rocha, veio a primeira visão das ilhas. Inishmor. Inishbeg. Pedaços de malaquita num mar de pérola cintilante. Nunca foram reais de verdade.

O ônibus foi para o acostamento e parou com um longo chiado dos freios. Era a parada não oficial para turistas. Hoje não havia mais do que três ou quatro. Saíram todos juntos; Willie Roche saltou do táxi e deu a volta para cumprimentá-los. Ela o viu apontar e gesticular, despejando as histórias nos ouvidos dos visitantes enquanto estes ajustavam seus binóculos, contemplando as ilhas. Em geral, ficavam decepcionados. Raramente havia alguma coisa para se ver.

Enfim, puseram-se novamente em marcha, descendo a montanha. Lá embaixo, vislumbrava-se um tabuleiro de pequenas áreas cultivadas em vários matizes. Casas brancas estavam espalhadas a esmo, castigadas pelos ventos do Atlântico. Agora, cenas familiares começavam a surgir, para dar-lhe boas-vindas à margem da estrada. Uma velha cabine telefônica invadida por uma árvore. Um abrigo abandonado. Uma carroça distribuindo esterco numa plantação. Um homem andando atrás da carroça, rastelando, espalhando o adubo.

Num lugar onde nada muda, ela de repente percebeu que o passado e o presente são uma coisa só.

Num único ano, Kate havia passado por mais mudanças do que seu pai havia experimentado a vida inteira.

No começo, tinha sentido uma tremenda falta de casa. Durante todo o primeiro período, sentiu-se órfã. Sentia saudade do padrão xadrez dos pequenos campos arados. Das paredes de pedra seca. Das terras pantanosas estendidas até as montanhas distantes. Sentia falta das marés altas e baixas. Da espuma branca e cremosa que as ondas produziam ao bater nas pedras lisas. Percebeu que era capaz de visualizar cada pedra e cada árvore que havia perto de sua casa. Até as pessoas que lhe acenavam, quando passava por elas de ônibus. Não era como na cidade, onde as emoções eram fugazes, e as pessoas, competitivas. Rápidas no raciocínio, línguas afiadas. Ah, e audaciosas. Uma moça criada no interior, como ela, vinda de um lugar antiquado, não consegue se acostumar aos olhares despudorados dos trabalhadores que ficam assobiando quando ela passa. Os motoristas de caminhão que buzinam para ela na rua.

Mas, se Kate O'Malley não tinha noção do quanto era atraente, outras pessoas tinham. P. J. Byrne, professor primário e estudioso da língua local, lembrava-se da pequena Cáit Ní Mháille como uma criança dotada da beleza elogiada pelos poetas de antigamente. Cabelos negros. Sobrancelhas negras. Bochechas da cor da dedaleira. Martin Lavery, que a via trabalhando atrás do balcão do bar de Quinlan, achava que aqueles anéis de cabelos escuros lembravam cachos de uva. Cachos de uva caindo dos dois lados do rosto.

O pai nunca a olhava, mas via nela, com um aperto no coração, o lindo rosto de sua falecida esposa.

Foi Martin quem mostrou a cidade para ela. Numa tarde de outono, eles foram caminhar ao longo da barragem. No Cais dos Mercadores, ao lado do Monumento, toparam com um velho louco. Uma figura conhecida na cidade, Martin lhe dissera. O velho fuçava as latas de lixo. Às vezes, as crianças o perseguiam.

Naquele dia ele estava conversando com as gaivotas. Distribuía migalhas, o tempo todo cantando alto, ao modo dos bardos.

O dia estava tempestuoso. Um vento salgado subia do rio e açoitava as bochechas de Kate, trazendo-lhe o cheiro de casa.

Martin pegou a mão dela enquanto ouviam o velho cantar com a voz picotada pelo vento. As gaivotas, assustadas, voavam para longe.

Ele parecia fascinado com o canto do velho:

— O que será ele está dizendo?

— Está dizendo para as gaivotas que ele é o poeta Mac Grianna e que teve um amor. Ela o deixou por outro. Ele teve muitos filhos. Onde estarão agora?

Ela sentia sobre si o olhar de Martin.

— Você fala essa língua, então?

— Até os cinco anos eu só falava assim.

Com o primeiro dinheiro que ganhou, ela comprou uma cama de casal. Veio numa *van* que subiu a ladeira de sua rua; junto, um espelho de meio-corpo que achou numa loja de coisas de segunda mão, em Little Bolton Street. Era um espelho decorativo, com um decalque aplicado na parte de trás: uma camponesa espiava por debaixo de um xale; uma mão magrinha segurava as dobras do pano em volta do seu rosto. Essa era a imagem que Caitlín O'Malley mais gostava de fazer de si mesma, embora talvez ficasse constrangida se alguém sugerisse que a camponesa se parecia com ela.

Os dois sujeitos que ela contratou para carregar suas coisas pelo beco de Mercer's Court tiveram de fazer três viagens.

— Espero que essa coisa valha a pena — resmungou um deles, enquanto subiam as escadas com o colchão nas costas.

Ela não tinha experimentado a paixão antes. Tudo que conhecia era a eterna paixão de seu pai por um amor que há muito se fora: a mãe, de quem ela não guardava lembrança. Então, ficou muito surpresa ao perceber quanto a paixão a deixava faminta. Kate também descobriu a natureza solidária de uma cama quando há duas pessoas sobre ela. O que antes tinha sido uma cela estreita para sonhos solitários de repente se tornou uma encosta verdejante. Uma clareira. Um local para piqueniques. Lugar para refeições deliciosas e conversas divertidas, onde se podia comer, dormir, fazer amor, comer de novo, falar de todas as coisas que existem sob o sol.

Às vezes, Martin pedia que ela lhe contasse histórias. Contos de um lugar que há muito tempo sumira do mundo que ele conhecia, onde a natureza tolerava maravilhas consideradas impensáveis em qualquer outro local. Veleiros que singravam os ares, reinos que existiam sob águas ocidentais, peixes de dentes dourados, ilhas onde os cadáveres não se decompunham. Contos de santos irascíveis e moças perdidas de amor, batalhas travadas em meio a místicos nevoeiros, épicos duelos entre gigantes.

— Ahh, os homens de hoje não conseguiriam erguer os rochedos que aqueles heróis atiravam uns nos outros — ela provocava.

Dizia isso, virava-se de lado e aninhava-se na cama.

A casa de Kate ficava em Irrul, para citar o nome ancestral. Uma península remota, além das colinas cônicas de Bresna, no extremo noroeste. A estrada velha conduzia por uma trilha longa e cansativa em volta do lago Suibhne, depois ia até a costa e seguia por ali. Agora, uma nova e bela estrada contorna o lago, sobe a montanha e desce pela ravina. Quando a gente sobe a serra por esse caminho, enxerga lá embaixo, sobre as colinas, a pequena cidade de Skerryvore, aberta para o céu. Do nada, uma rajada de vento entra do oeste. Nuvens carregadas de chuva. Então, o vento rasga o céu, os raios do sol iluminam a colcha de retalhos dos pequenos trechos de terra lavrada, casas caiadas de branco, vales sombreados, colinas que se erguem livres sob o sol. Para além do promontório, como torrões de minério verde espigados no Atlântico, estão as ilhas de Inishbeg e Inishmor. Agora são desertas. Faz mais de meio século que ninguém mais vive em Inishmor, desde a enorme tempestade que destruiu completamente a frota de pesca, há muitos anos.

Os habitantes da ilha foram reinstalados no continente; o pai de Caitlín foi um deles. Naquele tempo ele ainda era bem pequeno. Mas continuava sentindo um imenso anseio de voltar às antigas terras. Todas as pessoas da geração mais velha falavam com saudade da ilha. Em nenhuma outra parte do mundo, ele costumava dizer, a água do mar era mais verde, nem as praias tinham areia mais fina, nem o leite das vacas era mais amarelo do que em Inishmor. Em nenhum outro lugar o orvalho que caía podia ser mais lindo. Todavia, apenas os mais idosos tinham verdadeiras recordações de como era a vida por lá. O que todos tinham era uma espécie de memória folclórica que falava das grandes tormentas de outono. Marés enfurecidas que rebentavam nos penhascos de Borra Head, sacudindo até a base da ilha. Os seixos da praia rolavam e chacoalhavam sem cessar, indo e vindo indefinidamente na marola do Atlântico. Os mais velhos contavam como as lontras desciam serpenteando pelas areias e então entravam na água vencendo a arrebentação. Como bandos de gansos deixavam o Ártico todo mês de abril, levando consigo seus poderosos grasnidos. O silêncio que deixavam para trás abria espaço para o canto das aves menores.

O tio de Caitlín, Tadhg O'Donnell, ainda tinha alguns carneiros em Inishmor. Da antiga vila tinha restado pouco mais do que paredes e empenas arruinadas, além do cemitério onde as corruíras bicavam as pedras em busca de aranhas. O mais estimado desejo de Tomás O'Malley era ser enterrado lá, ao lado da esposa.

Quando o corpo da mulher fora resgatado, ele a levara para seu descanso final entre as tumbas ancestrais do mausoléu dos O'Malley. Toda primavera, no aniversário do falecimento da esposa, quando as marés diminuíam e era possível aportar, ele ia até lá com um ramo de flores recém-cortadas para cuidar do túmulo.

Desde que Caitlín era bem pequena, ele a levava consigo em sua peregrinação anual. Ela pensava que aquela era uma tarefa muito melancólica. Mas ele parecia feliz de certa forma, com sua voz rouca de tenor misturada ao canto das cotovias e de outras aves, enquanto brandia sua foice.

Ela não guardava lembrança de sua mãe, que tinha se afogado nos rodamoinhos da maré que separava Inishmor de Inishbeg. Aquela perda envolvia um mistério que ela nunca fora capaz de desvendar. Às vezes, ficava alarmada quando percebia quanto da história mais antiga de sua própria vida permanecia em branco; seus primeiros anos eram pouco mais do que um fantasmagórico "eu" atravessando rapidamente aposentos vazios. Não tinha nenhuma lembrança de qualquer fato antes de seus três ou quatro anos. Ela sabia que sua mãe tinha sido levada e sentia medo de que o pai também a deixasse. Aquela ausência tinha criado em sua imaginação um espaço ocupado pelo horror.

Como todas as crianças de Skerryvore, ela crescera ouvindo a história de *An Cailleach*, que saía do mar para despencar com fúria sobre qualquer coisa que perambulasse por suas águas. A pessoa que fosse tragada por *An Cailleach* era sugada pelos círculos rodopiantes do mar e descia sem parar, centenas de metros até o fundo, entrando por um buraco que chegava até debaixo das pedras que formavam a toca daquela criatura.

Caitlín nunca tinha visto essa tal de *An Cailleach*. Mas às vezes, quando a maré da primavera varria a costa, vinda de oeste com a ventania que a seguia, ouviam-se guinchos e uivos que atravessavam aqueles 10 quilômetros de água como se fossem os cães do inferno desembestados.

Conforme crescia e deixava seu pai ocupado com suas próprias coisas, ela costumava perambular sozinha pelos arredores, às vezes indo até o alto de Borra Head para contemplar o estreito na direção de Inishbeg. Vinham as ondas que se chocavam com a água da maré da direção oposta, e as ondas cruzadas se desmanchavam em cristas reviradas e remoinhosas, como cavalos brancos que pareciam empinar para o oeste.

Mil e seiscentos metros de águas turbulentas separam Inishmor de Inishbeg. As correntes marítimas percorrem o estreito, de leste, na vazante, e de oeste, na cheia, a uma velocidade de oito nós ou mais. A camada mais funda das águas se agita e espuma com turbulência cada vez maior conforme a corrente vai ganhando força. Em regiões profundas, longe da superfície, um caótico fundo do mar – com bancos de areia e vastos buracos entre formações rochosas irregulares – provoca numerosas torrentes e correntezas fortes. A mais dramática dessas características submarinas é um abismo muito fundo que desce acentuadamente em volta da plataforma continental. O mar afunda nessa falha e depois sobe e se espalha ao longe, causando deslocamentos ascendentes e correntes contrárias que se formam e se dissipam numa incessante disputa com a corrente principal.

O estreito fica o mais perigoso possível quando entra uma ventania de oeste em cima de uma maré grande. À jusante do abismo, uma grande saliência submersa mostra seu dorso em meio à corrente principal, causando violentos jatos de água que irrompem da superfície em ondas arrastadas para longe, na direção oeste, pelo fluxo da maré, ondas essas que se dissolvem em diversos cursos de água, que se fundem uns nos outros, formando os rodamoinhos que dão fama ao estreito. Um pouco a oeste da saliência se forma o mais impetuoso desses rodamoinhos. Quando entra uma borrasca de oeste, pode se formar um verdadeiro paredão de água branca, de tão espumante, o qual chega a alcançar vários metros de altura. É isso que o povo de Inishmor chama de *An Cailleach*.

Não havia marujos mais valentes que os nativos da ilha. Em seus ossos e tendões, acumulavam séculos de experiência. Mesmo assim, temiam *An Cailleach* e sempre a evitavam.

Se tentavam cruzar o estreito para ir às áreas de pesca, ou voltar delas, somente o faziam quando as águas estavam calmas ou era época de maré de quadratura. Mas nunca iam livres de ansiedade, pois a noção do perigo sempre estava presente; os intervalos seguros eram breves, e qualquer erro de cálculo, mesmo que só por uma questão de minutos, poderia custar o preço de algumas vidas. E eles nunca pescavam no estreito propriamente dito.

Na época de Tomás O'Malley, as embarcações de madeira revestidas com peles de animal ou lona alcatroada já tinham sido substituídas por pequenos e modernos barcos de madeira com motor de popa, que levavam os pescadores em busca de lagostas e caranguejos, muito abundantes entre os recifes próximos da costa. Mas o antigo tabu continuava valendo. Os homens de Skerryvore não pescavam no estreito.

No dia seguinte, Caitlín se viu instalada na popa do barco de madeira de seu pai, cruzando até o outro lado da baía. A manhã estava brilhante. O sol dançava à tona da água. A luz atordoava. Sentada em meio ao rugido da água espumante e aos gritos das gaivotas, e com o rosto salpicado pelo borrifo da água salgada, ela se rendeu à sensação inebriante da antiga empolgação. Nunca a morte tinha sido tão secundária, tão deslocada. O ar vibrava com vastas correntes de energia que fluíam livres, indo em todas as direções, injetando vida nos céus e no mar. Bandos de alcas em busca de alimento iam e vinham à beira d'água, acompanhando o movimento das ondas, mergulhando quando uma ondulação se retirava. Uma vez, a cabeça cinzenta e lustrosa de um desses animais rompeu a superfície da água para olhar Caitlín O'Malley de perto, como se cantasse uma antiga canção de boas-vindas daquelas ilhas. A canção do exílio, que Kate costumava cantar para Martin:

> Leve como um cisne na água,
> Agora a tristeza é uma estranha,
> O espírito salta alto de alegria.

Então seu pai desligou o motor. Foram boiando até o atracadouro, em meio a um emaranhado de coletores de ostras.

Como não desejava se permitir engolfar pelas sombras que descem sobre o pai, ela o deixou ao pé do túmulo. Saiu caminhando por uma trilhazinha estreita que seguia uma antiga vala escavada entre carriços e juncos. Aquela trilha ela conhecia desde pequena. Agora não era mais do que o caminho de algum animal. Cheio de mato. Sob os pés, a terra afundava, fofa. As águas do riacho escorriam impetuosas. Grama, juncos e relva alta corriam com o arroio. As margens estavam repletas de uma linda profusão de flores selvagens. Candelária, flor-de-cuco, cachos de flores brancas, rosas e roxas, outras, pontiagudas, de tom alaranjado intenso. O ar doce. Úmido.

Aos poucos, conforme seguia andando, os aromas e sons de verões remotos terminaram por inundá-la. Ela se sentia uma criança de novo, deitada na cama, tentando ouvir o pio das codornizes. Como uma rolha, seu pai costumava dizer. Uma rolha dura, puxada de uma garrafa de cerveja, com força. Apesar de nunca a gente ver isso. Na primeira vez em que ela esteve fora de casa e ficou doente de saudade e de vontade de voltar, era a lembrança dessa voz misteriosa que mais lhe fazia lembrar-se de tudo aquilo.

Ela continuou andando, abrindo caminho por um túnel de juncos e carriços altos. As lembranças dos seus lugares de infância vinham-lhe intensas. As imagens tornavam a surgir muito nítidas, vívidas, como se tivessem acabado de acontecer. Viu um campo coberto de grama verde, macia como um lenço, e um braço de mar agitado. Os dois se fundiam. Então, em sua imaginação, ela vislumbrou tudo. A cena inteira. A ponta de terra abalada até o fundo de sua base rochosa, expulsando para o alto o aclive de seu topo verdejante. As ondas fustigantes subiam e escorriam de volta. Um lugar de dar medo. Um lugar para nunca se chegar perto, seu pai tinha dito.

Seus primos não tinham medo de nada. Levaram-na até lá. Ela os via agora, através da distância dos anos. Liam. Francie. Calças *jeans* cortadas nos joelhos, galochas. Cabelos cortados à faca, pela mãe, perto da porta da cozinha.

A maré estava baixando. Rochas lisas começavam a despontar, formando um caminho que cruzava o piso inclinado até um grande rochedo, separado do pontal por um canal raso, pelo qual, sempre que uma onda rebentava contra o pontal, o mar corria ligeiro e espumava, espalhando nuvens de borrifos. Eles disseram que era *An Cailleach*. Saltaram sobre o canal, desafiaram-na a vir atrás. Então, morta de medo, com Liam e Francie gritando para dar-lhe coragem, ela correu desabalada e saltou, imediatamente antes da onda. Ficou ensopada com o borrifo.

Com as mãos presas umas nas outras, subiram rastejando pelas pedras pontudas enquanto o mar lambia e tragava as rochas, uns 30 a 60 centímetros abaixo de onde estavam, em ondas arredondadas que desciam para o mar. As pedras por ali eram tão recortadas e sulcadas que era possível escalar pelo paredão até uma bacia funda escavada na face maior do próprio pontal.

Enquanto seus primos gritavam e iam escalando bem mais alto, ela se acocorou apavorada num recuo da rocha, aterrorizada demais para se mover e hipnotizada pelo incessante movimento das ondas que quebravam em todos os lados de uma pedra pontuda destacada à tona da água. No fim, Liam teve de ir pedir ajuda ao tio Tadgh. O tio colocou Caitlín nas costas e saltou entre os jatos esparsos da água do mar; ela manteve o rosto enterrado na nuca dele.

À frente dela, um chape repentino e macio. Algum bichinho afundando na água do riacho. A correnteza estava ficando mais forte, escorrendo e formando remansos mais escuros, turfosos, para depois se soltar entre margens formadas pelas rochas, até alcançar uma pequena enseada.

O vento que soprava do mar provocava grandes ondas de rebentação que explodiam na areia. Com botas emprestadas, Caitlín escorregou sobre as pedras. Aqui estava, finalmente, a praia de areias negras como carvão. Outra coisa maravilhosa. A areia preta. As pedras pretas e molhadas.

No mesmo instante, o vento passou a açoitá-la, mordendo-lhe o rosto e castigando-a através do casaco fino que ela usava.

Ela retomou o caminho seguindo uma linha melancólica de refugos trazidos pelo mar. Caixas quebradas. Pedaços de cordas. Coisas de plástico. Contêineres. Talos de algas e irreconhecíveis restos de couro. Latões corroídos por parasitas do mar.

O pontal já estava quase praticamente amputado. A maré corria encobrindo a área achatada. O mar devorador expelia imensas nuvens de água borrifada contra a parede côncava.

E ali estava. Um dedo tenebroso de rocha desgastada, mal equilibrado em sua plataforma. Seu ápice faiscava como uma joia acessível somente na imaginação de uma criança.

A uma distância de cerca de 100 metros à frente de Caitlín, a linha dos penhascos começava a subida até Borra Head. Ali a praia preta terminava em rochedos de basalto negro, gotejantes por toda a eternidade. Alguns heliântemos. Tufos de grama, verde sobre preto, inclinados ao vento. Nos minúsculos terraços em declive, muito acima dos rochedos da praia, os carneiros de seu tio, Tadgh O'Donnell, pastavam placidamente a relva. Na parte alta da praia, uma foca trazida pelo mar se estendia na areia, cheirando mal.

Caitlín se virou em direção contrária à praia e começou a subir pela encosta, cortando caminho pela velha área de plantio, rumo às casas destruídas que ainda estavam fincadas no alto da colina. Aquela parte toda era uma desolação só. Como um lugar onde a vida tivesse fracassado. Madeiramento podre. Telhados caídos. Areia depositada em aposentos vazios. Ecos de dores antigas ainda vibrando nas arestas duras, nas pedras reviradas.

Vinte barcos tinham saído naquela noite. Seu avô Hugh James e o irmão dele, Dessy, estavam entre os homens que se lançaram ao mar. O barômetro tinha descido bastante, mas mesmo assim eles zarparam. *E por que a gente não iria?*, ele costumava dizer. *O dia tinha sido bom. Sem vento. Mar calmo.* Depois de uma única rede de cavalas, Hugh James voltara. Ele sempre dizia que um tipo de instinto tinha-lhe dado o aviso. Ele gritou para os outros, para que fizessem o mesmo. A meio caminho da volta da área de pesca, a tempestade se abateu sobre eles, quando era noite ainda. Em Inishmor as pessoas acenderam fogueiras para mostrar-lhes o caminho de volta. Dessy perdeu os remos, e, por isso, Hugh James teve de remar pelos dois. Voltaram a salvo para casa. Foram dos poucos que conseguiram chegar com vida.

Ela passou pela frente de soleiras desoladas, pensando nos invernos ali, quando todo contato com o mundo exterior era interrompido, quando os doentes não tinham médico, nem os moribundos, um sacerdote; quando nada que fosse necessário podia ser obtido no continente sem que a própria vida corresse risco. E, em torno disso tudo, a grande moldura do mar em sua vasta indiferença.

Ela pensou nas antigas histórias e canções, as quais remexiam eternamente os ossos de uma coisa que jamais poderia obter seu descanso, porque o mar nunca mudava. Durante séculos a fio, os homens de Inishmor enfrentaram com bravura sua sorte no *fág*. Ou desceram a seus túmulos aquáticos. Ou foram levados pelas águas até a praia. Foram depositados na terra vermelha. Uma mão fria sobre todos eles. Esse era o preço cobrado. O padrão da vida de todos eles.

Poucos dias após aquele desastre, Hugh James foi novamente para o mar. Era só o que ele conhecia. A pesca e o mar. *Vivemos do mar*, ele costumava dizer. *E o mar, de nós*.

Um sopro de vento a enlaçou, varreu-lhe o cabelo e rodopiou em seu rosto. Caitlín O'Malley trouxe os ombros para frente. Pensou no pai, cuidando do túmulo. Ela não tinha passado a infância inteira ouvindo-o contar as horas que ainda faltavam até ele poder descansar para sempre ao lado de sua amada? *E não é sempre uma pobre órfã a criança fruto do amor?*, sua avó dizia, buscando consolá-la, enquanto a embalava no colo.

Ela andou mais um pouco até o antigo cemitério, vencendo tufos de samambaias e torrões de erva-de-santiago. Roçando em amoreiras silvestres, ela escalou uma parede desmoronada. Ali, no recôncavo da parede, bem escondido pelas samambaias, estava o antigo túmulo dos O'Loughlins, senhores de Irrul. Quando era pequena, ela costumava brincar ali com Liam e Francie. De quatro, apoiada nas mãos e nos joelhos, ela mal ousava espiar por entre as lápides rachadas para ver o que a escuridão lá do fundo escondia.

Passou ao largo de pedras desgastadas, fustigadas pela areia, com inscrições há muito tempo apagadas. E encontrou seu pai recolhendo as ferramentas.

Ele parou, olhando para o trabalho manual recém-concluído, e suspirou.

– Ah, a ferida não fecha nunca, Caitlín. Deus a mantém aberta. É muito difícil. Mas também é uma consolação. Mantém o amor vivo. E as lembranças podem ser uma alegria.

Ele sempre escondera dela aquelas memórias. Ela o imaginava trazendo-as para fora, de tempos em tempos. Esfregando a mão em cima delas. O tesouro que mantinha escondido. Guardado para si próprio.

E será que eu não poderia ter enchido esse buraco?, ela queria gritar para ele. *Você tinha uma filha para cuidar... para amar... a filha dela.*

Ela se curvou para frente, arrancou um talo de grama para olhá-lo mais de perto, girou-o entre os dedos.

— Ela se afogou no rodamoinho — disse, virando-se para olhar para ele.

— Sim.

— Eu costumava sonhar com *An Cailleach*.

— Você nunca me contou.

— Não.

O rosto dele ficou todo preocupado, de repente. Ela continuou:

— Ela costumava aparecer na forma de uma velha que ficava em pé na frente da minha cama. Eu sabia que ela estava esperando por mim.

Ele começou a amarrar uma espécie de pano em torno da lâmina de sua foice.

— Dizem que toda imagem tem uma história para contar, Caitlín. Com a gente, são as nossas histórias que refletem uma imagem do mundo.

Endireitando as costas, ele suspirou e disse:

— O mar é um lugar de caos. Não é possível controlar as coisas no mar. O que mais são as velhas canções e histórias além de maneiras de nos ensinar o que precisamos saber?

Ela levantou os olhos, encarando o pai, e perguntou:

— Por que vocês foram até lá?

— Por que os jovens fazem coisas idiotas, perigosas? Talvez eu quisesse mostrar para sua mãe que belo sujeito era o marido dela.

— E ela não sabia?

— Talvez o ignorante fosse eu. Eu não sabia o que era.

E foi assim que ele começou a contar para ela aquilo que ele nunca conseguira mencionar antes. Que ele tinha saído na maré baixa, com o mar parado. Que Mairéad tinha ido com ele, para ajudar a espalhar uma fileira de cestos de captura nos recifes que ficavam do lado de dentro do estreito. Ali havia muita lagosta. Todo mundo sabia. Então, por que não pescar naquele lugar?

Mas ele tinha calculado mal o tempo. Não demorou muito e a corrente tinha virado para o norte, entre o continente e Inishmor. Para uma maré morta, era uma corrente muito forte, e sua força ainda aumentou quando chegaram perto do pontal. Assim que contornassem aquela ponta de terra, a intenção dele era se manter bem perto da costa, na direção da ilha Shark. Mas a corrente mudou de norte para noroeste, impedindo-o de manter o curso. Volumes inesperados de vazantes de forte empuxo começaram a girar do lado deles, num péssimo presságio do que vinha pela frente. A corrente de oeste tinha começado a encher o estreito. Logo estavam corcoveando pelo *fág*, para cima e para baixo, lançados para todo lado; a lateral inteira do barco saía da água e era empurrada para a direita pela força da corrente. Em poucos momentos, entraram no primeiro rodamoinho; o pequeno barco girou praticamente em torno do próprio eixo, derrubou Mairéad, e depois se endireitou, enquanto ela era levada embora pelas águas. A lembrança de seu rosto branco, suplicante, ainda estava viva na memória dele.

Naquela noite, ficaram bastante tempo sentados à mesa do jantar após a refeição. Tomás O'Malley falou da esposa, amada por todos que a haviam conhecido. Do que ela havia significado para sua vida e do que sua perda tinha levado embora. Ele lhe elogiou a beleza, o cabelo escuro e os olhos verdes, como o próprio mar. Falou de sua grande força interior.

– Se ela tivesse vivido, teria sido uma força para você, Caitlín.

Era mais de meia-noite quando foram se deitar. Caitlín beijou o pai antes de ir para o quarto dela.

A filha do amor, sua avó tinha dito. Ela pensou em sua mãe. Uma moça com a mesma idade que ela tinha agora. E em seu pai, a quem a mãe amava, como *ela* amava Martin.

Às vezes, depois de fazerem amor, ela ficava deitada sonhando, sem saber mais onde ele terminava e ela começava. Os braços dela em volta dele. Os dedos dela passando pelo cabelo dele. Não existiam mais limites na superfície do corpo de Martin. Ele fluía para dentro dela.

Amar, ser amada. Isso era vida feliz, fossem quais fossem as misérias do mundo.

As lembranças podem trazer alegria... Embora isso fosse pouco para sustentar uma vida inteira pela frente.

Por que ele não conseguia deixar isso para trás? Seguir adiante com a própria vida. Começar de novo.

Mas, ao se lembrar do jeito como a expressão dele se abateu assim que acabou de contar a história, ela soube que ele nunca seria capaz de superá-la, e que, na cabeça dele, nunca deixaria de ser o homem que tinha achado uma pérola muito valiosa e a havia perdido. Desperdiçado.

Os olhos dela se encheram de lágrimas. Pela mãe que nunca conheceu, pelo pai que nunca lhe fora devolvido. Lágrimas pelo que tinha e pelo que perdera.

E ali ficou sentada, na beirada de sua cama, ouvindo um som distante e rouco. Suave, mas bem conhecido. E outra vez. Um *crrek... crrek...* repetido, pousando sobre o silêncio da noite. Era a codorniz, a ave de casa, chamando de seu lugar secreto.

Balançando-se para frente e para trás, Caitlín O'Malley começou a chorar.

ROGER HUBANK
Roger já foi agraciado com o Boardman-Tasker Prize e com o Grande Prêmio do Júri da Festa Literária de Banff Mountain. Seu romance, *North*, sobre a fracassada expedição de 1881 a Lady Franklin Bay, no polo norte, foi descrito pelo *The Observer* como possivelmente "o primeiro grande romance histórico do século XXI".

Manual do convalescente

Evie Wyld

Enquanto estiver visitando seu ente querido, sugerimos que você mantenha a calma e transmita apoio ao paciente. Olhe-o nos olhos, encoraje-o. Não tenha receio de tocá-lo.

Voltar da anestesia foi como sair do mar. Fiquei oscilando na superfície, queria beber alguma coisa. Eu poderia ter dormido muito mais, mas meus pais estavam lá e queriam que eu despertasse. Minha mãe estava da cor de peixe salgado. A boca do meu pai parecia colada enquanto ele falava, como se seus lábios tivessem permanecido fechados durante muito tempo. Fechei os olhos, mas ainda podia sentir a presença deles ali, debruçados sobre mim como duas garças desengonçadas. Quando abri os olhos de novo, minha mãe colocou a mão no meu punho.

Em casa, tirei as ataduras e fui para o espelho olhar o corte. Pontos com fio cor de crina de cavalo corriam da base da minha garganta até o buraco debaixo das minhas costelas, como um longo ouriço-do-mar.

– Você não deve tirar a atadura – aconselhou minha mãe, que me trazia uma bandejinha com melão fora da estação. Ela enfiou um termômetro na minha boca.

– Deixe o médico cuidar disso. Não fique cutucando, tá bom? – ela disse, como se estivesse espiando.

Ela olhou para mim e eu balancei levemente a cabeça.

– Estou cansada – eu disse.

– Então, querida, durma um pouco.

Concordei com um aceno de cabeça, como se já não tivesse tido aquela ideia. Meu quarto estava frio, mas deixei a janela aberta. Não muito longe, eu podia ouvir o mar, farfalhando como folhas.

No tipo de incisão tradicional, fios de aço potentes são usados para suturar o esterno. Depois, o peito é fechado com pontos internos especiais ou com pontos externos comuns.

Da minha janela, eu enxergava a praia se estendendo na direção da ponta mais ao norte da ilha. Puxei as cobertas até em cima e me sentei na cama, para desenhar. Primeiro, tentei desenhar o mar, mas não havia por onde começar. Eu não sabia delimitá-lo direito e, quando olhei melhor, ali não parecia ter nada para se desenhar. Enchi a página com a cor cinza, e ela ficou parecendo uma página cinza.

Durante algum tempo desenhei os meus dedos e depois os meus pés – tentei desenhar meus pés uma vez por dia, mas isso me entediou. O corte no peito me apertava se eu pensava demais em outras partes do meu corpo. Eu engolia os remédios que a minha mãe me trazia, e às vezes cochilava de olhos meio abertos. Depois de algumas semanas, saí da cama e fiquei subindo e descendo a escada. Não demorou muito e voltei para a escola; primeiro, durante metade do dia, depois, o dia todo. Uma vez, na primeira semana em que eu deveria passar o tempo todo na escola, apoiei a cabeça na carteira e agarrei a parte da frente da minha blusa, como se puxasse minha pele junto. A professora me mandou de volta para casa, com medo que o meu coração explodisse para fora do peito. Fui para a praia e fiquei procurando conchas de caurim; depois de encher um baldinho, desisti. Deixei a pilha arrumadinha na beira da água e tirei os sapatos. Fiquei em pé, com aquela malha da escola, de lã azul, que fazia volume por causa das compressas sobre a cicatriz. Enquanto eu estava em pé na areia molhada, meus pés e minhas pernas pareciam apenas uma espécie de tronco que me grudava no chão. Uma gaivota voou sobre mim, indo contra o vento, sem avançar nem voltar, silenciosa. A gaivota apontou para o mar e eu olhei também. O horizonte era uma linha interminável, horizontal, e as fitas no meu chapéu escolar drapejavam ao vento. Senti uma coisa latejar dentro do meu peito, como se quisesse sair.

Se o esterno der a impressão de que está se movimentando, saltando ou rachando quando você se mexer, procure um médico.

Uma tarde, quando o céu estava fechado com nuvens de cor marrom, saí da escola outra vez e fui para a praia. Não tinha mais ninguém ali, nem aves, só o som abafado da neve caindo sobre a areia. O vento batia nas águas e produzia uma espuma de tom amarelo-pálido que cobria o branco da praia. Escrevi meu nome com um pauzinho e decorei a inscrição com um mergulhão morto que tinha congelado, formando um zigue-zague. Eu sentia a pele repuxando no peito, onde os pontos a faziam esticar. Mexi os ombros de um lado para o outro, só para sentir tudo repuxando.

Na primeira vez que o vi, pensei que Roderick fosse uma foca. O brilho escuro de sua roupa de mergulho corcoveava no dorso das ondas brancas. Ele parou na beira da água e soltou as nadadeiras, fazendo uns passinhos de dança para mostrar o frio que estava sentindo. Aquilo me fez sorrir. Continuei ao lado do meu mergulhão coberto de óleo e fiquei vendo-o se aproximar. Veio na minha direção, tirando a máscara até que ela ficasse no alto da cabeça, expondo um pequeno rosto rosado e a ponta de uma barba grande. Ele cuspiu e limpou a boca cuidadosamente com o dorso da mão.

– Tarde – ele disse, ainda chegando mais perto.

Respondi com um movimento de cabeça e esperei até ele chegar perto o suficiente para eu não precisar falar alto.

– O que você estava fazendo? A água deve estar um gelo.

– Nadando um pouco – ele disse. Então tirou toda a barba para fora do traje.

Leu o meu nome e viu o mergulhão.

– É seu o mergulhão? – ele perguntou.

– Não exatamente – eu disse.

– Você se importa? – ele apontou para o chão e eu apenas encolhi os ombros, incerta do que ele queria dizer. Ele recolheu o mergulhão e raspou a neve que tinha caído sobre o bicho.

– Ótimo! – ele disse.

Perguntei:

– Seus pés não estão gelados?

– Sim –, ele respondeu. – E você? Este não é um bom clima para se estar ao ar livre, só de camisa.

Tornou-se uma rotina. Esperar a chamada, sentada, e depois sair para respirar o ar marinho. Muitas vezes eu e Roderick ficávamos conversando algum tempo sobre o que o mar tinha trazido para a areia naquele dia. Eu esperava encontrá-lo. Ele nunca disse que eu devia estar na escola.

Eu estava tentando comer o almoço que minha mãe tinha preparado, uma mistura de milho miúdo, cenoura gratinada e folhas verdes, e Roderick coletava coisas que tirava das pedras, guardando ouriços-do-mar fedorentos e garrafas de plástico desbotadas dentro de uma sacola que se fechava com um cordão. Deixei a comida na areia e usei a lancheira para ajudá-lo a juntar coisas. Ele estendeu a mão para me mostrar uma casca branca de siri. Ela quase saiu voando, e ele fechou a mão de repente, para segurá-la.

— Caranguejo-fantasma — ele disse. — Toda vez que a gente acha que viu alguma coisa com o canto do olho, acaba descobrindo que se tratava de um caranguejo-fantasma. — Ele abriu a palma da mão e, dessa vez, a casquinha saiu voando.

Esvaziei a lancheira, que tinha puxadores em argola e linhas de pesca, dentro da sacola dele.

— Excelente. — Ele chacoalhou aquilo tudo, fazendo o material descer para o fundo da sacola. Abaixou-se para balançar e soltar uma luva velha que tinha ficado entalada numa fenda e, quando voltou a se endireitar, fez um barulho como se a luva estivesse pesada, um som de ar forçando a passagem por sua garganta.

— Faz tempo que você mora aqui? — perguntei a ele.

— Um pouco. — O borrifo da água do mar umedeceu a bainha da minha saia. Um caçador de ostras parou na areia, não muito longe de nós, e ficou encarando.

— Eu nunca lhe vi antes.

— Eu só costumo vir no inverno, ou depois que escurece... Por causa dos frequentadores...

— Eu não venho muito à praia. Não gosto tanto assim.

— Mas eu achei que gostava.

Fechei a boca com força, peguei uma garrafa de plástico azul e entreguei para ele.

— Linda! — ele disse.

A cabana dele ficava atrás das dunas. Era realmente uma cabana de praia; não servia para morar, ainda mais no inverno. Tinha um cômodo só. Um *freezer* horizontal, com uma geladeirinha ao lado, uma cama de armar, um pequeno aquecedor elétrico a bateria e um fogão a gás, de uma boca só. Isso tudo ficava no meio do cômodo, de modo que as paredes ficavam livres — e, cobrindo-as de cima a baixo, havia uma coleção de peças de lixo, algas e conchas, ossos de peixe e de outros animais, penas. O cheiro não era tão ruim como eu imaginaria se me contassem. Era um cheiro de gás e de botas de borracha secando, misturado com um leve odor de alcatrão e de casca de laranja.

— Você vive como uma sereia — eu disse, mas não estava certa de ter dito uma coisa educada. Ele não respondeu, mas sorriu e me ofereceu uma das laranjas guardadas numa caixa em cima da geladeira. Peguei a fruta e me acomodei no espaço que ele abrira na cama.

— Ajudam a melhorar o ar aqui dentro — ele explicou, enquanto eu começava a descascar. Ele pegou outra laranja e começou a furar uma parte da casca com os dentes da frente, depois cavou um buraco com o polegar. Ele chupou a fruta por esse furo, fazendo um bom barulho; depois, limpando a garganta, ele explicou:

— Nunca tenho unhas compridas o bastante para descascar laranjas, então...

Ele encolheu os ombros e continuou chupando o caldo.

— Você mora sozinho? — perguntei. Ele olhou em volta, para as paredes de sua cabana, e eu me senti idiota por ter perguntado.

— Rá! — foi a resposta dele.

Continuei colocando regularmente os gomos da laranja na boca, mastigando cada um seis vezes. Eu tinha receio de engasgar. Empurrei um pouco o peito para frente para sentir a pele repuxando.

— O que é que você faz lá na praia?

Ele se levantou, atravessou o cômodo até chegar perto do *freezer* e fez um movimento para que eu me aproximasse para ver o que havia ali. Estava cheio de aves mortas, todas com uma etiqueta na perna, pontuda e lambuzada.

— A cada seis meses vem um sujeito do continente e leva embora tudo isso. Olha uma coisa, esse aqui é o seu. — Ele levantou o mergulhão de pescoço torto e me mostrou. A etiqueta na perna do animal estava em branco.

— Por quê?

— Para saber quantas estão morrendo e por qual motivo. Nossa praia é como o ponto final para muitas correntes importantes. É uma praia significativa. Muitas coisas interessantes vêm parar nestas areias.

Você pode dormir de costas, de lado ou de barriga para baixo — isso não vai prejudicar o corte. Fique o mais confortável possível enquanto espera que o suor noturno seque.

Naquela noite eu sonhei que o mar tinha sumido. Que eu tinha ido até lá e ele havia simplesmente secado, e só tinham sobrado os peixes e os tubarões, todos afogados na lama, cadáveres sem braços. Fui andando e andando, com os olhos pregados no horizonte, esperando uma onda gigantesca. Pisei em grandes peças de roupa branca, em cavalos-marinhos, em gosmas de água-viva. Contra a linha do horizonte, vi Roderick. Quando o alcancei, ele estava sentado na areia de pernas cruzadas e não falou comigo. Os siris se aninhavam em sua barba e uma enguia estava refugiada na dobra do seu braço.

No momento em que acordei, o quarto estava quente e não havia o menor ruído do oceano. O suor me dava coceira. Levantei e descobri que minha mãe tinha ligado o aquecedor e fechado a janela; mas, mesmo com a janela aberta e o ar frio do mar em meu quarto, o sono ficou distante até a chegar inteira.

Chegou uma carta em casa denunciando que eu não comparecia à escola. Tive de me sentar à mesa da sala de jantar com meus pais e responder-lhes por que eu não estava assistindo às aulas.

— Eu não me sinto bem ainda — foi o que eu disse.

Eles não levantaram a voz, mas meu pai deu uns tapinhas leves no meu punho e baixou a cabeça para olhar em meus olhos.

— Você tem de ir à escola, querida — ele disse. — Deve superar isso. Você não quer repetir de ano outra vez, quer?

Eu disse que não, fazendo um movimento com a cabeça.

Mas à noite as minhas costelas continuavam estalando, e tinha aquela coisa que ficava me repuxando de dentro, como algo se estivesse desabotoando.

Você talvez perceba a presença de um inchaço ou um caroço no alto do corte no peito. Esse inchaço pode levar vários meses para desaparecer.

— Está vendo isto? — Roderick perguntou, perto da porta da geladeira, segurando uma tigela listada de azul e branco, coberta por uma toalha. Ele tirou o pano e me entregou a vasilha.

— O que você acha que é?

A vasilha estava cheia de uma pasta escura.

— Manteiga suja?

— Âmbar-cinzento. — Ele me olhou para verificar se eu tinha entendido, mas eu não tinha noção do que era aquilo. — Isso vale dinheiro. Realmente vale dinheiro.

— O que é?

— Tipo meleca de baleia. — Ele se aproximou, agachou entre os meus joelhos e apontou o dedinho para aquela coisa. Eu conseguia sentir o cheiro de querosene que subia da pele dele.

— Você está vendo esses pedacinhos de metralha? As lulas mordiscam essas coisas.

— Mas quem vai querer comer uma coisa dessas?

— Isso não se come; disso se faz perfume. Daqueles bem caros. — Tentei sentir o cheiro, mas ali da vasilha não saía quase cheiro nenhum.

— Eu podia vender isto aqui e me aposentar. Se eu já não fosse aposentado.

— Então, é vômito de baleia?

— Experimente. Esfregue nas mãos, mas só um tiquinho. Raspe com a unha.

Dava a sensação de graxa de sapatos fria. Pus a tigela no chão e esfreguei aquilo entre as palmas das mãos.

— Tem cheiro de mar — eu disse, aspirando o ar que saía das minhas mãos, sem saber que resposta dar ao certo.

— Bem, era de se esperar. Essa massa está flutuando no oceano há mais ou menos uma década. Por isso é que ficou boa desse jeito, escura.

— Entendi. — Na verdade eu não compreendi nada. Acho que não acreditei nele.

Fui para casa, o tempo todo cheirando as mãos, pensando que não podia haver alguém que quisesse comprar um perfume com o cheiro da cabana de Roderick. Mas fui pesquisar na enciclopédia e constatei que era tudo verdade mesmo. Pensei em todo o dinheiro. Pensei na baleia naquele passado tão distante, soltando aquela meleca, e a meleca dançando na superfície do mar, enquanto o bicho descia de volta para o fundo do mar. Tentei sentir cheiro de dinheiro e de baleia ali. Mas o cheiro era de uma pedra que o mar tinha alisado durante muito tempo. Pensei no que a minha mãe diria se me visse esfregando vômito de baleia nas mãos. Ainda tinha um pouquinho debaixo das minhas unhas. Imaginei que aquilo valeria um bocado de dinheiro. Tirei tudo com a ponta de uma lapiseira e raspei num bilhete de ônibus vencido; depois desabotoei a blusa. Nos pontos em que a cicatriz ainda estava cor-de-rosa, lambuzei um pouco daquela gordura e em seguida espalhei bem por toda a pele. Brilhava como uma serpente no escuro.

Você precisa procurar imediatamente um médico se tiver alguma das seguintes reações: ritmo cardíaco incomum e irregular, tosse expelindo sangue vermelho vivo, sangue vermelho vivo nas fezes.

Certo dia, tarde da noite, depois que o tempo tinha esquentado um pouco, mas não tanto que já desse para ficar sem chapéu e blusão, Roderick serviu duas canecas de rum espesso e doce. Sentamos na base de uma duna e ficamos assistindo aos últimos vestígios de cor que sumiam no céu e no mar. Ficamos contando piadas um para o outro, piadas ruins.

Roderick perguntou:

— Como você faz para pôr uma mulher gorda na cama?

— Não sei — eu disse, embora soubesse.

— É só dar a ela um pedaço de bolo.

— Ah, mamão com açúcar!

— Humm... Pode ser também!

Em algum lugar ao longe, um carro passou pela estrada, no morro, com a luz dos faróis iluminando fracamente a parte de trás da cabeça de Roderick. Depois o carro sumiu.

Então, do nada, Roderick começou a falar de si:

— Eu morei em outro país. Outro mar. Tive uma esposa. — Ele falava como se estivesse lendo alguma coisa em voz alta.

— É? — Aquele "tive" queria dizer *morta*, pensei.

— Éramos ricos. Eu mal sabia nadar, pra dizer a verdade.

Ele tornou a encher sua caneca e me ofereceu a garrafa, mas eu ainda tinha bastante bebida.

— Como você ficou rico?

— Eu vendi a patente daquelas meias elásticas que se usam em avião; sabe, aquelas que previnem trombose? Vendi no momento certo: alguém tinha acabado de morrer por causa daquilo.

— E o que aconteceu com o dinheiro? Como você perdeu tudo?

— Não perdi. Acho que, pensando nesses termos, eu ainda sou rico. Estou *bem de vida*.

Fiquei quieta, esperando o resto da piada, mas não veio nada. Tive a sensação de que ele estava me dando corda, como se eu tivesse deixado de perceber alguma coisa.

— Mas, então, por que você mora aqui?

— Gosto de ficar perto do mar.

— Na sua opinião, o que há de bom no mar? — Eu não queria voltar ao assunto da defunta esposa de Roderick, mas eu a sentia sentada perto de nós, escondida, esperando para reaparecer.

— Na minha opinião? Ah, o que tem na água.

— Peixes?

— E as outras coisas também.

— Como as baleias e os tubarões?

— As baleias são muito boas. Mas o principal é a água. Ela leva tudo para todo lugar, como se seu trabalho fosse justamente este: mover todas as coisas.

— Certo. — Olhei para além de onde Roderick estava, onde as sombras já haviam se tornado escuras demais para se poder enxergar alguma coisa.

— Você lança uma lata de cerveja, bem dali, da praia, joga na água hoje à noite, e, algumas semanas depois, ela pode estar do outro lado do mundo, chegando a outra praia, onde as pessoas não falam a mesma língua nem conhecem cerveja. Todas aquelas coisas que estão na cabana foram chegando até mim por algum motivo. As correntes, as marés, o vento. E o que tem na água? De tudo. Tem chuva, tem todos os detritos da terra. Todos os mortos estão na água. — Isso ele disse como se fosse óbvio, e as palavras dele escorriam umas para dentro das outras.

Ele tornou a encher a minha caneca, que abracei com o polegar até senti-lo aquecido. Com a outra mão, tateei o ponto mais alto da minha cicatriz, o esterno, que era o nome certo. Ali, pulsava. Roderick deu umas pancadinhas de sua caneca, usando a parte de cima da unha.

— Tivemos um filho. Mudei com a família para perto do mar. Agora ele estaria com nove anos.

Todos os mortos estão na água. Roderick disse isso como se eu não estivesse ali, como se ele estivesse falando sozinho, diante de um espelho. Tentei pensar no que eu devia dizer.

— Moramos poucos meses ali. Perto do mar. Comprei um barco. Lancha. Claro que não tinha a menor noção de como dirigir aquela coisa. Em alguns lugares, as leis e licenças são diferentes.

Imaginei Roderick todo elegante numa roupa chique. Não conseguia imaginar o rosto dele barbeado, porque nunca tinha visto como ele era sem barba. Na minha mente, ele estava de óculos escuros, vestindo um paletó com apenas uma fileira de botões. Um relógio de ouro e uma taça de champanhe.

— Era uma lancha linda. Fiquei achando que eu era um homem muito importante.

Uma coruja piou em algum lugar ali perto — *uuu-huu* — e nós dois rimos, como se ela tivesse percebido a beleza do barco, e também quisesse se sentir importante.

Já estava escuro, e ouvi Roderick enchendo de novo sua caneca. Eu imaginava que a esposa dele tinha pele empalidecida por alguma doença, que o menino fora lançado no ar por causa do impacto de um acidente de carro, ou afogado numa piscina que dava vista para o mar. Uma depois da outra, as imagens mudavam: assassinato, doença, sangue, osso, cabelo, pele.

— Conhecemos umas pessoas que moravam em barcos. Realmente ricas, dinheiro de muitas gerações. Como se isso importasse. — Ele resmungou, mais para si mesmo do que para mim. — Achei que eu fosse o rei dos maiorais. Amigos ricos. Imagine só. Parece estranho reclamar disso, amigos ricos. Mas era assim.

A coruja piou de novo, mas dessa vez não lhe demos resposta.

— Minha esposa. Ela era... muito, muito boa.

Um macio vestido de verão. Pernas longas, cabelo escuro. Sorriso largo, dentes brancos. Aliança de casamento. Meu rosto estava quente por causa do rum; minha garganta, seca e grudenta por dentro.

— Não sei. Ela sempre usava o cabelo preso para cima. E tinha linhas azuis no dorso das mãos... Ela sempre estava...Ela cheirava a... e dedos compridos... roupas macias... quentes e macias... remexia na terra... Nosso filho era a mesma coisa, tão parecido com ela, com aqueles dedos longos. Era um garotinho engraçado. Colecionava penas e ficava soltando uma por uma de lugares altos.

Caiu de uma janela, foi empurrado, caiu num buraco, asfixiou-se.

— Um dia, estávamos voltando para casa tarde da noite, nós três, depois de termos visitado nossos novos amigos; vínhamos na lancha. O menino estava dormindo no colo da minha mulher.

Os dois ao mesmo tempo; então, os mortos estão na água.

— Eu estava bêbado. Estava feliz. Uma corrente prendia os tonéis de lagosta a uma boia e a maré deve ter... Esse tipo de coisa.

Cheiro de óleo dísel. Fogo na superfície do mar. Os mortos estão na água.

— Enfim. Não vi o... Bem, então. Eu cheguei à areia.

— Mas os outros dois, não.

— Eles não.

Uuu-huu, manifestou-se a coruja, *uuu-huuu*.

Fui para a escola e recitei os planetas em sequência. Examinei o crescimento de um broto de feijão. Mostrei ao professor de matemática onde encontrar *x* e conversei em francês sobre um sanduíche. Em todo o tempo, meu peito estava pronto para partir-se ao meio.

Desci para a praia depois que escureceu, sem intenção de encontrar Roderick. Fui andando na direção das pedras e vi a água parar, formando piscinas que pareciam manchas de tinta, bem no meio das rochas. Ajoelhei, sentindo as espetadas das cracas nos joelhos e nas pernas; meu rosto ficou grudento de sal.

Desabotoei a blusa, deixei o ar úmido da noite tocar minha pele. A lua cobriu uma das lagoas, e eu fiquei olhando para aquela lâmina de água até que minhas pernas adormeceram. Quando andei de volta para casa, pela areia, podia sentir que estavam olhando para mim, podia ouvir o silêncio pesado de uma pessoa, em pé, nas dunas; e eu deixei que me olhasse, como se eu não soubesse que ele estava ali.

Quando a pessoa está aborrecida, o coração bate mais depressa. É melhor prever e evitar situações, pessoas ou assuntos que deixem o convalescente tenso ou irritado.

Fui à praia três dias seguidos; Roderick não estava lá. No terceiro dia, fui até a cabana. Estava tudo de perna para o ar, numa bagunça só. Dava para sentir o cheiro de vômito e de alguma coisa pior, que indicava que o *freezer* tinha sido descongelado. As paredes estavam nuas, tudo tinha sido atirado ao chão e em cima da cama. Havia uma marca escura de sangue no travesseiro de Roderick; e o próprio travesseiro tapava um buraco que havia sido feito na janela. Uma dor no meu peito se transformou numa mão que me apertava a garganta e prendia minha língua no fundo da boca.

Minha respiração apitava entre os dentes.

Alguma coisa se mexeu debaixo do tapete de algodão cru, entre as algas, os restos de madeira, as cascas de siri e as latas de cerveja. O rosto de Roderick se retorcia da boca para cima, com um monte de sangue em seus lábios. Meu peito estalou fazendo um barulho como o dos sapos. Roderick ofegava, com os olhos fechados. Eu pisei por cima dele, puxei o tapete, e percebi que ele estava só de cueca. O cheiro dele era de carne passada. Um enxame de moscas subiu no ar, em formação de combate, e depois tornou a assentar nas pernas dele.

— Roderick! — eu disse.

— Está na hora? — ele falou, com boca mole e olhos vidrados.

— Sou eu.

— O menino...?

— Você tem de levantar. Quer que eu vá buscar ajuda?

Os olhos dele se apertaram enquanto ele olhava para mim. Eu sentia um odor misturado ao cheiro de carne que saía dele, algo como vinho do Porto.

Ele me encarou e se apoiou no cotovelo para tentar pegar uma lata de cerveja. Eu a chutei para longe da mão dele.

— Você está bêbado — eu disse, desnecessariamente. Ele ainda tentava pegar alguma coisa, tateando o lugar onde a lata estivera até então. — Pensei que você tinha entrado numa briga ou que tinha levado uma surra.

Com alguma dificuldade, ele recolheu o braço esticado e pôs os dedos nas sobrancelhas.

— É aquele moleque em chamas, outra vez — ele disse, e uma bolha vermelha explodiu de dentro de sua boca.

Dei-lhe um chute no quadril e fui para fora.

Então, dei meia-volta e segui direto para a cabana; peguei uma das sacolas de rede de Roderick e as enchi com todas as latas semivazias que pude achar. Fui até a geladeira e tirei uma caixa de vinho e uma latinha de conhaque. A maioria das latas estava praticamente vazia; ele não tinha deixado sobrar muita coisa. O vinho do Porto havia escorrido quase todo entre as rachaduras das tábuas do assoalho. Ele ficou me olhando enquanto eu fazia isso. Eu sentia os olhos dele pregados em mim, podia ouvir sua respiração difícil. Igual a um velho, pensei, mas não olhei para ele, e nenhum de nós abriu a boca. Saí da cabana e arrastei a sacola pela praia, deixando um rastro na areia. Então fui para casa e joguei aquela sacola no contêiner de lixo que ficava no caminho. Cumprimentei meus pais e eles ficaram tão surpresos que nem responderam ao meu cumprimento. Entrei no meu quarto e comecei um projeto para a escola, chamado "Terremotos na Colômbia". Colori placas tectônicas e li páginas sobre a demografia local. Anotei números num caderno. Minha mãe veio dar uma espiada, antes de ir para a cama.

— Durma bem, querida — ela disse.

— Durma bem — respondi. Ela ficou parada na soleira, antes de sair.

No dia seguinte, na escola, um menino cujo nome eu não sabia acenou para mim. Depois ele desviou os olhos, de modo que, quando acenei de volta, ele já não estava mais olhando; minha mão ficou lá, suspensa no ar, como se eu tivesse uma pergunta a fazer. Pela primeira vez reparei que os corredores da escola tinham sido pintados de verde.

No intervalo da manhã, fui até a padaria e comprei um pãozinho ainda quente e um bolinho de canela. Peguei mel, uma caixa de leite e fui andando até a praia. Segui pelo caminho mais longo, comendo o bolinho de canela e bebendo o leite direto da caixinha. O leite descia frio pela minha garganta e eu olhei para baixo, para ver se ele sairia por algum furo no meu peito. Mas ele ficou lá dentro, quieto.

Uma rajada de cheiro ruim subiu do mar. Voltando-me para a beira da água, pude ver uma pilha de aves mortas descongelando na areia. As gaivotas ficavam olhando para aquilo, sem saber por onde começar. Do lado de fora da cabana de Roderick havia uma grande quantidade de coisas velhas.

Bati na porta; Roderick veio atender. O rosto dele estava inchado debaixo da barba, mas ele deu um passo para o lado e me convidou a entrar. O *freezer* estava aberto e deixava sair um cheiro de água sanitária. A cama estava vazia, o colchão virado, as paredes nuas.

Entreguei-lhe o pão, o leite e o mel.

— Humm... — ele disse só isso e foi até o fogão. Acendeu a chama e sobre ela colocou a chaleira. Sentei na cama, esperando alguma coisa, mas Roderick não disse nada. Ficou se ocupando em preparar chá, escolhendo as folhas, despejando um tanto delas, depois tirando outro tanto. Observei-o enquanto dissolvia uma colherada de mel na caneca e esvaziava uma pequena garrafa de conhaque na outra.

— Pelo do cachorro, veja só — ele disse, olhando para mim enquanto derramava a água. Ele me entregou a caneca adoçada e nós dois tomamos um longo gole.

— Perdi um dente em alguma parte do caminho — ele finalmente disse. Mostrou-me os dentes. Vi que faltava um na frente, mais pro lado esquerdo. — Desculpe, se for desagradável olhar.

— Desculpe-me de ter chutado você.

— Você me chutou?

— No quadril.

Ele abaixou uma parte da calça, do lado, e me mostrou a mancha amarelada de pus que se formava em sua pele.

— Estava mesmo querendo saber de onde isto tinha vindo.

— E o que você vai fazer agora?

— Começar de novo. Coletar novas aves.

— Você vai perder muito dinheiro?

— Como assim?

— Quando o cara do governo vier recolher as aves.

Roderick tocou o lábio, no local onde estava rachado e inchado.

— O sujeito do governo nunca vem. Eu só disse aquilo para não parecer maluco.

— Então, o que você faz com essas coisas?

— Acho que ainda não sei.

Quando voltei para casa, lavei o resto de louça suja que estava dentro da pia. Tomei um banho e assoei o nariz. Sequei o cabelo e o reparti ao meio. Coloquei meu roupão e meu chinelo de coelhinho, e fiquei sentada, pintando a minha agenda escolar, uma cor diferente para cada aula. Quando minha mãe chegou em casa, eu lhe dei um beijo no rosto. Ela apertou meus ombros e ficou lá me olhando enquanto eu subia a escada com passos surdos. Enfiei-me na cama depois de vestir uma camiseta gigante, com a figura de um cachorro triste, de um desenho animado. Li uma parte de um livro para a escola, depois apaguei a luz e me aconcheguei no edredom.

Por dentro, tremia como um peixe.

Você pode deixar que a água quente escorra sobre o corte, mas não passe sabão na cicatriz.

Bem no início da primavera havia mais gente. Eles deixavam suas marcas na praia, seus castelos de areia, seus pauzinhos de sorvete e cascas de laranja. Roderick me levou a um banco de areia distante e me ensinou a mergulhar com esnórquel. Eu estava de camiseta, e o sal frio provocava uma sensação gostosa em meu peito, já cicatrizado. Agora, o corte parecia uma linha riscada na areia. Nadar debaixo d'água me fazia sentir como se alguém tivesse tapado minhas orelhas com as mãos. Eu sentia o anestesista segurando o meu braço e ouvia a mim mesma contando de trás pra frente, de vinte até zero.

Vi uma enguia, bem fina, e um grupo de peixinhos prateados do tamanho do meu polegar; eram daquele tipo que a gente pode enxergar através de seu corpo quando nadam sob a luz. Vi que Roderick mudava debaixo d'água. A pele dele ficava azul. Ele brilhava e sua barba soltava bolhinhas de ar prateadas. Seguramos a respiração e nadamos para o fundo, para ver de perto uma âncora enferrujada que tinha se soltado de uma corrente. Roderick apanhou um punhado de areia e deixou que ela escorresse entre os dedos. Um pâmpano-manteiga espadanou perto dele, indo beijar a areia revirada. Uma grande bolha de ar estava instalada debaixo do sovaco de Roderick. Subi de repente à tona da água e fui até onde dava pé, mas ele ficou lá embaixo um tempão; cheguei até a pensar que tinha acontecido alguma coisa. Cuspi na minha máscara e a mantive colada no rosto, para olhar no fundo da água e ver onde ele estava. Roderick estava no mesmo lugar, observando o movimento das correntes varrer a areia de dentro de suas mãos fechadas.

Quando ele subiu, eu disse:

— Achei que você tinha se afogado.

Ele riu e espirrou água em mim através de sua falha nos dentes.

— Não se preocupe comigo. Tenho pulmão de baleia.

Eu não tinha percebido que Roderick sabia onde eu morava. Imagino-o andando em sua roupa de mergulhador pelas ruas dos subúrbios, como uma coisa viva que tivesse saído de uma lagoa, deixando aquela caixa na escadinha da entrada.

De que outro jeito ele poderia ter se despedido? Batendo na porta? Explicando para meus pais quem ele era? Não dá para imaginar isso.

— O homem das frutas passou por aqui — minha mãe me disse, com a testa levemente franzida. — Não sei se faz sentido receber essas caixas, quer dizer, esta semana só vieram laranjas. Não sei realmente o que fazer com uma laranja.

Ela esvaziou metade da caixa na fruteira, escolhendo-as uma a uma com cuidado.

— Também não parecem frescas — comentou, como se falasse sozinha em voz alta e com a testa mais enrugada ainda. — E o que é isso? Alguma espécie de manteiga escura?

Ela ergueu um vidro de geleia e enrugou o nariz; depois, deixou o frasco e o resto das frutas no chão, perto do latão de lixo.

Evie Wyld

Evie Wyld graduou-se com distinção em redação criativa pela Goldsmiths University (Londres), em 2005. É autora de *After The Fire, A Still Small Voice*.

O MENINO

Tessa Hadley

A mulher estava deitada na cama, num quarto cada vez mais escuro: eram cinco da tarde de um dia de inverno. Ela estava deitada de lado, completamente vestida. Fazia frio, mas ela não se mexeu para puxar o cobertor sobre si; apenas entrelaçou os dedos das mãos, entre as pernas, para se aquecer. Aquela era a casa de seu pai, mas aquele não era o quarto em que dormia quando criança; seu quarto agora era usado como escritório pelo pai. Aquele tinha sido o quarto de seus pais. O pai mudara-se para o quarto menor depois da morte da mãe. Ela olhava para a luz que ia mudando do lado de fora da janela. A paisagem – uma sequência de fundos de casas geminadas, uma longa fila de jardins urbanos dentro de muros, a maior parte deles descuidada, com mato alto, ou de piso grosseiramente revestido de concreto, todos altos e com várias marcas e remendos, riscados pelo zigue-zague das escadas de incêndio, pontilhados pelas antenas de televisão – tinha sido a vista de sua infância, que a ajudava a pegar no sono e a fazia acordar. Era seu antigo universo, observado de outro ângulo, do andar de baixo. Não tinha mudado muita coisa naquela paisagem, embora a mulher tivesse agora quase quarenta anos. As casas vitorianas decadentes deste lado da cidade, com sete ou oito quartos, eram grandes demais para as famílias modernas, e sua manutenção se tornara muito cara. Por isso, quase nunca tinham sido ocupadas por gente mais nobre. O mesmo freixo imenso, crescendo no fundo do jardim do outro lado da rua, ainda erguia seus ramos negros e bem delineados contra o tom menos escuro das casas atrás dele e contra o azul-escuro do céu ao alto, onde as primeiras estrelas começavam a despontar.

Janelas acesas adornavam as fachadas sombrias – retângulos de luz colorida, ou claraboias nos telhados de sótãos. Em imagens recortadas por entre o rendilhado dos ramos do freixo, ela viu uma menina se vestindo num dos quartos, andando para frente e para trás, escolhendo algo brilhante e depois trocando por outra coisa. Teve a ilusão de estar observando seu antigo eu. No momento em que a menina apagou a luz, a escuridão selou o espaço como um olho que se fechasse. No escritório, no andar de cima, seu pai também se mexia: ele escrevia alguma coisa no computador; ela podia ouvir o barulho do teclado; depois, ele abriu uma gaveta do arquivo. Era para ele estar aposentado, mas continuava tão atarefado quanto sempre. Ele era historiador, tinha lecionado história das relações internacionais na universidade e agora estava trabalhando num novo livro. Além disso, disse a ela que estava mexendo nos papéis de sua mãe, depois de tanto tempo. Ele esperava pelo jantar, provavelmente estava com fome, então fechou a gaveta do arquivo com um baque forte.

No quarto, atrás da mulher virada de costas, distinguia-se a silhueta pálida de um velho casaco e as pilhas de roupinhas de bebê e fraldas de pano que ela começara a tirar da mala. Seu bebê dormia no berço. Era pequeno, um menino com apenas dez semanas, e não dormia muito. Ela criara o hábito de se deitar para descansar sempre que ele pegava no sono; às vezes ela não dormia, ficava apenas deitada, totalmente desperta, como agora, acompanhando atentamente o ir e vir da respiração do bebê, tropeçando nos soluços que ele dava, nas pausas, nas suaves fungadas.

Entre os papéis de sua mãe, Ken tinha encontrado a biografia de John Colley. Abigail podia se lembrar vagamente de seu avô trabalhando nesse material: ele havia escrito o texto a mão e depois pagara alguém para digitá-lo num processador de textos. Ken disse que eram lembranças desconexas e presunçosas; ele não se dava muito bem com o sogro. Mas admitia que o velho de fato tinha algumas boas histórias para contar. O vovô Colley atuara na marinha mercante e depois servira no corpo de voluntários da Marinha Real, em que chegara ao posto de primeiro-tenente num porta-aviões. Depois da guerra, ele acabou se tornando chefe da polícia das docas em Avonmouth. Quando adolescente, ainda com catorze anos, fora vítima de um naufrágio provocado por uma tempestade ao largo da ilha de Vancouver. Com um cabo preso entre o barco e as rochas costeiras, salvaram um por um, suspensos pelas mãos, às vezes pendurados sobre as ondas, às vezes imersos nelas. Quieta, deitada em sua cama, Abigail tentou imaginar essas coisas. Como estava exausta e não tinha comido nada desde o almoço, se fechasse os olhos era capaz de sentir uma onda arrebatadora de vertigem. Naturalmente, não havia comparação entre seus problemas particulares como mãe recente e os verdadeiros desastres que aconteciam no mundo lá fora. Ela se lembrava de seu avô lhe contando aquela história. Em sua velhice, a família o ajudara a localizar notícias de jornal sobre aquele naufrágio, divulgadas pela imprensa canadense; acharam até uma foto do navio, o *Trojan Prince*, atirado sobre as rochas. Abigail começou a imaginar que o quarto em que estava deitada era um barco flutuante e que a noite do lado de fora era o mar escuro.

O corredor do andar de baixo ainda tinha o piso original, de lajotas em preto e branco, e paredes pintadas de vermelho vivo. Uma passagem em arco levava à cozinha e à sala de jantar, que tinham piso em tábua corrida encerada, coberto por passadeiras turcas. A luz, num enorme e pesado globo de vidro, parecia a lua cheia, pendurada sobre a comprida mesa de madeira africana, amarelada. Abigail muitas vezes sonhava com esta casa grande, como se ainda fosse sua casa de verdade, apesar de todos os anos em que vivera em outro lugar. Ela, seus irmãos e irmã imaginaram que provavelmente seu pai sairia dali depois de ter ficado sozinho, há cinco anos. Eles achavam que aquela era uma casa para uma família que estivesse começando, mas Ken nem queria pensar nisso. Ele oferecera quartos para universitários em troca de limpeza da casa; costumava haver vários jovens durante o jantar. A casa passou a ter um aspecto de local ultrapassado e desprezado; não estava suja, mas Ken enfileirava as cadeiras simetricamente nos aposentos e arrumava as almofadas nos sofás em filas retas. Ele também amontoara os tesouros da família, todos juntos, numa ponta das prateleiras para facilitar o trabalho de tirar o pó.

Quando Abigail desceu, carregando o bebê num pijaminha limpo, Ken estava provando o *coq au vin*. Há pouco tempo tinha aprendido a cozinhar, dispondo-se, com sua intensidade habitual, a entender os segredos da culinária, escrevendo comentários e correções nas margens dos livros de receita. Com a idade, ganhara a aparência de uma notável caricatura de si mesmo quando mais jovem: a magreza elegante, o queixo pontudo projetado para a frente, os olhos cansados no fundo das órbitas, o choque dos cabelos brancos sedosos, as calças *jeans* de sempre, agora mais folgadas no quadril e entre as coxas. Ele falou com o bebê num tom de voz brincalhão, que deu a Abigail a impressão de que ele não percebia quão alto falava.

— Acordado de novo, é, meu menino?

Este não era seu primeiro neto, ele já tinha uma boa leva deles. Mas Abigail havia esperado surpreendê-lo com este. Por várias vezes nas primeiras semanas após o bebê ter nascido, ela havia imaginado trazê-lo para ver o avô, e, em sua imaginação, esse encontro sempre envolveria alguma mudança, algum reconhecimento da nova condição em que ela vivia, um espanto da parte dele por ela se virar tão bem como mãe. Provavelmente, a família nunca esperara que ela tivesse filhos; ela era a quarta de uma prole de cinco, muito dada a fazer escândalos e a ter acessos de autodestruição, em geral interpretados como necessidade de chamar atenção quando se sentia ignorada.

— Eu lhe disse, sempre acorda à noite, é a pior hora para ele.
— Deve ser cólica. Você devia tentar um chá.
— Já tentei de tudo.

Ken estava tomando vinho tinto, mas Abigail recusou, por estar amamentando. Ela instalou o bebê na cadeirinha, que ela podia balançar com o pé enquanto comia. Se tivesse sorte, poderia acabar o prato antes de ter de pegá-lo no colo de novo; por via das dúvidas, ela separou a carne e o osso da galinha, assim, se precisasse, pegaria os pedaços com o garfo enquanto segurava o bebê no outro braço. Ela estava com fome: com a galinha e o molho, havia purê de batatas com aipo — uma das receitas de sua mãe. E comeu com apetite.

Quase no mesmo instante em que tinham começado a comer, Ken passou a falar das guerras no Iraque e no Afeganistão. Era sobre isso que versava seu novo livro. Ele não tinha como saber que, desde que seu filho nascera, Abigail não suportava sequer ouvir notícias desse tipo no rádio, quanto mais assistir aos noticiários da TV. Não se tratava de uma reação moral ou intelectual, nem de uma preocupação com o futuro que seu filho encontraria quando fosse maior. Era uma coisa física, simplesmente como se todas as camadas de pele que a protegiam contra o real conhecimento do que é o sofrimento tivessem sido arrancadas dela durante o trabalho de parto, deixando sua imaginação em carne viva, exposta. Não era somente em relação à política e a guerra; essa reação também dizia respeito aos desastres comuns que aconteciam de um modo ou de outro, mesmo no melhor dos mundos: crianças doentes, acidentes de carro, casos de câncer, naufrágios. Ela nunca se sentira assim em toda a sua vida; sempre conseguira tomar conhecimento de todas essas coisas de forma a não tomar consciência delas, embora ela não percebesse que fazia isso. No passado, ela poderia até ter entrado no mesmo embalo de Ken com suas tiradas revoltadas, ou talvez bocejasse considerando quanto ele estava ficando chato. Agora, enquanto ele lhe descrevia o episódio da bomba que explodiu na praça do mercado em Bagdá, onde homens desempregados permaneciam horas na fila em busca de emprego, ela teve de se fechar para essa informação, empurrá-la para o fundo de seus pensamentos – até que se tornassem apenas sons e nada mais –, e se manter sorrindo de modo sutil, provavelmente com cara de idiota, curvada sobre seu prato, com o cabelo escondendo-lhe o rosto. O governo está lançando uma nova ofensiva de segurança endossada pelas Nações Unidas, disse Ken, e ela teve de apoiar firmemente a boca na mão para conter uma exclamação de horror. De vez em quando, ela fazia os ruídos apropriados de quem concorda, e então ele prosseguiu falando. Claro que ela partilhava da indignação dele contra essas guerras. Ela não entendia nem de política, nem de história: tinha uma pequena loja de compra e venda de roupas retrô elegantes, e era violoncelista. Sentia-se grata por existirem pessoas inteligentes e informadas, como seu pai, que se dedicavam com afinco a pesquisar a verdade, acumulando fatos para defini-la e conhecê-la. O que mais havia a se fazer, além disso? Só que, naquele momento, ela não suportava esse tipo de coisa.

Em sua cadeirinha, o bebê olhava com cara franzida e ficava mexendo os pés. Numa certa altura, para espanto dele mesmo, regurgitou leite coalhado, amarelo esbranquiçado, manchando seu macacão de dormir. (Abigail tinha esquecido de colocar o babador por cima.) Como ele ainda não sorria, ela nunca sabia se ele estava feliz, e receava que não estivesse, por causa de alguma coisa que ela tivesse feito de errado. Ela estava arruinada com o horror e o pânico de sua condição de mãe, uma condição que a tomava por todos os lados; no entanto, a visão do bebê, com uma existência independente da dela, a fascinava. Ela o considerava único, surpreendente, sensacional: sua pele mais escura, mais para o oliva, seu tufo mínimo de cabelinho escuro que ficava para trás, seus longos e finos pés e mãos. Ela não se reconhecia nele. Ela era pequena, pálida e frágil. Ele não dava a impressão de que viria a ser nada disso. Assim como também não se parecia com o oboísta que ela havia conhecido num curso de música, há um ano. Com os amigos, ela falara sobre toda a sua aflição quando soube que estava grávida e sobre se devia ou não falar disso com o músico. Agora, percebia que nem se lembrava dele tanto assim.

Quando o bebê começou a se contorcer e a reclamar na cadeirinha, Ken disse a Abigail que ela terminasse de jantar. Ele pegou o menino, apoiando-o no ombro, e foi para a sala, que ficava ao lado. Ela podia ouvi-lo falando com o bebê em voz alta e rouca. Ele certamente era capaz de mudar num estalar de dedos, sem a menor dificuldade, das notícias sobre fim dos tempos para aqueles sons curtos e alegres, de quem está feliz da vida. Parecia que ele tinha acomodado o bebê no sofá e estava acendendo a lareira. Quando Ken e a mãe de Abigail compraram a casa, mais de quarenta anos antes do nascimento da filha, eles decidiram remover a lareira de cerâmica, sem graça, dos anos 1950, que ficava na sala da frente. Atrás daquela lareira, encontraram uma outra, antiga, tão grande que quase dava para alguém entrar dentro dela. Eles sempre mencionavam esse fato como se fosse algo simbólico, um sinal do tipo de vida familiar que se propuseram a construir ali. Uma vida generosamente aberta, desobstruída, uma chama para aquecer o coração da casa. Seus filhos, quando crescidos, tinham encontrado certa dificuldade para formar suas próprias famílias dentro do mesmo espírito. Abigail achou que seu pai estava mostrando para ela como deixar o bebê tranquilo, e não ficar se espaventando em cima dele. Achou que ele devia pensar que ela fazia tudo errado, amamentando demais, sem estabelecer horários regulares que permitiriam ao bebê sentir-se seguro. Quando foi até onde eles estavam, Ken estava sentado num almofadão no chão, com as costas apoiadas num dos sofás e o bebê encarapitado nos seus joelhos, absorto na observação do rosto de seu avô, que devia parecer estranho com as cores mudando por causa do reflexo das labaredas do fogo recém-aceso. Depois da última vez que tinha acendido a lareira e esta, Ken atirara ali toda sorte de lixo: embrulho de bombons, casca de laranja, lenços de papel usados. Abigail não gostou de ver todas essas coisas misturadas com as cinzas frias.

Ele conversou sobre o vovô Colley. Pelo menos, a guerra em que o vovô tinha lutado estava seguramente guardada no passado. Abigail achou que dava conta de ouvir essa história, deveria ser um assunto inócuo, e ela poderia manter o pai longe do assunto do bebê. Ela não entendia por que ele estava tão interessado no vovô Colley, assim, de repente, já que sempre fora exasperado com o velho. Vovô tinha sido um homem corpulento, atraente, de uma alegria e uma simplicidade arrebatadoras; ele falava com o sotaque de Gateshead, mesmo tendo passado quase toda a sua vida adulta no sul. Era liberal e maçom, com opiniões absolutamente contrárias às de Ken. Em seus últimos anos de vida, tinha se convertido ao cristianismo e mudado de caráter, pelo menos aparentemente; fazia emocionadas confissões em família sobre seu orgulho e seu egoísmo de outros tempos. Ken também não tinha gostado nada, nada daquilo.

O bebê começou a chorar e Abigail tentou amamentá-lo. As noites eram quase sempre assim. Ele sugava o leite por alguns minutos e depois desviava a cabeça, curvando-se para trás e chorando bem alto, insatisfeito, com o rostinho todo franzido, como se o leite estivesse fermentando dentro dele, por ter sido engolido com excesso de ar. Ela sabia que estava toda desarrumada, com a blusa desabotoada, vazando leite na frente do pai, embora ele mal parecesse se dar conta da confusão toda; já tinha visto isso antes muitas vezes. Geralmente ela conseguia acalmar o bebê durante algum tempo, andando para cá e para lá, balançando-se ritmicamente para sossegá-lo.

— Seu avô era um homem e tanto — falou Ken.
— Você não conseguia aguentar o velho enquanto ele era vivo.
— Ele era do jeito dele. Mas tinha muito estofo.
— E o que é "estofo"?
— O que os homens tinham naqueles tempos. Para ir para o mar, por exemplo.
— Você não tem estofo, então, papai?
— Não sei. Nunca fui testado, não desse jeito.
— Testado! Que maneira esquisita de falar disso. Vocês, homens, são esquisitos.
— Você vai ter de entender deles. Agora você tem um.

Por um instante, ela achou que ele estivesse falando do oboísta, mas claro que ele estava se referindo apenas ao menino, seu filho. Ela segurou o bebê de barriga para baixo em seus braços e balançou-o no ar; isso às vezes funcionava. As pálpebras dele desciam, seu corpinho ficava pesado e relaxado. Ela então o deitava no moisés e, por alguns minutos, ele parecia ficar em paz. De repente, o corpo todo dele parecia entrar em convulsão, com certo espasmo de dor; os olhos dele se arregalavam, como que a acusando, e o choro desesperado recomeçava mais uma vez. Essas batalhas duravam horas e horas, até que ela finalmente conseguia que ele pegasse no sono. Enquanto Abigail andava para cá e para lá, Ken leu para ela as memórias do vovô Colley.

O tempo não estava tão bom e, embora nossa estação noturna estivesse no meio do comboio, nosso capitão preferiu ocupar uma estação fora do grupo porque achamos que era difícil manter uma posição, devido à baixa velocidade da viagem e à força do vento; além disso, o tamanho do cargueiro tornava as manobras difíceis. Numa noite em que eu era o oficial da vigília, no turno da meia-noite às quatro (e não consigo me lembrar de um turno mais difícil em toda a minha experiência com o mar), nenhum dos navios mostrava as luzes habituais de navegação — todos estavam na mais absoluta escuridão; as portas das cabines estavam forradas com panos pretos. Era final de dezembro, o céu estava encoberto, e as nuvens mostravam-se pesadas. Não se via uma única estrela, o que ficava ainda pior por causa da chuva incessante. Nunca saberei como escapei de abalroar os navios que estavam navegando em linha, lado a lado comigo. Quando os navios estavam à proa ou à popa, a gente se sentia um pouco mais seguro; os vigias no castelo de proa e no extremo da popa tinham telefones e me avisariam se a distância entre os navios ficasse muito curta; então, eu só precisava aumentar ou diminuir a velocidade para evitar uma colisão. Todas as embarcações daquele comboio foram carregadas com o máximo de sua capacidade e, por isso, estavam mais afundadas e difíceis de se enxergar. Todas estavam camufladas e não eram muito vulneráveis a ventos fortes. Nossa pista de decolagens e pousos ficava praticamente a 13 metros do nível do mar, e sacolejávamos como uma rolha. Era fácil nos ver, por causa do casco do nosso navio, e presto minha homenagem aos oficiais da marinha mercante daquele turno por sua capacidade de nos evitar. Não sofremos nenhuma colisão, mas tivemos, claro, alguns raspões. Quando tirei a capa de oleado ao final do turno, eu estava completamente exausto.

Durante os dias seguintes nas águas do oceano Atlântico, treinamos nossos pilotos até alcançarem a perfeição. Os nossos Seafires eram aviões Spitfires dotados de um tipo de gancho que, na aterrissagem, podia se prender num cabo de aço de travamento, estendido de fora a fora do deque de pouso. O *Battler* também era equipado com um dispositivo chamado catapulta, usado para enviar os Seafires ao ar quando não houvesse vento com velocidade suficiente para ultrapassar a velocidade de estol do avião, algo em torno de 60 nós. Um tenente da Marinha Real, o piloto mais experiente na seção de Seafires, entrou na cabine e ligou o motor; em seguida, seu avião foi instalado na catapulta. A aeronave estava com os motores ao máximo quando o sinal verde foi dado. O avião foi arremessado para a frente, mas caiu logo depois do fim do deque de pouso, e o *Battler* passou por cima dele. O capitão deixou a ponte, desceu para a área da catapulta, e, pela primeira vez, eu não o segui. Em vez disso, fiquei na ponte, sabendo que ele voltaria para lá assim que se desse conta de que não havia nada a fazer. Todos os voos daquele dia foram cancelados, e hasteamos nossa bandeira a meio mastro.

Naquela noite o salão de refeições estava silencioso, e ninguém conversava nas mesas, durante o jantar. Depois de comer, fui até minha cabine para atualizar o diário e, por volta das nove e meia, dirigi-me até o depósito de perecíveis, que encontrei num estado de pandemônio organizado. Dois ou três dos tenentes mais graduados do esquadrão tinham as pernas suspensas pelos cadarços de seus sapatos, amarrados aos ganchos das redes enroladas em torno das vigas altas; outros estavam entretidos numa espécie de luta de travesseiro, só que usando sacolas de lona cheias de papel, e ainda havia os que simulavam uma disputa entre navios-tanques, com dois sofás fazendo as vezes de navios oponentes. Percebi que ali não havia lugar para mim, e que aquilo tudo não eram brincadeiras pesadas ou sem sentido, nem arruaças de desordeiros, mas uma forma de se aliviarem depois do terrível acidente que tinha causado a morte de um dos oficiais. Vi que o major dos fuzileiros navais, que fizera parte da tripulação incumbida de cuidar dos aviões no deque de pouso, participava da algazarra, assim como o oficial-sênior encarregado de todos os voos, o qual me fez um sinal para não interferir; então, afastei-me discretamente.

O bebê acordou para mamar apenas duas vezes naquela noite, e dormiu até quase as sete horas. Depois do café da manhã, Abigail deu-lhe um banho na velha banheira manchada em que ela mesma costumava banhar-se quando criança. Quando ela o colocou na cama para tirar o cochilo da manhã, seu pai lhe aconselhou que saísse para dar uma volta e distrair-se um pouco, sozinha. Geralmente, o bebê dormia duas ou três horas pela manhã. Ken tranquilizou-a, dizendo que mesmo que o menino acordasse eles dois ficariam muito bem, pois ele levaria o bebê para um passeio pela casa e o distrairia até que ela voltasse para a próxima mamada. Abigail hesitou, depois vestiu o casaco, pôs o chapéu (um chapeuzinho pequeno de veludo preto, dos anos 1940) e saiu para dar uma volta a pé pelas ruas da cidade. Em dez semanas, era a primeira vez que ficava sozinha. Ela parou para olhar vitrines, comprou uma revista e tomou café num estabelecimento novo que vendia produtos orgânicos. Fazia frio, e o céu, acima da linha das casas, era de um azul-claro como o das porcelanas. As árvores, sem folhas, se mantinham firmes. Era uma surpresa para ela que a vida comum a estivesse esperando ali, do mesmo jeito, todo aquele tempo, pronta para que ela voltasse para lá. Ela quase conseguiu esquecer o bebê. Quando se lembrou dele, o leite encheu seus seios, e eles latejaram.

Ela não demorou tanto para voltar, mas, mesmo antes de abrir a porta da frente com a chave de Ken, ouviu o choro do bebê: não era birra, era angústia; ele chorava aos gritos, intensos e prolongados. Ken voou escada abaixo, aflito e perturbado.

— Não sei qual é o problema. Ele foi se agitando até ficar assim. Nada que eu ofereça o acalma.

Abigail já estava atirando o casaco sobre uma cadeira, desabotoando o vestido, estendendo os braços para pegar o bebê. O rostinho dele em volta da boca, escancarada aos berros, estava roxo de raiva, mas ele pareceu resmungar quando reconheceu quem o estava colocando no colo; o desespero foi amainando, e os gritos ficaram abafados quando ele cabeceou para baixo, na direção do seio, bufando e arquejando para encontrar o mamilo, fechando os olhos em antecipação. Então ele se agarrou ao seio desesperadamente, como se aquela fosse a mamada que lhe salvaria a vida. Ela se acomodou num canto do sofá.

— Está tudo bem — ela repetia para o bebê, procurando entretê-lo para neutralizar a irritação que ele sentia. — Realmente, está tudo bem.

O menininho ainda se debateu um pouco, tremendo, e depois os movimentos frenéticos de sucção, quase sem ar, foram se transformando numa mamada rítmica e deliberada. Ao vê-lo de novo, após ter se distanciado durante aquele tempo, Abigail ficou espantada com a realidade do bebê. E se viu mergulhando numa onda de amor e encantamento. Ele era tão misteriosamente completo, com seus olhos escuros como mirtilos, olhando-a sem pestanejar, e seus minúsculos e perfeitos dedinhos puxando e esticando a pele de seu seio, ou se enrolando em torno de seu dedo. Ela o percebeu tão separado de si mesma e, no entanto, era como se os dois juntos completassem um círculo, no instante em que ele mamava o leite dela. Mãe e bebê se assustaram quando a luz de um *flash* os pegou de surpresa. Abigail ergueu os olhos e viu que Ken tinha tirado uma foto deles com sua nova câmera digital.

— Eu adoro ver você amamentando, com esse chapéu. É bom que os costumes ainda não tenham desaparecido.

Novamente, ele acendeu a lareira e, enquanto o fogo crescia lentamente, formando labaredas vivas, Ken foi para a cozinha passar um café. Do lado de fora, o dia agora estava nublado, mas ali dentro era aconchegante. Abigail não disse para o pai que ela já tinha tomado café. Ele colocou leite e adoçou a bebida dela, embora ela não comesse açúcar, e também lhe trouxe um pratinho com biscoitos, dizendo que ela precisava de energia, devia se alimentar. O bebê mamou até dormir.

— Ele precisava da mãe — comentou Ken. — Eu tinha me esquecido de como esse choro me deixa em pânico. Eu realmente só sirvo para alguma coisa quando eles já têm algum raciocínio.

Abigail também se sentiu sonolenta após sua caminhada matutina, ainda mais depois daquele café com leite e dos estalinhos do fogo na lareira.

As longas semanas em que dormira mal começavam a cobrar a conta. Ken estava lendo o jornal. Assim que ela fechou os olhos e começou a perder a consciência, uma imagem brotou de repente em sua cabeça, com a mesma nitidez e realidade da cena de um filme: um rapaz pequeno como uma boneca, num aviãozinho em miniatura, sendo arremessado do deque de um navio comprido e despencando da beirada do convés, mergulhando direto no mar, enquanto o navio seguia seu curso tranquilamente, passando sobre o mesmo lugar em que o avião tinha desaparecido apenas um instante antes, diante da impotência de todos. Firmemente, e com paciência, ela empurrou aquela imagem para o fundo de sua mente, eliminou-a de seus pensamentos e, enfim, mergulhou no sono.

Tessa Hadley

Tessa leciona literatura e redação criativa na Bath Spa University. Em 2007 publicou um novo livro, *The Master Bedroom*, além de uma coletânea de contos, *Sunstroke* (ambos pela Jonathan Cape).

O ANIVERSÁRIO

Martin Stephen

Frank percebeu que, depois que Madge morreu, ele ia ao museu mais vezes ao ano. Era uma pernada longa para um sujeito daquela idade, da sua casinha minúscula em Westcombe Hill, Blackheath, até Greenwich; e muitas vezes ele se via fazendo a extravagância de pegar um táxi. Não daqueles pretos, naturalmente. Um dos minitáxis. Agora ele perguntava se realmente conseguiria fazer o rapaz de penteado esquisito, com um boné espetado no alto da cabeça, levá-lo de carro a alguma parte. O moço estava sempre rindo e chamava Frank de vovô. Que sujeitinho atrevido. Ainda assim, abria a porta para Frank, o que já era mais do que a maioria das pessoas faz hoje em dia. De vez em quando também ignorava o custo do trajeto, dizendo, com um sorriso, que tinha gostado do papo. Bem, Frank não estava tão quebrado assim, mas a gente não recusa um favor, recusa?

Ele gostava do museu. Era do norte, nunca tinha ido a Londres, muito menos pensado em morar lá, até conhecer Madge. Tinham dado licença ao grupo, depois de concluído o treinamento; e como não havia nada no norte que o prendesse, ele fora para Londres com seus novos companheiros. Ela servia chá, num quiosque do Serviço Feminino Voluntário, e já estava encerrando o expediente daquele dia. Ele se sentia solitário, apesar dos colegas. Não era como estar em casa. Tinha conseguido uma xícara de chá e, embora o quiosque estivesse fechado, ela lhe colocou nas mãos um pedaço de bolo, quando a bruxa velha, que era a dona do quiosque, virou de costas. Foi quanto bastou. Ele se apaixonou perdidamente, e ela foi a primeira pessoa a levá-lo ao museu. Você é marinheiro, ela lhe havia dito, portanto deve visitar aquele lugar. E desde então ele vai até lá. Agora tinham reformado, estava todo clarinho e arejado. Um pouco diferente da primeira vez que tinha ido. Não que ele tivesse alguma coisa contra o museu de guerra, ou contra o *HMS Belfast*. Visitara os dois, várias vezes. Mas, quando estava naquele museu, não tinha a impressão de ter sido o rapaz idiota que se alistara em 1939 (no grupo que atuaria "só durante os conflitos"; sentia-se mais como um membro do clube de marinheiros. Ele precisava sentir que havia sido mais do que bucha de canhão ou isca. Era melhor quando pensava que fazia parte de uma coisa maior, como dissera aquele poeta, homens indo para o mar em navios. Algo que já ocorria há milhares de anos, não só há cinco ou seis. Naturalmente, no museu havia muitos navios de guerra. Mas também havia outros navios: de passageiros, os quadradões de cruzeiro, os antigos navios mercantes, baleeiros, de exploração, de pesca... E todos eles precisavam de marujos que os tripulassem. Frank achava que, na maioria das vezes, os marinheiros não tinham exatamente optado por ir para o mar, nem escolhido se iam tripular um navio negreiro ou um transatlântico de cruzeiro. Eram apenas trabalhadores. Enjoados como qualquer um, sentindo o frio e a umidade como qualquer um. Encaravam o que viesse pela proa. Eram a classe operária. E operários não escolhiam. Ou faziam o que tinha de ser feito, ou morriam de fome. E se algum desgraçado de um almirante de classe superior ordenava que voltassem para o porto, quando deveria ter ordenado uma volta a estibordo, então milhares deles levavam uma pedrada, um tijolo de 45 centímetros bem no meio da barriga, ou então uma bomba, um torpedo; se não fossem estraçalhados, acabavam afogados. Aqueles seis anos no Andrew o marcaram para a vida toda. Tinham sido somente seis anos, antes que ele tivesse a primeira chance de desembarcar e entrar na vida civil.

Havia se dado bem, não era preciso esconder isso. O curso de eletricista que fizera tinha lhe facilitado a montagem de uma pequena oficina, bem ajeitadinha. Não tinha de cuidar de ninguém mais além de si próprio. Seus pais e seu irmão haviam morrido quando Jerry bombardeou Sheffield. Por isso é que ele fora para Londres em sua primeira licença. Não podia suportar a ideia de ir até o norte. Engraçado isto: um marinheiro de guerra sobreviveu, enquanto o pessoal que tinha ficado em casa acabou morrendo. Quanto à oficina, ele fazia todo o trabalho prático, e Madge cuidava das contas e da papelada. Ela era boa com números. Ele gostava de conhecer seus clientes e nunca aceitava mais trabalho do que era capaz de executar sozinho. Um bom serviço por preço justo, esse era seu lema. Trabalhara até pouco depois de completar 65 anos, não tanto porque precisasse, mas porque não tinha muito mais que fazer. Nunca fora muito de ler, não gostava de dançar, ficava entediado com a maioria das pinturas artísticas. Então, os pedidos começaram a escassear um pouco, e ele passou a experimentar aquela sensação de que seus últimos clientes encomendavam serviços mais por caridade do que por outro motivo. E as velhas mãos já não eram tão firmes quanto antigamente. Foi aí que decidiu parar com o trabalho. Até que ele e Madge tinham se saído surpreendentemente bem depois que ele passou a ficar em casa por mais tempo. Mas, um dia, acabou tudo. Do nada. Ele acordou com Madge gemendo, apertando o peito; o rosto dela tinha uma cor horrível. Coitadinha. Já estava tudo acabado antes mesmo de a ambulância chegar. Ele sabia que ela estava morta. Já tinha visto bastante gente morta para saber.

Tinham um filho. Alguma coisa nela se tornou debilitada depois daquela gravidez, e eles foram avisados de coisas terríveis que poderiam acontecer a ela se engravidasse de novo. Às vezes, ele achava que tinha passado mais tempo se preocupando se a maldita camisinha tinha rasgado do que se perderia a vida na guerra. O filho era um bom sujeito, embora tivesse se casado com uma mulher mandona, que exigia cada vez mais do tempo dele. Ela tentara organizar o funeral, claro, a nora. Ela tentava organizar tudo. Ainda assim, na maioria das vezes, o filho encontrava uma forma de fazer as coisas do jeito que bem entendia. Nem sinal de aqueles dois fazerem um bebê, o que era uma pena. Isso talvez pudesse acalmá-la um pouco.

Bem, já fazia um ano que Madge falecera e as coisas não tinham melhorado nenhum pouco. A gente segue em frente, não é mesmo? Mas era como se alguém tivesse feito um buraco no meio da sua cabeça, lá onde Madge estivera, e nunca mais haveria algo capaz de preencher aquele vazio de novo. O problema era que o maldito que fizera aquele buraco não usara anestesia.

Ele tinha criado o hábito de ir ao museu um pouco antes do almoço. Nessa altura do dia, ele já havia preparado seu próprio café da manhã e lido o jornal. As poucas coisas que podia inventar para se ocupar dentro de casa já estavam todas feitas por volta do meio-dia. Então, ele ia até o museu; aproximava-se da entrada perto das âncoras e comprava um sanduíche no café. Se a viagem até ali tinha sido de ônibus, ele ficava feliz por sentar-se e descansar. Demorava o máximo que podia para comer aquele sanduíche e acabar com a xícara de chá, e lia novamente o jornal que tinha dobrado com todo o cuidado. Mais tarde, ele o desdobraria de novo, cuidadosamente, para saber a programação dos canais da telinha, que o salvava em suas longas noites. Essa rotina deixava as tardes em aberto. Ele tinha dividido o museu em seções, e variava a ordem em que visitava cada uma. As novas exposições eram uma atração especial, mas ele sempre reservava o melhor para o fim.

Muitas vezes, pensou em parar de ir ao museu caso decidissem transferir para o depósito seus objetos de exposição preferidos. Como eles eram grandes, ficavam amontoados em uma parte recuada, no piso térreo. *King George V*. Era uma maquete grande, tão grande que até dava uma noção do que devia ter sido o barco de verdade, um enorme monstro de aço no qual tinha passado todos aqueles anos, não fazia muito tempo. Ele gostava de como a popa embicava para outro modelo, menor, mas não muito. *Bismarck*. Era assim que tinha acontecido. O *King George V* tinha se desviado do *Bismarck*. Não o poderoso, imponente e lustroso *Bismarck* mostrado no modelo, mas um casco em brasas, sangrando, suas placas fervendo em vermelho incandescente, assobiando ao descer nas águas congelantes do Atlântico, afundando para sempre sob as ondas daquele oceano. O velho *KG5* tinha dado as costas ao *Bismarck*, tinha mesmo. Afundou aquela chaleira, aniquilando-a e deixando-a na mira dos cruzadores, cujos torpedos destroçariam o que sobrasse daquela caixa metálica e, finalmente, mandariam para o fundo do mar o que restasse. Do mesmo modo como haviam feito com aqueles corajosos marujos do poderoso *Hood*, que tinha ido a pique alguns dias antes. O não tão poderoso *Hood*, melhor dizendo. De bela aparência por fora, velho demais e todo remendado por dentro. "Bem como você, então", Madge teria dito; ele sorriu à lembrança dela.

Frank tinha estado lá. Mal completara dezenove anos. Engajara-se no velho *KG5* desde o começo, agosto de 1940; desde o primeiro momento em que o navio saiu do estaleiro cheirando a tinta fresca e foi requisitado para uso na guerra. Ele tinha estado lá quando prepararam o navio; quer dizer, quando fizeram todos os preparativos que a Marinha Real permitia naqueles tempos. Diziam que os alemães dedicavam muitos meses a preparar seus navios e que nunca os enviavam à guerra antes que estivessem absolutamente perfeitos. Bem, esse não era um luxo que o velho Andrew pudesse se permitir. Quando um navio era requisitado, apenas por sorte calhava de mais da metade da tripulação ser experiente. O restante se compunha de jovens quase imberbes, que aprenderiam na prática mesmo. Era um só um dos problemas com o navio-irmão, o *Príncipe de Gales*. Esse era um navio azarado, todo mundo sabia. A Marinha sempre tivera esse tipo de navio, iria tê-los no futuro e tinha esse agora. Desde que estavam construindo os primeiros deles, já tinha morrido gente ali dentro, e nunca funcionavam a contento. Claro que o *Príncipe de Gales* também padecia do mesmo problema que todos os demais de sua espécie. Era de fato um belo de um problema quando a gente começava a pensar nisso. *O maldito armamento principal não funcionava!* Bem, não funcionava adequadamente. Os navios tinham sido projetados nos anos 1930, não é mesmo? Quando estavam em vigor todos aqueles malditos tratados tentando deter a "corrida armamentista". Tinham estabelecido limites ao tamanho dos navios, em particular aos couraçados. Mas isso não impediu Jerry de construir monstros imensos com canhões de 15 polegadas e blindagem suficiente para deter um meteorito. Só mentiram a respeito da tonelagem. Mas os malditos britânicos tinham seguido os regulamentos ao pé da letra, não é mesmo? Tinham bancado os justos. Para economizar peso, instalaram canhões de 14 polegadas. No *KG5*, experimentaram colocar doze deles em três miseráveis torres quádruplas, grandes, mas perceberam que isso deixava o navio muito pesado. Então, a segunda torre, das três que havia proa, teve de ser reprojetada às pressas para servir apenas como uma torre gêmea. O fato era que o projeto inteiro dos canhões não passava de uma grande porcaria. A Marinha tinha ficado tão apavorada com os navios que explodiram na Jutlândia, na Primeira Guerra, que desta vez exagerou na segurança. O resultado foram aqueles inúmeros e malditos sistemas de segurança, tantos que ninguém nunca pensaria que alguma coisa pudesse pegar fogo. E as alturas máximas eram muito baixas, e por isso as balas e as alavancas travavam. Nos exercícios de tiro, só um sujeito de sorte conseguia uma salva de sete tiros em dez, e todo mundo sabia que os armamentos rendiam ainda menos sob pressão.

Engraçado, não é? A maquete não mostrava nada disso. O navio parecia espetacular, isso sim, como se nenhuma onda fosse capaz de brincar com ele. A primeira vez que Frank o tinha visto, com todos aqueles detalhes (exceto que o velho tinha certeza de que um dos barcos estava errado: não havia dois pequenos barcos guarda-costas naquele ponto em que o projetista tinha colocado uma grande lancha a motor?), tivera a fantasia de que talvez o deixassem levar embora a parte de cima da maquete, para construir alguma espécie de casinha de bonecas dentro dela, mostrando todas as cabines e corredores. Aquelas paredes de aço tinham sido seu lar por muito tempo. O salão do refeitório onde ele tinha comido, dormido, urinado e defecado, junto de seus companheiros, onde havia tremido de frio e suado de calor enquanto o ar condensava escorrendo pelas paredes. Eles nunca conseguiram acertar o aquecedor e apelavam para qualquer recurso que esfriasse o ambiente quando passavam pelos trópicos. Os projetistas navais britânicos só tinham ouvido falar do Atlântico, e não foram capazes de manter os marujos aquecidos. A cozinha era o único local onde os marujos não tremiam. O cheiro era aquilo de que ele mais se lembrava. Centenas de homens empilhados, usando um punhadinho de torneiras, sem jamais ter água suficiente para beber. Os uniformes de sarja que usavam nunca secavam direito e exalavam um cheiro morno, bolorento, mesmo antes de ficarem encharcados de suor. Ele tinha pensado: não, provavelmente não há nem projetos, em lugar nenhum, para o interior do *KG5*. Quem precisa saber como projetar o miolo de um navio de guerra, hoje em dia? Somente nós, que vivemos dentro de um, sabemos como era de verdade, e daqui a pouco estaremos todos mortos. Ele gostaria de contar essas coisas a todas as pessoas que olhavam para aquele modelo, escrever alguma espécie de artigo para manter a história viva, contando-lhes como a água escorria pelas paredes de aço e como todo aquele desgraçado navio vibrava como se estivesse podre, perto da popa, porque algum idiota desgraçado tinha projetado pás de hélice sobrepostas. Eles tinham batizado o casco em 1957, e Frank apostava que o navio continuaria vibrando quando retirassem a última placa.

Enfim, mandaram o *Príncipe de Gales* com o *Hood* para localizarem o *Bismarck*. Até Frank era capaz de enxergar por que faziam isso. "O poderoso *Hood*" era um símbolo da Marinha, uma espécie de nau capitânia. Sem dúvida, era um barco muito formoso. Chaminés gêmeas, casco lembrando um galgo, oito canhões de 15 polegadas em quatro torres gêmeas e velocidade de 30 nós; o navio corria como um galgo também. Havia muita blindagem, mas o problema era que estava no local errado. Frank sabia. Tinha lido sobre isso; era a única coisa que tinha lido. Aquele navio era, na realidade, apenas um projeto para a Primeira Guerra, como todos os cruzadores que tinham explodido na Jutlândia, com a construção já muito adiantada nos estaleiros para que a cancelassem e iniciassem outro projeto desde a prancheta. Instalaram reforços blindados lá e cá, para dar-lhe a aparência de um couraçado, embora não o fosse. Não mesmo. Era um cruzador pesado, muito rápido, com grandes canhões, mas se mostraria fino como uma lata de sardinha caso acabasse realmente se envolvendo numa batalha. Ainda assim, o *Hood* era uma espécie de símbolo, por isso tinha a melhor tripulação, e deixaram que essa tripulação continuasse a mesma. Provavelmente, o *Hood* tinha a tripulação mais bem treinada no Andrew quando o *Bismarck* saiu das docas, e eles também já tinham passado por algumas batalhas no Mediterrâneo. Nada ajuda mais uma tripulação a fazer seu trabalho do que ter algum maldito desgraçado mordendo seus calcanhares. Já o *Príncipe de Gales* tinha uma tripulação verde como um repolho, e metade de seus canhões não funcionavam — havia civis a bordo quando a embarcação zarpou; um pessoal do estaleiro, tentando acertar os malditos canhões – mas o navio não ia explodir de repente; não com toda aquela blindagem. Então, eles devem ter achado que, juntos, os dois navios podiam fazer isso. Afinal de contas, os britânicos estavam com oito canhões de 15 e dez de 14 polegadas, contra os oito de 15 polegadas do *Bismarck* e os oito de 8 polegadas no cruzador pesado *Prinz Eugen*, de Jerry. Ninguém tinha pedido a opinião de Frank sobre a batalha, mas ele tinha lido muitos livros (não que o tivessem instruído a fazê-lo). Ele nunca compreendeu por que os britânicos não tinham colocado o *Príncipe de Gales* na frente, para correr atrás do *Bismarck*, deixando que ele absorvesse o castigo (todo mundo sabia que os Jerries chegavam à linha de tiro mais depressa que os demais), enquanto o *Hood*, com sua blindagem mais fraca, ficaria atrás e faria seus experientes canhoneiros atacarem o *Bismarck* com os oito canhões de 15 polegadas que realmente funcionavam. Bem, não tinha acontecido nada disso. O *Hood* tinha ido à frente, seu paiol fora atingido pela terceira salva do *Bismarck*, ou coisa assim, e o navio explodira, num ataque do qual restaram apenas três sobreviventes. Isso tinha deixado o *Príncipe de Gales*, com metade de seus canhões sem funcionar, enfrentando o fogo combinado de oito canhões de 15 e oito de 8 polegadas. Sofrera vários ataques, inclusive um que varrera a tripulação que estava na ponte e, então, teve de fugir antes que Jerry colocasse um segundo couraçado britânico na lista do açougueiro. E foi então que Frank soube, com um sobressalto terrível na boca do estômago, que algum desgraçado metido a besta estava dizendo que eles tinham saído com a missão de afundar o *Bismarck*. Não passavam de uma molecada, afinal de contas. O *Bismarck* era como um daqueles demônios que os pais dele haviam inventado para assustá-lo quando era criança.

Nestas últimas semanas, ele vinha sentindo mais dores, nos flancos e nos braços. O médico tinha dito que era só idade. Era maio, tempo mais quente mas ele não tinha se aquecido por dentro. Ele tinha feito uma coisa naquela tarde que não fazia habitualmente, pois se sentia cansado e com dores como nunca. Tinha ido pegar outra xícara de chá – em vez de fazer sua ronda de sempre, diante dos modelos de barcos –, e ficara sentado durante 15 minutos. Com um sobressalto, se deu conta de que o museu logo iria fechar e que ele não tinha ido prestar sua homenagem ao *King George V.* A dor diminuíra agora, e ele se levantou, sentindo-se estranhamente culpado pela demora em ir visitar seu santuário.

Tinha uma lâmpada queimada no canto onde ficavam as maquetes, e, por isso, estava mais escuro do que de costume. Havia um homem em pé, perto da janela, de costas para os protótipos, olhando para a rua. Foi um belo choque para Frank, foi mesmo, quando ele o viu. O homem estava usando um casacão preto, até as pernas, e, por um momento, Frank pensou que era um daqueles casacos que os oficiais usavam no Andrew. Ele não reconheceu o homem, embora só tivesse visto o rosto dele de perfil. Um eco incômodo, perturbador. Será que ele o conhecia? Frank conhecia todos os visitantes assíduos e, naquela altura, uma boa parte dos funcionários também. Não achava que já tivesse visto aquele homem ali. Teria se lembrado. Mas, aquele rosto apenas entrevisto... Velho, embora não tanto quanto ele... E podia-se perceber que era grã-fino, mesmo de costas. Em primeiro lugar, o sobretudo, o cabelo grisalho cuidadosamente cortado e os sapatos pretos de cadarço, lustrosos como um rinque de patinação no gelo. Devia ser militar para usar sapatos daquele jeito. Ou isso, ou era um belo de um mordomo. Muitos oficiais tinham mordomos, desde os tempos em que ele estava na Marinha.

Ele se postou ao lado do *King George V*, e uma onda de cansaço o tomou por inteiro. Caramba, como se sentia velho! Aquele era o dia do aniversário; só agora pensava nisso. O aniversário da queda do *Bismarck*. Já não deveriam viver muitos dos que tinham estado lá naquele dia. Britânicos ou Jerries. Ele nunca tinha apreciado reuniões. Um monte de baboseira. A vida era para ser vivida, Madge costumava dizer... Não para ser apenas lembrada. E eram lembranças demais que ele preferia nem ter.

Meu Deus! Tantos anos atrás. Olhou para o convés reluzente, ouvindo os oficiais arrogantes latindo suas ordens, enquanto ele e seus companheiros esfregavam, esfregavam, esfregavam, e depois esfregavam de novo, como se o mar não fizesse isso por eles. Que malditos navios horríveis eram aqueles *King George V*. Tinham a proa chata para que pudessem dar os tiros diretamente, mas com isso a água do mar entrava de roldão. *Fechar a sala de projéteis!*, eles costumavam avisar quando as saídas da ventilação ficavam encharcadas e o mar enchia os espaços entre os deques.

Então, aconteceu uma coisa que nunca acontecera antes. Ele viu, é, ele realmente viu, uma figurinha minúscula caminhando pelo convés da maquete. Mas que droga, ele estava perdendo o juízo, não havia dúvida. Mas a figura continuava ali, andando.

"George!", ele se ouviu dizendo baixinho. "George! Não faça isso! Não precisa ser um demente filho de uma cadela! Volte aqui!"

George era seu melhor companheiro, desde a primeira noite no campo de treinamento, em *Frobisher*. Ele tinha tomado seu primeiro pileque com George, os dois tentado perder sua virgindade no mesmo dia, mas saíram correndo quando viram de perto a cara barbada das duas prostitutas. Eram tudo um para o outro, George e ele, dois safados. Depois, durante os exercícios, num maldito Força 10, eles tinham subido para o convés. Dava a sensação de que o navio subia e descia 1 ou 1,5 metro, afundando a proa nas ondas e recolhendo centenas de toneladas de água a cada vez. Ele não conseguia nem lembrar por que razão foram chamados, pois estava meio sonolento; era para algum treino. Estavam se protegendo atrás da torre B, com a vida por um fio, quando o boné de George voou. Só Deus sabe por que foi que ele inventou de estar com aquele maldito boné na cabeça, para começo de conversa. Num Força 10, ninguém com algum juízo dava muita importância para bonés. De todo modo, George viu seu boné sair voando, rolando pelo chão do deque. Era uma aporrinhação perder alguma peça do uniforme, principalmente porque era preciso pagar por isso. George deu meia-volta, sorriu para Frank, e partiu na direção do deque, sem nenhum cabo amarrado em sua cintura. Eles estavam tentando vestir os coletes salva-vidas quando George saiu em disparada. Frank era capaz de lembrar a expressão no rosto daquele tonto ainda agora, aquele sorrisinho esperto no meio da cara feia.

"George!", ele gritou. "George! *Não faça isso! Não precisa ser um demente filho de uma cadela! Volte aqui!*" As palavras foram arrancadas de sua boca pelo vento que zunia, perdidas antes mesmo de serem ouvidas.

Não adiantou nada. Estarrecido, Frank viu a onda gigantesca subindo e se curvando sobre a proa, como monstro que se prepara diante da presa. George não viu a onda. Agarrou seu boné, que tinha se enganchado num pilar, e se virou para girá-lo no ar a fim de que Frank o visse, antes de enterrá-lo de novo na cabeça. Estava todo orgulhoso porque tinha recuperado o boné. Então, a onda caiu com tudo, e uma espuma branca e prateada lavou a parte dianteira do convés, suspendeu George como se ele fosse um boneco, e o puxou pela lateral do navio. Frank ainda viu o rosto dele, enquanto a onda o arrebatava e suspendia. Parecia confuso, surpreso, com a cara de uma criança cuja vovozinha tivesse acabado de se transformar em lobo. Isso é absurdo, era o que dizia sua fisionomia, mas tem de haver uma resposta, sempre tem. Foi a última vez que Frank o viu.

Frank estava arfando, agarrado no vidro da vitrine, para conseguir se firmar em pé. Por Deus! Os funcionários ficariam enfurecidos com ele! Havia marcas de gordura, da sua gordura misturada com suor, manchando as paredes de vidro. O bonequinho tinha sumido agora, o navio não era mais uma grande fera combatendo os mares monstruosos, era apenas uma maquete. O que tinha dado nele? Que coisa! Tinha sido tão real! Era como se ele estivesse lá, depois de tantos anos, como o garoto que havia sido naqueles tempos.

Ele notou a presença de alguém ao lado dele; sentiu-se confuso ao pensar na impressão que poderia ter dado a alguma outra pessoa. Ninguém entenderia. Tinha "viajado", só isso. Só "viajado". Seria ótimo se pudesse achar onde se sentar... Ele tentou se virar, mas foi mais difícil do que esperava. Quando insistiu, seus olhos caíram no modelo do *Bismarck*. Lindo barco. Não era como o *KG5*, aquela chaleira feia, duas estruturas achatadas e uma maldita falha entre elas, como alguém que não tivesse um dente, bem na frente da boca. A verdade é que ele nunca tinha prestado muita atenção ao *Bismarck*. Não como navio. Território inimigo, certo?

Será que tinham perdido homens no *Bismarck* também? Caindo pelo convés, quer dizer, quando o mar ficava agitado? Corpos que antes respiravam agora sendo esmagados até parecerem uma pasta, congelados e mortos em questão de minutos? Ele estava olhando para o *Bismarck* agora, e de repente teve a sensação de uma luz diminuindo de intensidade dentro de sua cabeça. Sua vista ficou turva, como se um pedaço de gaze lhe cobrisse os olhos. Ele estava caindo, caindo... Jesus! Onde estava? Havia força em suas pernas, força juvenil. Ele estava em algum tipo de contrafeito, atrás de um canhão, só que nunca tinha visto um canhão daqueles. Então ele reconheceu quem era, sabe se lá como. Hans. Não Frank. Hans. Ele era Hans. Era como se cada letra desse nome estivesse sendo gravada num clarão incandescente, dentro de seus olhos. Hans. Tinha dezenove anos, e o segundo dia de maior orgulho em sua vida fora quando o escolheram para o *Kriegsmarine*. E o dia de maior orgulho? O dia em que foi escalado para tripular o *Bismarck*, menina dos olhos da Alemanha, o maior navio de guerra que o mundo tinha visto até então.

E agora Hans estava com medo. Mais assustado do que já se sentira em toda a sua curta vida. Era da artilharia antiaérea; e eles estavam brincando, dizendo que ele e seus companheiros eram os únicos desocupados a bordo. Ele tinha visto o *Hood* explodir, uma pira obscura de fumaça no horizonte, orgulho da Marinha Real, estraçalhado sob o poder de fogo do *Bismarck*. Também vira o outro navio inglês se afastar, vomitando fumaça por lugares além das chaminés, e se juntou ao pessoal que vibrava de alegria. Então foram em frente, com toda força. Quando estavam quase caindo de sono depois de tantas horas acordados, ouviram com crescente preocupação o rumor de que ainda estavam sendo perseguidos por cruzadores ingleses. Até que houve aquele momento em que, no meio da neblina, o *Prinz Eugen* recebeu ordens para seguir adiante. Mais tarde, o *Bismarck* foi atingido na proa, uma avaria pequena, mas que impedia o acesso a alguns de seus tanques de combustível. O navio estava no rumo de Brest, enquanto o intacto *Prinz Eugen* se afastava para se desincumbir de encargos comerciais.

Estavam indo para a França! A empolgação dos tripulantes era palpável, uma coisa quase física, compensando a sensação de perda causada pelo afastamento do *Prinz Eugen*. Eles achavam que tinham acabado com tudo. O capitão anunciara que submarinos estavam sendo enviados para dar cobertura, e que, ao raiar do dia, estariam rodeados por eles. Então, ouviram aquele ruído infernal da sirene, um barulho que deixou todo mundo paralisado. O céu já tinha escurecido quase totalmente, e os aviões haviam chegado, aqueles patéticos bimotores que os Tommies chamavam de "peixe-espada". Pareciam tão lentos e frágeis. Qual seria a sensação de voar numa daquelas coisas, enfrentando o poder do fogo inimigo, movendo-se como um besouro que tivesse perdido as asas, tendo de ir devagar e baixo, a fim de não danificar os torpedos quando estes fossem liberados e atingissem a água... Eles ficaram atirando até que a chuva ricocheteasse como vapor sobre o tambor de seus canhões. Alguém tinha gritado que os aviões estavam muito lentos, que a calibragem das armas permitia uma velocidade mínima de 90 nós. Os velhos peixes-espada estavam voando a 70, 80 nós, e as armas alemãs pareciam não conseguir mirar esse alvo. Eles tinham visto os ingleses soltar alguns torpedos, mas estavam ocupados demais, disparando em meio à chuva e à fumaça, para enxergar os rastros. Depois, houve aquele estrondo gigantesco, à meia-nau, e o navio deu um tranco de um segundo, mas depois seguiu em frente. Bom! Bom! O navio era capaz de aguentar vários tiros em sua lateral reforçada! Mas, então, houve outra explosão enorme na popa, desta vez diferente, mais demorada e com trepidações seguidas, enquanto o navio começava a girar numa manobra maluca, para evitar os últimos torpedos. Eles tinham ficado travados nessa manobra de esquiva, mesmo depois de os aviões terem ido embora.

Demorou muito tempo até que alguém lhes desse a notícia. O leme tinha sido avariado. Os mergulhadores estavam descendo para tentar consertar o estrago. Mas o navio tinha diminuído a marcha e estava seguindo sem rumo. Ele estava certo de que se afastavam da costa, ao invés de se aproximarem dela.

Hans ia morrer, ele sabia disso, e Frank também sabia, assim como o sabia aquela parte deles dois comum a todo marujo que já tivesse encarado a Morte de frente, e a conhecesse. Aqueles aviões deviam ter vindo de algum porta-aviões e então voltariam de manhãzinha, reabastecidos e com as armas recarregadas. E o que viria junto, atrás dessas aeronaves? Todos os barcos que os malditos Tommies tivessem no mar, para vingar o abatimento do *Hood*. De repente, ele sentiu como se o mar se chocasse contra as costelas de metal do navio e percebeu como parecia frágil e vulnerável o que antes tinha se mostrado tão forte e impossível de afundar. Ele nem tinha feito amor com uma moça ainda, só dado alguns beijos, e apalpado os seios de outra, rapidamente. Ali, no escuro, no vento cortante e a bordo de algo que não era mais um navio de guerra, mas simplesmente um caixão de aço rumo ao seu suplício, um caixão para mais de 2 mil homens e meninos, exclamou chorando. Chorava e sentia as lágrimas quentes tornando-se frias quase no mesmo momento em que caíam por suas bochechas. Chorava por sua própria tristeza, chorava por tudo que tinha esperado ser e fazer. Chorava por sua mãe e seu pai, que ele nunca mais veria para lhes contar como tinha sido. Chorava por não saber do que sentia mais medo: despedaçado por metal incandescente ou se afogar. Chorava porque a juventude é uma coisa maravilhosa, é algo que deseja, acima de tudo, viver.

Frank estava no chão, fitando o teto; o suor manchava seu colarinho e escorria diante de suas orelhas, frio. O teto se movia. Ele sabia que as luzes estavam acesas, mas não conseguia ver quantas eram, pois ficavam mudando sem parar. Por que não vinha ninguém? Por que ninguém o tinha visto despencar? Percebeu que estava sendo amparado, quase colocado no colo, pelo homem do casacão preto, ajoelhado ao seu lado. Ele estava alisando a testa de Frank, e aquele gesto era, ao mesmo tempo, pueril e ameaçador, de um jeito que ele não conseguia compreender.

"Chame... chame... chame uma ambulância...", Frank finalmente arquejou. Sua voz parecia ter sumido. Ele sabia o que queria dizer, mas não conseguia falar. Seus olhos piscaram e viraram para o lado, e ele viu o *King George V*.

À sua volta, por todo lado, aqueles homens – que viviam como podiam – tentavam dormir antes do combate, pois sabiam que faltavam poucas horas para a batalha começar, e eles precisavam dormir o máximo possível para guardar energia. Iriam atrás do *Bismarck* pela manhã. Que Deus os ajudasse e ajudasse a nós também. Centenas de rostos fitavam o escuro, tal como Hans – um jovem tripulante da equipe de artilharia antiaérea – fazia não muito longe dali, no mar agitado.

Ele estava de volta ao museu, mas agora tudo era mais escuro, a luz tinha diminuído muito.

"Eu sei quem você é", Frank disse, quase sem ar, sua respiração vindo em jatos curtos, a dor no peito quase forte demais para suportar. "Você é a Morte, não é? Você é a Morte!"

"Todos nós somos a Morte", o velho disse, com uma expressão indecifrável na parte de seu rosto que podia ser vista, um rosto que se tornou novamente indistinto logo em seguida. "A morte é a única coisa que nos une. A única coisa que carregamos conosco, desde o nascimento."

Então as luzes se apagaram para Frank Carter e, providencialmente, a dor também. Com isso, ele foi escorregando sem força para o fundo, rumo ao enorme abraço da escuridão, aquela mesma escuridão que George e Hans e tantos outros milhares e milhares de marinheiros tinham visto antes.

MARTIN STEPHEN

Martin Stephen é autor de dezessete livros acadêmicos e quatro romances, na série Henry Gresham. É o diretor de estudos da St. Paul's School.

Ganso-da-neve

Jim Perrin

Junho de 1848. Enquanto atrás da ilha, no estreito, desaparecia o principal grupo de marinheiros que puxavam o barco sobre os trilhos através do gelo do mar — mais fácil agora do que quando seus navios venceram mais de 1.500 quilômetros em torno da costa norte —, Solomon era o primeiro a falar, dando voz a todos que estavam preocupados:

— Será que a gente vai tornar a ver esses homens um dia, capitão?

— Era melhor se tivessem rumado para o sul, na direção do rio do Peixe — Crozier respondeu, com vestígios da infância na Irlanda transparecendo em seu tom de voz grave. — Se é para suportar outro inverno, sargento, a caça é o que vai sustentar aqueles homens. Todos caçamos para nos manter vivos. Quanto ao hospital de campo, o sr. Peddle e o sr. Stanley farão o melhor possível para devolver a saúde aos homens; e o comandante FitzJames mais o tenente Irving irão levá-los de volta ao navio, no momento apropriado.

As palavras dele foram seguidas de um silêncio desesperançado, como se não estivessem convencidas de seu próprio significado. Com um meneio de cabeça, ele se recompôs e retomou o pensamento:

— Os víveres que deixamos devem bastar por um ano. Se der tudo certo, os homens no rio podem voltar para reabastecê-los, e, assim que nós também conseguirmos nos livrar deste lugar amaldiçoado e avisar...

Enquanto falava, ele pesava novamente a decisão de dividir os sobreviventes em três grupos. Desde que se alistara, ainda menino, para sair de Cork a bordo do *Hamadryad*, há 38 anos, ele tinha se acostumado a que todos os seus atos fossem ditados pelo costume, a ordem e a regra. Desde o ano em que *sir* John Franklin morrera — com a tripulação comendo somente metade da ração, e a escassez dessas refeições sendo pouco melhorada com o que eram capazes de abater ou capturar na gelada costa norte das terras do rei William, ou em meio ao gelo recortado próximo aos navios —, os velhos hábitos tinham parecido servir não apenas para manter a disciplina, mas até mesmo para garantir a sobrevivência.

Agora, tudo era sujeito a indagações. Havia se passado cinco semanas desde que o *Erebus* e o *Terror* tinham sido abandonados. Naquele tempo, mal tinham feito 4 ou 5 quilômetros por dia, e mais nove homens tinham morrido. Para que alguns sobrevivessem, era imperativo separá-los. Seu segundo homem no comando, FitzJames, a respeito de cujo equilíbrio mental Crozier tinha sérias dúvidas, estava debilitado demais para seguir viagem. Apesar disso, ele teve de se incumbir das tendas do hospital de campanha na baía do Terror. Crozier sabia que se tratava de uma má escolha, mas era a opção que as regras e a necessidade impunham. Três dos cinco tenentes que tinham sobrevivido acabaram sucumbindo ao escorbuto ou à pneumonia, durante a marcha para o sul. Dos dois que ainda estavam vivos, Irving ficava com FitzJames, e Hodgson liderava os homens que atravessavam o gelo. Crozier considerou que, sem dúvida, a única alternativa era repartir o grupo e mandar os mais fortes na frente, em duas turmas – a maior para montar acampamento em terra firme e caçar, e a outra, aquela de que ele participava, para descobrir alguma forma de atravessar o labirinto do Ártico. Para que ele e os seis homens sob seu comando pudessem sobreviver, ele sabia que era preciso outro modelo de conduta, diferente de tudo que seu treinamento lhe havia ensinado. Deviam atravessar aquela terra desconhecida depressa e com pouca carga. Continuamente, naquele último ano, sua memória era cintilada por imagens fugidias da comunidade esquimó em Igloolik e do inverno que lá havia passado com Parry, há 25 anos.

Seus colegas oficiais sempre diziam que aqueles eram uns selvagens ignorantes e estúpidos, além de todo comentário que faziam acerca de seus hábitos pessoais e sua moralidade (embora alguns desses mesmos oficiais, como o irlandês havia notado, não estavam exatamente imunes a se aproveitar dos favores desses "selvagens", fossem eles homens ou mulheres). Mas para Crozier, pessoalmente distante das atitudes oficiais, tanto em razão de seu sotaque irlandês como de sua longa ascensão pelos escalões da hierarquia, a lembrança da amizade e da engenhosidade dos esquimós – o reconhecimento do que era preciso para que sobrevivessem ali há tanto tempo –, agora se tornavam, cada dia mais, admiração, curiosidade, respeito. Ele recordava as excursões que faziam, partindo de Igloolik com os caçadores, esforçando-se para se lembrar do termo *inuk* que o velho Aua lhe ensinara. *Quinuituq* – era isso. Paciência profunda! A paciência do caçador, com o arpão pronto, esperando a *aglu* – a fenda de respiração de uma foca –; a imobilidade do homem quando retesa o arco e assiste à aproximação curiosa de um caribu. *Quinuituq* – ele repetiu baixinho a palavra. Se houvesse uma chave para a sobrevivência de seus homens ali, sem dúvida os guardiões dessa sabedoria seriam os esquimós, não a Marinha Real.

Enquanto o capitão permanecia sentado, calado e mergulhado em seus pensamentos, como se quisesse dissipar o desânimo que se abatia, os homens começaram a descarregar seus poucos equipamentos, suprimentos e o bote de borracha Halkett, empilhando tudo no trenó mais leve. Ali perto, um chasco subia e descia com as correntes de ar e dava corridinhas curtas sobre os pedriscos de gelo. Blankey, o mestre de gelo do *Terror*, observava os movimentos da ave quando cruzou os olhos de seu capitão, depois disso, eles fitaram-se algumas vezes.

– Venha, sargento – falou o capitão. – E você, sr. Blankey, vamos ver como estão as coisas nesta terra.

O marujo pegou seu mosquete, e o mestre de gelo, uma arma de caça; foram atrás de Crozier, que subia por uma pequena encosta. No topo, Crozier de repente acocorou-se e gesticulou com urgência para que os outros dois homens fizessem o mesmo. Eles rastejaram até chegar perto do capitão. Pequenas pedrinhas adentravam os calcanhares de suas botas de marinheiro pelos rasgos e costuras desfeitas. À frente deles, ao observarem mais adiante, uma sequência de curtas escarpas delimitava o horizonte de noroeste a sudoeste, como um bando enorme de carneiros tosquiados, em fuga numa planície matizada. Lá embaixo, à distância de cem passos, um primeiro caribu em rota de migração fuçava a neve, alheio à presença dos homens.

– Observe bem, sargento – Crozier sussurrou –, estou certo de que ele vai se aproximar e ficar a uma distância de vinte passos; mirem o coração.

Lentamente, Crozier se levantou até ficar de joelhos, com a cabeça baixa e os braços estendidos para cima, como se ele fosse um animal de galhada. O caribu deixou de ciscar sob o gelo e se virou, curioso, para observar. O pássaro veio na direção do esconderijo dos homens, parando de vez em quando para fuçar o chão, e depois ergueu a cabeça de novo, dardejando um olhar míope para a sentinela no alto do morro. Com o cão de seu mosquete em posição, Tozer travou os olhos sobre o longo tambor. Ele se lembrava do rosto contorcido do primeiro homem que tinha matado – o soldado de Mehemet Ali em Acra, há oito anos –, lembrava-se também de que a vida e a morte estavam em equilíbrio. Não lentamente, como agora, tendo como agentes as doenças e a fome, mas pairando sobre suas cabeças como a ponta de uma lança.

Mal chegando a se transformar em pensamento, seu instinto passou do aguilhão de um disparo impulsivo para a posição recuada do observador silencioso e concentrado. O caribu deu mais alguns passos de aproximação, farejando o ar. Então os três homens se imobilizaram como estátuas. O caribu veio trotando mais um pouco, parou, ergueu a perna de trás e girou para esfregar o focinho no dorso, enquanto Tozer soltava devagar o gatilho, a coronha firmada no ombro para absorver o tranco quando o tiro fosse dado. A pólvora silvou e a bala rodopiou pelo ar, atravessando o osso e alcançando o coração do animal. Perdendo o equilíbrio, ele rolou pelo chão, estrebuchou e ficou imóvel, enquanto o eco do disparo se perdia pela extensão da ilha.

— Muito bem, sargento. Chame os homens e arrastem o bicho para cá. Vamos abrir, tirar as tripas, comer e depois seguir em frente.

Logo o ventre do caribu estava aberto, e suas vísceras, espalhadas em volta do trenó.

— E o fogão, senhor? — perguntou o sargento.

Como resposta, Crozier pegou a faca e cortou o fígado ainda vibrante em sete porções. Quando terminou, levou uma delas até a boca e mordeu um naco, gesticulando para que os homens o imitassem. Hesitando, quase enojados, por um breve momento divididos entre fome e pudor, cada um deles pegou a parte que lhe cabia e comeu.

— Em todas as minhas viagens, nunca vi um só esquimó com escorbuto. E, no entanto, nós, marinheiros, sofremos disso o tempo todo. Pensem... Desculpem, cavalheiros, não temos talheres para o jantar, nem suco de limão sobrando para temperar a carne. Mas também nunca conheci um só esquimó que tivesse usado essas coisas e me parece que agora devemos imitar o jeito deles. Muitas vezes, vi quando enfiavam goela abaixo a gordura recém-tirada de uma foca ou de uma baleia branca, e eu mesmo experimentei essas coisas; desconfio que tenham qualidades de que nós agora estamos extremamente necessitados. Fígado quente e coração cru para o almoço; carne crua para o jantar, hoje à noite, e viveremos para ver a costa da Inglaterra mais uma vez, meus camaradas. Um pouco de coragem para comer dessa maneira por enquanto, e Greenhithe logo vai ver vocês todos fazendo farra de novo, em Grope Alley.

E assim os homens jantaram — o sargento da Marinha, Tozer; o mestre de gelo da baleeira, Blankey; o marujo Manson, de Whitby, que muitas vezes tinha viajado para o Norte com Blankey; o capitão do cesto da gávea do *Ter-*

ror, Tom Farr; seu timoneiro, John Wilson; e Osmer, o tesoureiro do *Erebus*. Exceto Osmer, cuja presença lhe havia sido imposta, esses eram os poucos homens ainda vivos em quem Crozier confiava e respeitava dentre todos os tipos que estavam no Ártico. E eram os favoritos do favorito do Almirantado, FitzJames, que tanto tinha decepcionado Crozier antes da saída da expedição, há três anos. Na opinião de Crozier, eram jovens cavalheiros aventureiros, bem-educados, mas sem experiência em batalhas. Não tinham os instintos necessários para enfrentar aquele lugar primitivo, onde seu conhecimento grosseiro, mas arduamente conquistado, certamente exigia prioridade, e agora a receberia. Além de sua responsabilidade como capitão, cada passo para longe de FitzJames, e da contínua reprovação contra suas maneiras educadas e conversas inteligentes, servia para amainar as fisgadas do ressentimento.

Limpando, com porções de neve ou trapos de punhos de suas camisas, o sangue que lhes manchava os lábios rachados e escurecidos e os fios grisalhos da barba, os homens acomodaram a carcaça no trenó e, com vigor renovado, retomaram seus passos pela trilha já demarcada, arrastando sua carga pelo gelo. Atrás deles, um lampejo branco e o pio agudo e estridente de uma gaivota-rapineira fizeram Blankey espiar por cima do ombro para o ponto em que uma ave escura mergulhara e arrancara um bom naco das vísceras do caribu, abandonadas lá atrás, na neve. Com um tremor involuntário, e com as solas de suas botas gastas patinando um pouco em falso, ele retomou a marcha.

Com o capitão à frente, eles tomaram a direção nordeste e mantiveram um ritmo cadenciado. Ali, na grande baía que se estendia através da embocadura do rio do Peixe, afastando-se da correnteza tumultuada e barulhenta que irrompia do mar de Beaufort, o gelo era liso e vítreo. Lá e cá eles chafurdavam em pocinhas que denunciavam a presença de uma fonte oculta, ou rodeavam buracos no gelo por onde, a distância, as focas vinham vigiar. O trenó deslizava sem tropeços, e o esforço era pouco, em comparação com o movimento de arrastar os barcos desde Ponto Vitória, sob a pressão de escarpas e pontões que podiam se fragmentar a qualquer momento. Tom Farr cantarolava para si mesmo, enquanto puxavam:

— O mar, o mar aberto, era tão fresca a água, sempre em movimento...

— O que é isso que você está resmungando, Tom? – perguntou Sol Tozer.

— Ah, é uma canção antiga, em dó, que fala melancolicamente das delícias da vida em terra e que o meu capitão do cesto da gávea, o sr. Peglar, e eu costumávamos cantar. Aquele gosto do fígado quente me escorregando pela garganta me fez lembrar muito dela.

Antes que a voz do sargento pudesse ser ouvida, com sua resposta irreverente, o capitão Crozier gesticulou apontando para a costa, em direção a uma praia de cascalho na reentrância de uma enseada rochosa, abrigada do vento.

– Homens, montaremos acampamento ali, e esta noite comeremos bem. Vamos...

O gelo daquela enseada brilhava à luz da manhã quando Tom Farr urinou de frente para um paredão de pedra. Olhou com asco para o jorro de líquido amarelo, grosso e viscoso que manchou uma pequena depressão na sombra da neve, abotoou a braguilha e foi para debaixo de um telhado, enquanto os seis companheiros continuavam dormindo. Contemplando o gelo, estudou seus padrões fracionados e suas texturas monótonas – claras, opalescentes, níveas – e ficou matutando como era possível que uma substância tão linda pudesse ser tão cruel, imprevisível e ardilosa. Quantas vezes esse mesmo dilema não se havia abatido sobre ele durante os longos meses de imobilização nos gelos do Norte? Lembrava-se de escalar o mastro até o cesto da gávea para sondar o horizonte e sempre ver a mesma variedade infinita dentro daquela monotonia e daquele vazio. Uma rocha que contornava a ponta da enseada brilhava de uma maneira estranha. Ele foi andando até lá para olhar mais de perto, até perder o acampamento de vista. Mais adiante ainda, ele se ajoelhou perto de outra rocha para examinar o vigor contido e exótico, as cores brilhantes dos liquens que tinham chamado sua atenção, espécies cujo nome ele desconhecia: eram liquens que lembravam joias, mapas, raios de sol. Num momento de ilusão de óptica, aquelas estruturas flocosas e coladas umas às outras, num lento processo de colonização, brotando de espaços ocos mortos após milênios de paciência infinita, pareceram-lhe o verdadeiro coração do Ártico. Enquanto continuava absorto, alheio a tudo que não fosse o foco de seus pensamentos e olhos, perdido naquelas e em outras formas de beleza que ele conhecia – quer fossem os céus marinhos, a vida verde na terra, ou as pétalas de carne secretas e exóticas entre as coxas de uma mulher –, de repente, imerso naquele devaneio e sem soltar um único som, ele estava morto, com o pescoço quebrado por um único golpe desfechado pela pata do urso que o espreitava. Antes que seus companheiros dessem por sua ausência, ele já tinha sido dilacerado e se tornara carne mastigada no ventre do animal, que se afastava em silêncio, de barriga forrada, de volta para a terra congelada.

Manson, que havia sobrevivido à reclusão na baía de Baffin, em 1835, descobriu o corpo. Ele imediatamente deduziu o que ocorrera e percebeu que Farr não tivera qualquer chance. Na praia salpicada de neve, via-se sangue derramado nos lugares onde o urso tinha atirado o corpo inerte, depois de sacudi-lo como um cachorrinho que tem um brinquedo nos dentes. O marujo se apressou em voltar à barraca a fim de alertar e informar o capitão. Todos os seis reunidos, ergueram uma pequena pilha de pedras lascadas sobre os despojos de seu companheiro. Depois de terminarem, permaneceram em torno do monumento, com a cabeça descoberta, varridos pelo vento frio e cristalino, enquanto Crozier pronunciava as palavras que agora ele já conhecia praticamente de cor. De volta ao acampamento, acenderam o fogareiro, descongelaram e comeram, mesmo quase sem apetite, o que tinha restado na frigideira do banquete da noite anterior. Será que deveriam rastrear e matar o urso?, perguntou Blankey, o velho colega de bordo de Manson no *Viewforth*. Mas o capitão e todos eles sabiam que estavam com as forças muito debilitadas para isso, e seus suprimentos eram escassos demais. Deveriam seguir para leste, esperando encontrar alguma área mais abundante para caça, além da ponte de terra que pensavam poder levá-los a Boothia, baía da Fúria, Igloolik, e talvez até a terra natal. Daquele momento em diante, os mosquetões estavam sempre carregados, e ninguém se aventurava sozinho, longe das vistas do grupo. Mais uma vez, arrastaram o trenó sobre o gelo e seguiram na direção do sol.

Depois de quatro horas puxando o trenó ao longo da costa que agora ia para o norte, as roupas e botas dos homens estavam encharcadas dos respingos que provocavam ao pisar sobre pequenas depressões de gelo derretido. Enfim, chegaram a uma ruidosa praia de pedras, sobre as quais escorria um fio de água doce, brotando de algo que derretia ali embaixo. Enquanto os homens abasteciam o fogão e colocavam a grande chaleira preta para ferver, Crozier tirou o telescópio e averiguou o relevo da baía. Ao mirar um ponto no fundo da baía, ele ficou entusiasmado e chamou o mestre de gelo, Blankey, e Osmer, para quem entregou o telescópio quando se aproximou.

— Senhor, homens que tiveram contato com os esquimós da baía de Baffin me disseram que há uma crença entre os nativos. Bem para oeste de Igloolik e das terras de seu povo, eles dizem que vive uma tribo chamada Netsilik. Segundo me disseram, o pessoal de Igloolik caça morsas, mas os habitantes de Netsilik são especialistas em pescar focas, uma coisa mais difícil, mas menos perigosa.

— Realmente, sr. Osmer, ouvi falar muito deles na época em que estive em Igloolik. É um grande erro supor semelhanças entre todos esses que decidimos denominar "selvagens". Meus amigos de Igloolik, por exemplo, eram pessoas bem-humoradas e brincalhonas, engraçadas e felizes. Mas eles me disseram que o povo de Netsilik era briguento, encrenqueiro e conhecedor de todas as formas de magia esquimó. Eles vivem num lugar conhecido como Uqsuqtuuq, nome que, segundo me disseram, quer dizer "lugar em que muita gordura de baleia pode ser encontrada". Pela aparência do assentamento que conheci no passado, eu diria, sr. Osmer, que essa alcunha é adequada.

— Até parece a linguagem do comandante FitzJames — respondeu o antigo tesoureiro do *Erebus*, para o evidente desprazer de Crozier —, mas, se estou entendendo direito o que você diz, então esse acampamento certamente é Uqsuqtuuq; e, se essa reputação é merecida, é melhor mantermos nossas armas prontas. Talvez por meio dessa mágica possamos garantir que eles cooperem.

— Sr. Osmer, acho que uma diplomacia vigilante será nossa primeira linha de defesa. Outra refeição à base de caribu hoje à noite, e amanhã iremos nos apresentar, imagino eu.

Os homens puxaram o trenó até um recesso protegido nas rochas, deixaram as armas carregadas e montaram acampamento. Manson, com uma estudada delicadeza, removeu o couro das costas do animal, retirou-lhe uma perna da carcaça e jogou pedaços da carne no caldeirão, para ferver, enquanto os outros batiam os pés gelados para espantar o frio e fumavam seus cachimbos de cabo curto. Foi Osmer, em pé e a pequena distância dos outros homens, refletindo sobre o rápido comentário do capitão, quem viu o urso primeiro. Ele vinha a passos lentos pelo gelo, na direção deles.

— Senhor! — ele gritou, e gesticulou indicando o urso.

Crozier avaliou a situação e calmamente deu suas ordens:

— Sargento Tozer, vá quarenta passos para a direita, para a praia. Um tiro pelo lado, mirando o coração. Manson, à esquerda, trinta passos; espere até ele estar todo de lado para você. Sr. Osmer e sr. Blankey, para trás do trenó, com os pedaços da carne. Você e eu, sr. Wilson, vamos nos valer da espada e da pistola a fim de dar tempo aos homens para recarregarem a arma, se for preciso.

Enquanto ele falava, o urso acertou sua rota para alcançar deliberadamente a fonte do cheiro de carne cozida, com sua lenta cabeçorra balançando de um lado a outro, e o peito ainda vermelho lembrando a refeição daquela manhã.

— Então, sr. Blankey, seu amigo será vingado — murmurou o capitão, enquanto a suave alternância dos ruídos de patas na neve, sob o peso do urso, ecoava cada vez mais perto. Ele hesitou, percebendo os homens à direita e à esquerda, e começou a subir em linha reta. Bem no alvo, a bala do atirador de elite da Marinha perfurou as costelas do urso em cima de seu coração e, quando ele cambaleou e recuou, a bala de Manson perfurou-lhe a barriga e quebrou sua espinha. De repente, Blankey estava empinando o trenó e correndo para onde o animal se contorcia. A uma distância de 3 metros, ele estancou e disparou os dois tambores de uma vez, atravessando as costelas e chegando ao coração do urso. Com um último esforço, o urso arremeteu contra o mestre de gelo, pregando-o no chão, no momento em que a espada do capitão cortava a garganta do animal e Wilson descarregava a pistola dentro do olho do bicho, para atingir-lhe o cérebro. Um grande tremor sacudiu o vasto corpo do urso, que tossiu placas de sangue sobre Blankey. Enfim, com uma convulsão final, a criatura morreu. Com um volteio da espada, o capitão limpou sua lâmina na faixa amarela suja, enquanto Tozer e Manson vinham correndo, com seus mosquetões já recarregados.

— Sr. Blankey? — o capitão chamou, falando com a figura esmagada e ensanguentada que estava debaixo do urso.

— Sim, capitão — ele respondeu. — Está tudo bem, mas este é um cobertor muito pesado; eu ficaria muito agradecido se conseguissem me tirar daqui.

Os homens riram e, ao mesmo tempo, soluçaram em alívio, posicionando-se para remover o cadáver do urso. Enquanto trabalhavam nisso, movidos pelo mesmo instinto, olharam para onde estava o trenó, por trás do qual puderam enxergar o rosto pálido de Charles Osmer.

Orpingalik chegou naquela noite. Ele jogou para trás o capuz pontudo de seu casaco de pele de caribu e chamou os brancos, cuja língua ele falava, *qallunaat*. Apresentou-se como um *angakoq* — um xamã, como enfim acabaram por depreender. Mais tarde, todos eles jurariam que, enquanto caminhava inesperadamente pela praia à luz da meia-noite, obrigando-os a pegar em armas, Orpingalik fora cercado por uma luz fosforescente e intensa que fez os supersticiosos acreditarem que estavam diante de um fantasma. Porém, ele comeu os restos do prato de carne daquela noite com um deleite verdadeiramente corporal, e depois se afastou a uma pequena distância, a fim de conversar com Crozier, a quem ele chamava de Aglooka. Orpingalik contou como os caçadores de sua tribo tinham encontrado, alguns dias antes, o outro Aglooka, o menino fraco de casaco azul, dourado nos ombros, que tinha pedido carne de foca para si e para seus três companheiros. Ele ia morrer logo, declarou Orpingalik, esse era seu destino.

— Mas você, Aglooka homem, conhecido por nosso povo a leste, você que trouxe Nanuq como presente para nossa tribo e que pode caçar por conta própria nesta terra, você permanecerá conosco durante muitos invernos ainda, e será pai de crianças da nossa tribo. Contudo, não chegará a vê-los quando se tornarem adultos, pois, como o ganso-da-neve, você irá embora para o Sul antes que seus ossos embranqueçam por aqui. Agora, dançarei para você e seus homens, Aglooka.

Orpingalik desceu até um trecho horizontal daquela área, imobilizou-se e então começou a dançar. Primeiro, ele realizou movimentos lentos e estudados, cautelosos, angulosos, deliberados; mas depois deixou-se arrebatar num êxtase sinuoso, seguro, rítmico e envolvente, enrolando-se, esticando-se, rodopiando e fazendo piruetas rente ao chão da praia, com uma expressão hipnoticamente intensa, voluptuosa, as mãos sempre traçando no ar imagens flutuantes para que a imaginação de seus espectadores adivinhasse do que se tratava; era a presa, trazida por encanto para eles, imanente, logo ali. Mais tarde, os brancos falariam do que tinham visto. Ao redor de Orpingalik, enquanto ele dançava, havia uma luz fulgurante, como se ele tivesse saído direto das ondas, gotejando fosforescência. E, enquanto dançava, cantava:

> Lembro-me de Nanuq, o branco,
> O grande urso branco.
> Com costas e quadris altos
> E o focinho na neve, enquanto andava.
> Só ele acreditava em sua virilidade.
>   Correu até mim.
>   *Unaya, Unaya!*

> Para o chão fui jogado, vez após vez
> Até que, ofegante, ele se deitou para descansar
> Ignorando que eu era seu destino,
> Aquele que lhe traria o fim.
> Enganando-se por achar que só ele era macho.
>   Eu também era um macho!
>   *Unaya, Unaya!*

Quando Orpingalik enfim terminou, voltou-se para Crozier:

— Aglooka, amanhã você virá com seus caçadores até Uqsuqtuuq. Traga seu presente no trenó, para meu povo ver, e nós o receberemos lá.

Dito isso, ele se encaminhou para a praia e saiu andando pelo gelo, onde seu brilho, como que de mercúrio, foi absorvido pela obscuridade sombria, cor de chumbo com estanho.

Quando se aproximavam da aldeia, os cães na praia largaram os ossos do caribu que estavam roendo e latiram em protesto. Homens, mulheres e crianças correram pelo gelo, chamando por Nanuq, na direção em que ele se deitava, com as mandíbulas escancaradas, retorcido sobre o trenó. Eles se agruparam em torno dos rastros dos patins e foram carregando a carga até a aldeia, onde mulheres vestidas com *ulu* raspavam a gordura das peles de raposas-do-ártico esticadas em molduras. Um aroma de carne de foca pairava nas casinhas baixas de pedra. Nos locais onde o gelo derretera, na parte ensolarada da baía, pequenos *icebergs* retalhados e faiscantes, com poças de água azul-turquesa no topo, flutuavam levemente pelo mar. As mulheres descarregaram o urso e a carcaça do caribu e imediatamente começaram a esquartejá-los: soltavam as membranas da carne, raspavam a gordura de cascos e patas para dentro de sacolas de pele de salmão, cortavam a carne em articulações cada vez menores, descartando apenas o fígado de Nanuq. Os seis homens brancos foram levados para a *qaggeg* – a maior habitação da aldeia, onde dominava o aroma de gordura queimada de foca vindo do *kudlik* e uma luz bruxuleante dos pavios de líquen produzia estranhas sombras dançarinas. Orpingalik estava aguardando por eles ali, sentado num banco de pedra que havia sido coberto com couro de caribu. Ele fez um gesto para Crozier caminhar ao seu lado até a porta da cabana.

— Você está vendo lá adiante, Aglooka, aquele morro?

E apontou para o poente, na direção de uma miragem de gelo, uma grande e pálida quimera de uma colina celeste, refulgindo ao longo do horizonte.

— Lá é Uvayok. Antes que a morte se instalasse na Terra, uma raça de gigantes imortais vivia ao norte de Qiiliniq. Mas houve um verão em que faltou comida, as morsas e baleias tinham desaparecido, então os gigantes partiram rumo ao Sul. O Sul os distanciou ainda mais da comida, e, por isso, passaram muita fome. Uvayok era o maior deles. Depois de algum tempo, seu corpo afundou no chão e as pequenas flores de verão cresceram sobre ele, até que somente uma de suas costelas se destacou aqui e ali, e ele se tornou uma colina. Lagos se formaram com o líquido que saiu de sua bexiga. Os peixes vieram nadar nesses lagos e os mergulhões chegaram em busca deles. Aglooka, essas são as nossas histórias, as histórias da terra que agora você deve respeitar. Você e o *qallunaat* com penas de flechas no casaco...

Orpingalik relanceou os olhos e fez um movimento com a cabeça na direção do sargento naval.

– ... e você ficará aqui conosco, caçando focas, baleias brancas e gansos. Os outros homens cruzarão o gelo antes que ele se rompa e viverão em Taloyoak. Eles matarão caribus. Desse jeito, todos vão comer. Perdemos muitos caçadores em duas primaveras. O marido da minha filha foi um deles. As mulheres se tornam perigosas quando não têm maridos que se deitem com elas. Vocês, homens brancos, que são fortes e podem caçar, tomarão o lugar deles.

Naquela noite, enquanto se banqueteavam no *qaggeg* com carne de foca e de caribu e intestinos fermentados de morsa, com gosto de queijo forte, Crozier refletiu a respeito da facilidade com que a responsabilidade cede lugar à obediência quando se está diante de um conhecimento maior. Seu destino era ter chegado até ali. O dos outros, que talvez sobrevivessem, agora estava nas mãos deles mesmos, e ele se sentia absolvido disso. Depois de todos terem comido, as mulheres retiraram do *kudlik* as panelas enegrecidas, reavivaram as chamas e reabasteceram a gamela com gordura de foca. Canções que contavam histórias e danças divertiram os convidados; houve troca de olhares entre o *qallunaat* e as jovens mulheres viúvas. Crozier lembrava-se do pedido de casamento que fizera a Sophie – sobrinha de Franklin –, do desdém com que fora recebido, dos olhos desviados e dos olhares de esguelha enquanto ela conferenciava com sua tia Jane, do timbre escaldante de suas risadinhas. Ele percebeu os olhos da moça e pensou como era diferente o interesse sincero e explícito que seu olhar transmitia. Ao observá-los, Orpingalik disse baixinho para ele:

– Aglooka, esta é Uvlunuaq, minha filha.

Mais tarde, naquela noite, ela o conduziu para sua casa, e ali, à luz do *kudlik*, ela tirou os *tuglirak*, os longos pauzinhos que lhe seguravam os cabelos. Com isso, os fios caíram sobre os ombros da mulher, que depois despiu-se de sua roupa de pele, apresentando-se nua para Crozier. Rindo, ela desabotoou o uniforme roto que ele usava, puxou-lhe as calças para baixo e ajudou-o a despir suas roupas íntimas, manchadas e rasgadas. Ele se aproximou dela e a abraçou. Uvlunuaq, com os seios contra o peito de Crozier, sentia a excitação dele contra seu ventre. Com a mão em concha, ele buscou e acariciou o úmido veludo da moça; o sabor salgado que saía dela fazia latejar as pontas cortadas de seus dedos.

— O homem precisa ter paciência para dar prazer à mulher — ela exortou, retraindo-se e empurrando-o cordialmente para a plataforma onde dormia, rolando com ele para debaixo das pesadas peles de caribu.

Uma década passou tão depressa quanto a floração de ervas no verão, depois de uma queimada.

Aglooka e o *qallunaat*-com-flechas-no-casaco moravam com suas esposas em Uqsuqtuuq, sabendo, por outros caçadores, que os navios tinham se extraviado e afundado, e que seus companheiros (que haviam se espalhado pela costa norte) estavam todos mortos. Mas ambos evitavam os locais em que restavam os ossos descobertos dos antigos colegas. Tinham nascido as crianças, como prometera Orpingalik; e, quando as mulheres que acudiam no parto chamaram-no para segurar aquele pacotinho chorão, de cabelos negros e carinha vermelha, Aglooka ficou admirado com a onda de amor que sentiu em relação a cada uma das crianças. Entre ele e Uvlunuaq também havia risos e afeto; cooperação e mútuo aprendizado desabrochavam e se transformavam em entendimento, numa lenta e apaixonada apreciação. Vieram notícias de Taloyoak, ao norte, do outro lado do estreito: sobre a inacreditável engenhosidade de Wilson com uma equipe de cães ("O que é um timoneiro senão o condutor de um bando de velhos cães do mar?", ironizou Aglooka, lembrando-se de outra vida); sobre a viagem que ele e Blankey tinham feito à praia da Fúria, percorrendo lojas onde compraram mosquetões e uma grande quantidade de pólvora e fósforo (uma parte desses apetrechos tinha voltado a Uqsuqtuuq por meio do *umiak* — o barco das mulheres —, naquele verão em que o primogênito de Uvlunuaq tinha morrido). Numa primavera, Wilson e seus cães deslizaram pelo gelo e deram a Aglooka todos os detalhes que lhe faltavam acerca da morte de Osmer. Ele tinha estuprado a esposa de Ugarng enquanto este caçava. Antes que os homens retornassem, as mulheres o dominaram; elas o despiram e amarraram, com braços e pernas estirados, em estacas afiadas de osso de caribu; amputaram-lhe os genitais e os enfiaram na boca do próprio Osmer, abandonando-o na encosta, no alto do acampamento de verão, à sorte dos predadores. As gaivotas rapineiras tinham comido seus olhos. Nanuq e sua companheira demoníaca, a pequena rapos-do-ártico, tinham se refestelado com o que sobrara. Manson tinha sido morto por um boi-almiscarado enfurecido. Blankey tinha esposa e muitos filhos. Certo ano, um *qallunaat* estranho tinha vindo por terra, das bandas do Sul, acompanhado de cães, e os nativos lhe venderam coisas inúteis, anteriormente integrantes dos navios. Mas não lhe disseram nada sobre os dois *qallunaat* que haviam se casado com mulheres da tribo e tinham acabado de partir do acampamento de verão para caçar caribus. Tampouco mencionaram os que estavam do outro lado da água. Ele foi embora, mas Aglooka, e também Uvlunuaq, sabia que o homem e seus companheiros voltariam enquanto eles e seus filhos estivessem juntos, debaixo das peles pesadas, no escuro do inverno. Uvlunuaq reconheceu que o outono da vida de seu homem estava se aproximando. Em sua décima primavera juntos, ela costurou novas botas para ele, forradas com pele de Nanuq e com sola feita de couro de foca-barbuda, costurada com fibras de caribu, que inchavam quando úmidas, tornando-se à prova d'água. Ela lhe confeccionou um casaco de couro de foca porque sabia que ele partiria rumo ao Sul. Na manhã do dia em que ouviu os bandos de gansos voando alto no céu da baía, ela saiu da cama, ficou em pé nua na frente dele, a fim de que a visse assim pela última vez, e cantou-lhe esta canção:

> Eu andarei com os músculos das pernas
> Fortes como os tendões das patas do filhote de caribu.
> Eu andarei com os músculos das pernas
> Fortes como as fibras das patas da égua branca.
> Com cuidado, retornarei do escuro.
> E entrarei na luz do dia.

Ela o vestiu, amarrou pacotes de carne de foca em seu trenó e ali colocou também tambores de pólvora e fósforo, uma faca de neve e uma pesada pele para dormir. Meses mais tarde, no lago Angikuni, à margem do rio Kazan, em Keewatin, quando os gansos-da-neve — cuja escura plumagem contrasta com as penas brancas e brilhantes — vieram em bando para pousar nas águas rasas, Aglooka ergueu a pesada peça de caça no buraco da tela de lona. O maior dos gansos começou a andar na direção do esconderijo de Aglooka, nas encostas rochosas, sobre o chão descongelado, rugoso e amolecido pelo verão. Os pedriscos da superfície, esmigalhados, formavam padrões paralelos ou poligonais. Um par de tentilhões da neve passou correndo, em fuga. O ganso parou para comer as plantinhas mínimas e rasteiras que se escondiam de um vento seco e inclemente — saxífragas, mil-grãos, ervas-pinheiras, cravoilas, cinco-folhas e gramíneas, samambaias aromáticas, o sempre móvel algodão-do-brejo, o salgueiro-polar, de ramas finas e folhas de um verde baço, escuro, discreto. A ave coçou seu longo pescoço contra um velho osso das manadas de caribus e alisou a plumagem lisa na madeira manchada e nodosa, com liquens crescendo à sua volta. Quando fez isso, o dedo de Aglooka apertou o gatilho e disparou.

O fulgor do tiro, quando o tambor desgastado e enferrujado se partiu, deixou-o cego e uma lasca do aço fraturado atravessou-lhe a garganta. Ele arrancou o estilhaço que o golpeara e, com isso, a ponta da farpa metálica, afiada como lâmina, cortou-lhe a artéria. Seu sangue saiu num jorro que tinha o ritmo da morte. Os pios estridentes dos gansos, em sua revoada rumo aos céus, buscando o Sul, ficaram levemente marcados em sua consciência, que se apagava. Seu último suspiro saiu engasgado em meio a um borbulhar de sangue vermelho. Os coiotes e lobos espalharam os ossos de Aglooka, e eles foram envolvidos como num sudário pelas neves do inverno, assim como ocorreu com todos os outros, que nunca seriam encontrados.

Jim Perrin

Jim é um dos autores mais lidos da Grã-Bretanha quando o assunto são viagens e atividades ao ar livre. É especialista em montanhismo. Venceu por duas vezes o Boardman-Tasker Prize por suas biografias de Don Whillans e Menlove Edwards, entre outros prêmios consagrados.

Museu do mar

Nick Parker

Nos primeiros tempos, nossa atividade principal era tentar definir o que o Museu do Mar deveria ser. Isso significa que, essencialmente, íamos andando atrás de Mallard, nossos cadernos em punho, enquanto ele discursava sobre suas ideias. Ele passava muito tempo em seu barco a remo, zanzando pela baía. Nós o seguíamos em nossos próprios barcos. Era bem complicado tomar notas e remar ao mesmo tempo, disso nos lembramos bem. Também era difícil ouvir Mallard com o rumor da brisa; o som das ondas batendo era notavelmente alto. Mallard não parecia perceber isso e continuava a falar e a mexer os braços para todo lado. Tentávamos tirar conclusões dos gestos que seus braços desenhavam. Charles anotou "água-viva", "arpão" e "coluna de água oscilante". Várias vezes, Mallard se inclinava sobre a lateral do barco e mergulhava suas mãos na água, voltando com grandes punhados de água do mar, oferecendo-a, como se fosse uma explicação. Assentíamos com a cabeça e dávamos a entender que compreendíamos perfeitamente bem o que ele estava falando, ao mesmo tempo que tentávamos evitar que nossos *laptops* ficassem molhados demais, ou que os remos afundassem na água por acidente. Mais tarde, de volta à praia, perguntei a Charles como ele tinha percebido o que era para escrever. Ele disse que só estava "indo na onda", seja lá o que isso quisesse dizer.

A trilha costeira também era embaraçosa, para sermos honestos. Por algum motivo, Mallard escolheu um dia excepcionalmente ventoso para seguir adiante. A orla mais próxima de nós é cheia de armadilhas, para dizer o mínimo. Pedriscos soltos seguidos por torrões de calcário, depois por trechos pontilhados de rochedos e urzes que grudam nas botas. Mallard seguia marchando à frente, com seu guarda-chuva suspenso no ar. Nós íamos atrás; os ventos que fustigavam o promontório expulsavam o ar dos nossos pulmões, enquanto seguíamos aos tropeços. Com o coração trepidando nas orelhas, e as ondas rebentando de encontro às rochas, a última coisa que nos ocorria era compreender alguma coisa do que Mallard buscava exatamente. De vez em quando, ele parava e gesticulava em movimentos largos, na direção do mar. Fazíamos umas poucas anotações incoerentes, cada um no seu caderno, e então seguíamos adiante. Quando chegamos à angra, Mallard foi abrindo caminho habilmente até a praia, com os olhos pregados na caverna semioculta pelas sombras de pedras que tinham rolado. Conseguimos alcançá-lo no momento em que ele terminava de entoar alguma espécie de discurso entusiástico. As palavras dele chegavam a nós em eco, vindas da entrada da caverna. Estando Mallard parado e de braços cruzados, olhando-nos com total atenção, suas palavras trovejaram sobre nós: "Nada nada disto disto é é o o tipo tipo de de coisa coisa que que irá irá aparecer aparecer no no Museu Museu do do Mar Mar".

Aquele dia no Parque Aquático foi realmente memorável. Instalamos videocâmeras e fizemos algumas tomadas excelentes dos pinguins, e o rápido obturador serviu bem ao seu propósito quando capturou as focas em acrobacias incomuns. Mallard andava para cima e para baixo, atrás de nós, gritando palavras de encorajamento. Todos pudemos segurar a isca, e os momentos de grande aproximação da baleia assassina, em saltos e toques leves na ponta dos nossos dedos, foram espetaculares. Para alguns de nós, foi uma luta entrar nos trajes de banho, mas valeu a pena quando nadamos com os golfinhos. Os treinadores disseram que aquela era a primeira vez que viam 25 pessoas nadando com um único golfinho; e é verdade que nosso companheiro baixinho teve de se debater com um pedaço de boia velha só para conseguir se movimentar. Depois, quando estávamos sentados na borda da piscina para retomar o fôlego – e fazer um curativo no braço de Peter –, os treinadores disseram que era muito incomum que um golfinho se comportasse daquele jeito hostil, já que eram animais tão evoluídos e tudo mais. Mas dava para perceber que estavam mesmo era jogando a culpa em nós. Olhamos para as nossas nadadeiras e não papeamos muito até Mallard trazer o micro-ônibus. De volta ao estúdio, pregamos as fotos nas paredes e indicamos aquelas que, em nossa opinião, capturavam melhor os acontecimentos daquele dia. Mallard pareceu muito interessado na imagem que mostrava o infeliz encontrão de Peter com Slippy. Ele comentou que não imaginava que os golfinhos tivessem tantos dentes. Então, disse: "Naturalmente, nada disso é conveniente para o Museu do Mar".

Assim que chegamos à praia, Mallard descarregou 25 conjuntos de baldes e pás da carroceria de seu *buggy* de praia e nos fez construir castelos de areia. Ele também orientou que tirássemos os sapatos e os casacos e nos advertiu que nossas gravatas de seda talvez sofressem avarias se entrassem em contato com a água salgada. Ficamos gratos pelo aviso. Enquanto cavávamos e erguíamos nossos castelos, esculpindo pontes e torres, criando fossos para a maré encher, Mallard se empoleirou na cadeira do guarda-vidas e trombeteou um aviso pelo megafone daquela torre de vigia: Senhores, o volume é tudo. O contexto é tudo. A fé, senhores, é tudo. Duas entradas pelo preço de uma, às segundas-feiras, senhores, é tudo. Nunca deixem de ter esses princípios em mente quando pensarem no Museu do Mar. Temos de admitir que estávamos ocupados demais com a construção dos castelos para anotar alguma dessas instruções, mas Mallard repetiu-as tantas vezes que não havia chance de nos esquecermos de qualquer uma delas.

Por volta do final do dia, a variedade de castelos de areia era realmente impressionante. Alguns eram torres altas e enormes, maiores que um homem, estruturas audaciosas incrustadas com conchas e estrelas-do-mar secas. Outros eram construções precárias formadas de pilares e plataformas que pareciam desafiar as propriedades naturais da areia. Alguns deles eram longos e largos, constituindo coleções de muitas dezenas de torres e pontes menores, com intrincados padrões de pedrinhas ornamentando suas paredes externas, além de fossos medindo muitos metros de comprimento, em todas as direções. O dia inteiro, corremos para cima e para baixo pela areia fofa e encharcada, buscando conchas, algas e seixos, deixando pequenas marcas de pegadas atrás de nós. Temos de dizer que nos superamos. Charles ficou tão embevecido com sua própria criação que tentou recolher algumas partes e guardá-las em sua valise. Logo se deu conta do erro de sua manobra; grãos de areia se alojaram na dobradiça e faziam um rangido desagradável sempre que ele tentava fechá-la. Mallard caminhava entre os castelos, movimentando a cabeça com seriedade, em silêncio. Assim que o sol começou a descer na linha do horizonte, ele nos liberou para comprarmos sorvete; infelizmente, porém, fomos tarde demais e, embora tivéssemos encontrado um latão de lixo transbordando de embalagens de Cornetto, percebemos que, naquela altura, o caminhão do sorveteiro já devia estar em casa. Voltamos cabisbaixos para a praia e vimos que nossos castelos tinham desaparecido. No início pensamos que devia ter sido a maré que subira e levara toda a areia embora, mas, assim que olhamos para Mallard, soubemos a verdade: ele os havia destruído um a um. Olhamos em torno: tudo que restava do nosso trabalho braçal de um dia inteiro eram pequenos montinhos de areia marcados pelas sandálias de Mallard. "É desnecessário que eu diga, senhores, que nada disto é compatível com o Museu do Mar", ele disse sem emoção, e então saiu marchando na direção do estacionamento.

    Mallard alugou um chalé de praia e convocou uma reunião. Secamos nossos *notebooks* nos aquecedores do estúdio e nos pusemos à disposição. Ele disse que gostaria de esclarecer mais umas coisinhas a respeito do que o Museu do Mar não era. E não perdeu tempo. Assim que fechou as portas de madeira e ligou seu velho projetor, começou a elucidar: o Museu do Mar não é um aquário. Não é um parque temático. Não é um repositório de artefatos pertencentes a exploradores, velejadores, marujos ou empresários do ramo náutico. O Museu do Mar não é um ambiente educacional voltado a tratar de "questões" ambientais, em linguagem "acessível". Não é uma loja de curiosidades para a exibição de artefatos aquáticos, nem um armazém para a taxonomia dos mares, com peixes que se tornaram comicamente feios em virtude do impacto da pressão de mares profundos. O Museu do Mar não mencionará, de maneira alguma, as pressões esmagadoras do fundo do mar. Não será um local para encenações ou reconstruções das primeiras tentativas de se cruzar os mares em canoas, balsas e outros modelos congêneres. O Museu do Mar não se prestará a exposições de pinturas, esculturas, tapeçarias, poesias, mitos, canções ou danças alusivas ao mar. Não conterá nenhum tipo de sinalização visual escrita em factoides facilmente assimiláveis; o Museu do Mar, a propósito, não terá nenhum tipo de identificação visual. Não terá unidades ou estações interativas. No Museu do Mar não haverá guias em áudio. Estou certo de que nem preciso explicar que o Museu do Mar seguramente não abrigará uma loja. Não existirão lápis com a inscrição lateral "Museu do Mar" em letras douradas. Não existirão borrachas ou estojos do Museu do Mar.

    Por um tempo imensamente longo, todos continuamos sentados, em silêncio. Enfim, Peter levantou o braço que não havia sido machucado e indicou que queria fazer a pergunta que pairava na cabeça de todos nós. Mas Mallard ergueu a mão, instruindo-o para que se calasse: "Quero apenas dizer uma coisa. Quando vou a um aquário, não fico babando por causa dos peixes, nem dos crustáceos. Não me deslumbro com as anêmonas. Quando caminho pelos túneis de vidro, não me espanto com os tubarões que nadam sobre mim. Fico deslumbrado com a água, com os maravilhosos tanques de água. Vejo a madeira, não as árvores".

    Ficamos quietos diante daquelas palavras, embora com o canto do olho eu tenha notado que Charles anotara em seu caderno "Árvores feitas de *água?*".

Certa manhã, todos recebemos pelo correio o mesmo bilhete, arrancado de uma enciclopédia. Sentimos o cheiro daquilo com muito cuidado. O papel lembrava vagamente o cheiro da maresia. Dizia o seguinte: "3,49% da água do mar é solução salina; o resto é água doce. Quanto mais salina a água do mar, mais densa. Como o teor de sal da água marinha varia entre 3,2% e 3,8%, os oceanógrafos se referem ao teor de sal como 'salinidade', que expressa a concentração de sal em partes por mil; 34,9 ppm é a salinidade média. Quando a água do mar evapora, o sal permanece. Somente a água doce é transferida do oceano para a atmosfera. Uma região com excesso de evaporação, como a subtropical, tende a se tornar salgada, ao passo que as áreas com excesso de chuva tendem a se tornar mais doces. A formação de gelo no mar também retira água doce do oceano, deixando ali uma solução mais salina. Ao longo das orlas da Antártida, esse processo produz uma água densa. A salinidade reflete o funcionamento do ciclo hidrológico: o movimento da água doce através do sistema terra/oceano/atmosfera".

Do outro lado do pedaço de papel estava escrito: "A subida e a descida das ondas provocadas pelo vento afetam a clorofila contida na camada superficial do oceano, sinal do fitoplâncton (Fig. 25). A ascensão da água fria que fica sob a superfície do mar fornece nutrientes que promovem o crescimento do fitoplâncton, dando início à cadeia alimentar. As áreas azuis-claras, verdes e vermelhas do oceano (Fig. 25) denotam regiões de alto índice de clorofila. Áreas com baixo nível de clorofila aparecem em azul-escuro. Compare o mapa da clorofila com o mapa da temperatura superficial do mar (Fig. 11)".

As figuras 11 e 25 não estavam no envelope.

Rabiscada na tira de papel, na inconfundível caligrafia de Mallard, havia uma anotação dizendo: "Naturalmente, o Museu do Mar não mencionará fatos como estes".

Uma noite, Mallard nos reuniu para uns drinques. Pediu, então, que colocássemos nossos copos na mesa, fechássemos os olhos e nos acomodássemos de maneira confortável. Disse: "Imagine-se flutuando no mar, bem no meio do oceano, onde só se consegue enxergar água, onde quer que olhe. Agora, imagine que você está começando a afundar. Primeiro, você desce através de uma camada de água quente, uns 200 metros. Quando olha para cima, ainda consegue enxergar o reflexo da superfície lá no alto. Você afundou atravessando a camada fótica. E continua descendo. Agora, está afundando através da zona mesopelágica. A água é mais fria. A luz quase não existe mais. À profundidade de 1.000 metros, você vai se sentir afundando pela zona batipelágica; nessa profundidade, não existe mais luz. Você segue afundando, e entra na região abissal. Aí a temperatura é de poucos graus acima de zero. Nessa zona, talvez você encontre uma lula gigante, ou um peixe-glutão. Naturalmente, você não estará vendo nada porque está tudo absolutamente escuro, um negrume total e congelante que não se pode experimentar em nenhuma outra parte do universo. Um negror esmaga você à pressão de quase 5 longas toneladas de força por polegada quadrada. Agora, você está a uma distância de praticamente 6 quilômetros da superfície, e continua afundando. Pare, por um momento, e pense que distância esses 6 quilômetros realmente representam. Mas ainda não é hora de parar; você prossegue afundando, atravessa até o leito dos mais profundos oceanos da Terra, e chega à zona hadal. Esse nome, hadal, vem do termo em francês para 'terra dos mortos', caso você esteja se perguntando de onde veio essa palavra. Essa é a água das regiões mais inferiores dos mais fundos oceanos. Se você pudesse enxergar alguma coisa, teria talvez um vislumbre de um verme tubular cego, sugando vida das paredes de alguma chaminé negra, um duto hidrotérmico que cospe fumaça tóxica a temperaturas escaldantes. Esses vermes tubulares se alimentam de enxofre e têm o corpo transparente. Se alguma dessas raras criaturas que conseguem sobreviver nessa fundura conseguisse subir flutuando até zonas mais hospitaleiras do mar, a ausência da extrema pressão acabaria por matá-las. Imagine o que deve ser precisar de uma pressão esmagadora sobre si, o tempo todo, só para continuar vivo. Podem abrir os olhos, agora".

Ofegantes e suados de pavor, abrimos os olhos. Muitos desmaiaram, outros correram para a porta, a fim de tomar algum ar ou mesmo vomitar. Mallard parecia satisfeito consigo mesmo, mesmo em meio às reclamações. As bebidas daquela noite foram todas destruídas. "De toda forma, também não faremos qualquer referência a essas coisas no Museu do Mar, disse Mallard.

Nessa época, já tínhamos enchido muitos volumes com anotações relativas a itens que não constariam do Museu do Mar. Eu havia passado várias semanas pintando laboriosamente um mapa que indicava com clareza as designações de todos os oceanos e mares: Atlântico, Pacífico, do Sul, Ártico, Cáspio, Morto, entre vários outros. Ao lado de cada oceano, Mallard anotara "Não mencione isto no Museu do Mar" e colocara uma setinha que saía dos nomes e apontava para os vários oceanos. Também havia os meticulosos diagramas detalhando todos os movimentos das marés ao longo de cada mês lunar. Eu tinha copiado cada diagrama à mão, e Mallard tinha acrescentado, numa bela caligrafia a lápis, no canto superior esquerdo: "Isto não vai aparecer no Museu do Mar". Os artigos científicos também formavam uma pilha alta, cada um deles impresso no papel especial que Mallard tinha encomendado. Pegue um exemplar, por exemplo, "Ruptura do invólucro celular por descompressão do metanogeno do fundo do mar", de C. B. Park e D. S. Clark (2002), e, segurando-o contra a luz, você verá a marca-d'água: "Esta informação não deve ser incluída no Museu do Mar". Vale o mesmo para fotocópias de transcrições completas de cada previsão de embarque. Nossos depósitos estão forrados de corais, conchas, fósseis de criaturas marinhas ancestrais; mapas de praticamente todos os séculos, mostrando a localização de rotas comerciais, tesouros e monstros marinhos. Temos um conjunto completo de todos os uniformes de todas as forças navais do globo. Cada artefato traz uma etiqueta impressa a *laser* com os dizeres: "Não deve ser incluído no Museu do Mar".

Então Mallard reuniu todos na plataforma de petróleo abandonada. O lugar não era usado há algum tempo e, a bem da verdade, todos nós admiramos aquela grandiosidade deteriorada, com seu ar informal de ameaça. Assim que ultrapassamos as placas NÃO ENTRE, em letras cor de laranja, ficamos pensando se aquela plataforma se faria a honra de ser excluída do Museu do Mar. Mallard já estava em posição, na plataforma principal de visualização, contemplando o oceano que rugia sob nossos pés. Como de hábito, tivemos de nos aproximar bastante a fim de ouvir o que ele falava, antes que o ar salgado se apoderasse das palavras para jogá-las ao mar. Mallard disse:

"Vou contar uma história para vocês. Muito tempo atrás, havia uma ilha no oceano Pacífico. Era uma ilha pequena, pouco mais de 1,5 quilômetro de largura. Era abençoada com praias de areias douradas e terras férteis; chuva e sol se alternavam, brindando os ilhéus com o constrangimento da fartura. Todos que moravam na ilha eram felizes, e o chefe local cuidou para que esse estado de felicidade prosperasse. Ele fazia questão de que os habitantes fossem generosos entre si e, nas raras vezes em que era chamado para ajuizar alguma desavença entre dois deles, era tido como um juiz justo e correto. Os ilhéus não tinham conhecimento da vida fora de sua ilha e, em todas as direções para onde olhassem, seu horizonte apenas lhes oferecia um oceano ininterrupto, incessante. Passavam os dias pescando, dançando, cuidando de suas lavouras, criando os filhos e apostando quem era capaz de contornar a ilha a nado mais depressa.

"Então, após uma tempestade terrível ter-se abatido durante três dias e três noites, os nativos repararam na presença de um navio flutuando em suas águas rasas. Tinha sofrido diversas avarias por causa da tempestade; suas velas estavam em frangalhos, os mastros, quebrados, e a embarcação adernava acentuadamente. Os ilhéus, curiosos, foram em suas balsas até o barco. A bordo, encontraram doze sobreviventes que tinham sido seriamente vitimados pela borrasca. Todos os outros tripulantes tinham se afogado. Pensando somente em ajudar esses pobres marujos, os ilhéus puseram os sobreviventes em suas canoas e os levaram para sua ilha, onde os alimentaram e cuidaram de seus ferimentos. Logo os sobreviventes estavam bem melhor e quiseram agradecer aos seus salvadores, mas estes já tinham uma vida de abundância e não havia nada que desejassem. Os marinheiros acharam que oferecer aos ilhéus os três últimos barris de carne salgada era pouco para retribuir o fato de eles terem salvo suas vidas; porém, praticamente tudo o mais tinha sido levado embora pela tormenta. Então, o capitão e seu imediato voltaram ao que restava da embarcação e buscaram entre os despojos de sua carga algo que pudessem oferecer aos nativos. E ali, no porão, viram o objeto que significaria seu agradecimento: um balão meteorológico. Era um balão pequeno, com um assento embaixo, no estilo francês. Também no porão, estava o saco com os pesos de ferro e os frascos de ácido hidroclorídrico usado para produzir o hidrogênio de que o balão necessitava para subir ao ar. Tudo isso foi colocado nas canoas e levado à terra.

"Com muitos acenos e sorrisos, o capitão conseguiu comunicar aos homens e mulheres da tribo que, se quisessem, poderiam se sentar no balão e, por meio de um gás mais leve do que o ar, subiriam bem alto ao céu da ilha, lá onde voavam as gaivotas. Os ilhéus ficaram maravilhados e se reuniram, empolgados, enquanto os marinheiros preparavam a mistura com o ácido e enchiam o balão com o gás. Durante as poucas horas que decorreram até que tudo estivesse preparado, o chefe da ilha deixou bem claro que desejava ser o primeiro a passear no balão.

"Assim que o balão ficou totalmente cheio, os marinheiros o amarraram numa árvore grande, e o chefe, com um sorriso que ia de orelha a orelha, ocupou seu lugar no assento. Era uma visão extraordinária ver esse cacique, de fisionomia séria, sentado sob a abóbada de um balão balouçante, como uma criança num balanço de quintal. Enfim, lentamente, os marujos começaram a liberar a corda, e o balão começou a subir. Por aproximadamente um minuto o balão foi subindo, quase em linha reta, sem se desviar nem para a direita, nem para a esquerda, naquele lindo dia ensolarado e sem vento. Tudo parecia estar indo bem. O chefe acenou do balão para todos lá embaixo. Parecia descontraído.

"Então, de repente, quando o balão atingiu o limite do cabo, o chefe começou a berrar. Apesar de estar a mais de 60 metros de altura, seus gritos podiam ser claramente ouvidos por todos que estavam lá embaixo. Rapidamente puxaram o cabo e trouxeram o balão de volta para o chão. Será que o chefe tivera um ataque de tontura? Sentira medo de cair? Talvez tivesse pensado que aquele balão era alguma espécie de magia negra. Ou então não se sentira seguro voando. Assim que seus pés tocaram o solo, ele saiu em disparada para a floresta. Os ilhéus e os marinheiros ficaram plantados no chão, entreolhando-se, imóveis, enquanto os gritos do chefe iam lentamente se perdendo ao longe.

"Talvez tudo continuasse em ordem, se os marinheiros não tivessem entrado em pânico nem tentado sair correndo. Foram rapidamente para as águas rasas e tentaram, agarrando-se com pés e mãos, enfiar-se na canoa de um dos nativos. Talvez estivessem tentando fugir e retornar para a segurança de seu próprio barco. Fosse qual fosse a razão desse comportamento, os nativos, temendo que os gritos de seu chefe tivessem sinalizado alguma coisa terrível, caíram sobre os marinheiros e os mataram com suas lanças. Então, revoltados com seus próprios atos, eles também fugiram correndo para a floresta, deixando que a maré trouxesse os corpos de volta para a praia. Quando os cadáveres acabaram dando na orla, seu sangue manchou a areia."

Nossa respiração era curta, estávamos todos na expectativa de saber o que ocorrera. Mallard estava acenando para que nos aproximássemos dele. Ele estava quase sussurrando quando disse: "Outras pessoas que visitaram a ilha posteriormente disseram que as terras não estavam mais cultivadas, os nativos viviam bêbados e desgrenhados, as praias estavam forradas de lixo, que, naquele dia, o chefe enxergara com seus próprios olhos a insignificância de sua ilha e a vastidão do oceano. Ele vira o oceano se estendendo infinitamente, em todas as direções. Vira que sua própria ilha, todas as pessoas que conhecia, seu mundo todo eram na realidade um pequeno pontinho amarelo, uma marquinha precária, um quase nada. Disseram que essa constatação o deixara louco. Ele tentou esconder de seu povo essa revelação terrível, mas as pessoas não precisavam que nada lhes fosse explicado. Elas assimilaram o terror de seu chefe. A ilha toda foi envolta por uma nuvem terrível da qual nunca mais se livrou".

Mallard ficou nos encarando com um ar de mansa resignação em seus olhos. O mar agitava-se atrás dele. O vento revirava as páginas dos cadernos, que vibravam em nossas mãos como asas de gaivotas irritadas.

"A pergunta é: essa história cabe no Museu do Mar?", disse Mallard.

Alguns dizem que foi Peter quem explodiu primeiro. Outros dizem que foi Charles. Tenho de admitir: mesmo que todos tenhamos avançado em bloco contra Mallard, senti que foram minhas as mãos as primeiras a chegarem ao pescoço dele. E, sim, sabíamos ser aquela uma atitude indefensável, mas a única coisa que podemos dizer é que, de acordo com muitos do grupo, quando atiramos Mallard por cima do gradil e o vimos afundando no mar, ele tinha um sorriso nos lábios. E, no instante em que reemergiu uma segunda vez entre as ondas, ele parecia estar tentando dizer alguma coisa para nós. Talvez ele tenha gritado, antes de sumir pela última vez: "Coloquem isso no museu". Não sabemos ao certo. Mas achamos que sim.

Nick Parker
Os contos de Nick têm sido publicados em muitas antologias e também vêm sendo lidos na Radio 4. Além disso, ele é vice-editor da revista *The Oldie*.